자연에 깃든 사람의 시

자연에 깃든 사람의 시

초판 1쇄 발행 2016년 3월 7일

엮은이 오정혜 허정 김남영
펴낸이 권경옥
펴낸곳 해피북미디어
등록 2009년 9월 25일 제2009-000007호
주소 부산광역시 연제구 법원남로 15번길 26, 2층 204호
전화 051-555-9684 | 팩스 051-507-7543
전자우편 bookskko@gmail.com

ISBN 978-89-98079-15-4 03810

자연에 깃든
사람의 시
신진론

오정혜 · 허정 · 김남영 엮음

해피북미디어

이 책은 그동안 8권의 시집을 펴낸 신진(辛進) 시인의 시세계를 다룬 책이다. 1970년대 중반에 등단, 현실의 정치적인 상황에 맞서는 한편 생태문제에 대한 관심을 본격화해온 신진 시인의 시적 도정은 당대 한국 시사적 흐름과도 맥을 같이하면서 그 흐름을 추수하기보다는 그와 긴장관계를 형성하고, 독자적인 시세계를 구축해왔다.

청년기의 열정으로 1970~80년대의 정치적 상황에 맞서는 고뇌를 치열하게 보인 점. 현실의 문제에 개입하면서도 시적인 관념과 미적인 형상을 유기적 통합 속에 놓으려 한 점. 초현실주의 시단의 메카였던 동아대학교에서 초현실주의를 비판적으로 성찰하면서, 그 한계를 한국적 원형상징을 통해 극복하려고 한 점. 생태문제를 현대시의 주요한 주제의식으로 부각시키면서 생태라는 장르가 한국 현대시의 주류를 형성하는 데 영향을 주어온 점. 자연 지향을 탈속이 아니라 인간 현실과의 긴장관계 속에 위치시키고, 참다운 인간성의 추구를 생태지향성과 결부시킨 점. 개인주의와 전체주의 양자를 넘어서는 공동체적 삶의 열망을 한국적 신화와 생태라는 영역 속에 구현한 점. 화해와 비타협이라는 두 가지 말년성을 조화시키는 삶의 시를 써온 점 등등은 신진 시의 독자성에 접근하는 징검돌들이 될 것이다.

이 책에 수록된 글들 속엔 1970년대 이후 한국 현대시를 대면할 때 살펴보아야 할 중요한 주제들이 오롯이 녹아 있다. 그와 아울러 자연에 깃든 시인 신진의 시와 삶의 진면모를 생생하게 확인할 수 있을 것이다. 한 사람의 생애는 여러 역할이 있을 것이다. 신진 시인의 경우 시인으로서 남긴 작품들이 가장 아름다운 산물로 빛을 발하고 그의 시세계를 통하여 전 생애를 조망해보는 것도 의미 있는 작업일 것이다.

『자연에 깃든 사람의 시』라고 제목을 붙인 이유는 이 제목이 시인의 시세계에 대한 특질과 현재의 지향점을 잘 반영한다고 생각해서이다. 책의 제목을 통하여 독자들은 신진 시인의 삶과 시문학적 성취가 어떤 양상을 드러낼지 쉽게 추측할 수 있을 것이다. 시인의 시를 한마디로 말하라고 한다면 '인간과 자연의 조화로운 삶'이라 할 수 있지 않을까 생각한다. 시인의 삶도 이와 별반 다르지 않아 대부분의 생활을 낙동강 물길과 함께하거나 이름 모를 산의 어느 풀뿌리, 나무들과 함께하였기 때문이다. 그래서 시와 논평들도 자연에 기대고 있는 시인의 이야기로 점철되어 있다.

이 책은 총 3부로 구성되어 있다. 1부에서는 허정과 신진 시인의 대담으로 시작된다. 이 대담에서 허정은 신진 시인의 시를 총체적으로 관통하고 있는 내용과 형식에 대한 물음들을 제시하고 시인은 그에 답하고 있다. 독자는 이 대담을 통하여 신진의 시 세계를 통시적으로 관망할 수 있을 것이다. 더하여 각 시기마다 시인의 문학적 성향과 특성을 정확하게 집고 넘어가는 세밀함도 곁들이고 있어 촘촘하게 읽는 재미도 더하여질 것이다. 끝으로 허정은 정치적 현실과 맞서는 신진 시인의 모습과 생태에 깊이 심취되어 자연과 시와 생활이 하나로 둥글어지는 시인의 시적 도정이 당대 한국의 시사적 흐름과도 맥을 같이 한다는 말로 마무리하고 있다. 신진 시인도 허정의 논의들에 호응하며 독자들에게 시 속에 녹아 있는 '공동 주체'가 갖는 의미들을 찾아내어 줄 것을 당부하고 있다.

2부에서는 각각의 시집에서 그려지는 작품세계를 논하고 있다. 최학림과 송용구는 시인의 초기시부터 근자의 시를 다루고 있다. 최학림은 자신의 생활 속에 녹아들어 있는 시인의 시적 효과를 삶-생활적 측면에서 흥미롭게 해석한다. 송용구는 시인이 천착해온 '공동 주체'의 의미를 되짚고 현대 사회의 근원적 소외현상을 타개할 생태학적 대안 사회의 가능성을 시인의 시에서 발견해낸다. 이윤택은 2시집 『장난감 마을의 연가』에 수록된 시를 통하여 시인의 시에 나타난 '리듬'의 효과를 간취해내면서 시인에게 발전된 세계상을 희구하고 있다. 정효구는 3시집 『멀리뛰기』를 포함한 다수의 시에서 신진 시인이 추구하는 삶의 진실은 무엇인가를 찾아가고 있다. 김재홍과 박경수는 4시집 『강』의 많은 시들에서 현대 문명을 비판하고 인간성 회복을 꿈꾸는 시인의 감성을 찾고 이를 함께 공유하려 한다. 한수영은 5시집 『녹색엽서』의 시를 통하여 '말의 길'과 '삶의 길'에 관하여 평하고 있으며, 이상옥은 6시집 『귀가』에서 시인이 추구해온 생태학적 상상력을 확대하여 가정의 해체의 극복 방안을 시인의 시에서 발견하려 한다. 김경복은 마지막 8시집 『미련』의 시들을 존재의 궁극, 자기 구도로서의 시쓰기에 대해 시인의 시를 사상적 관점으로 해석하고 있다.

소중한 원고들이 많았지만, 한정된 지면 때문에 부득이 모두 수록할 수 없었다. 시집을 통해 확인 가능한 시집 해설 원고는 가급적이면 수록을 피하고자 했으며, 신진 시인의 시세계를 골고루 보여줄 수 있도록 원고를 선정하고 배치하였다. 시인의 시세계에 대한 연구나 해설의 목록은 이 책의 마지막에 수록된 '신진(辛進) 작품 관련 주요 서지'를 참조하시기 바란다. 더불어 창작동화 『낙타가시꽃의 탈출』에 대한 서평을 넣은 이유는 그동안 시인이 시에서 모색해온 주제인 '참다운 인간성 추구'가 창작동화에서도 지속되고 있어서, 동화 역시 시인의 시세계의 연장선상에서 살필 수 있다고 판단하였기 때문이다. 7시집은 선집이어서 여기에 대한 원고는 싣지 않았다.

3부에는 신진 시인의 자작 산문 작품들로 구성되어 있다. 이 책을 읽는 과정에서 독자는 한 시인의 시대를 이해하고, 그 속에서 본연의 인간성을 회복할 수 있을 것이고 자연을 온전히 존중하는 시간을 가질 수 있을 것으로 믿는다.

이 책이 있기까지 많은 '만남'이 있었다. 시인과 첫 만남은 스승과 제자로서 교단에서 이루어질 때가 많았고, 파릇한 약관(弱冠)에 만나 불혹(不惑)의 나이를 넘은 제자들이 다시 교단을 누빌 만큼의 긴 시간이 흘렀다. 이 책의 출판은 2016년 2월에 맞이한 시인의 정년퇴임을 기념하는 의미도 겸하고 있다. 무엇보다 중요한 것은 이 책이 시인의 삶을 돌아보고 싶다는 여러 사람들의 뜻이 도화선이 되었다는 점이다. 시인은 이 책이 만들어지는 것을 원하지 않았지만, 스승을 존경하는 여러 제자들과 시인의 학문적 업적뿐만 아니라 그분의 시에 많은 사랑과 관심을 보였던 지인들의 거듭된 권유 끝에 출판하게 된 것이다.

편자 세 사람이 이 책을 꾸리고 있지만, 이 책은 신진 시인의 여러 제자 분들과 주변 분들의 관심과 후원 속에서 만들어졌음을 밝힌다. 시인의 퇴임이 물리적인 나이에 예속되지 않고 시세계를 더욱 원숙하게 만들어가는 계기가 될 수 있길 기원드린다.

오정혜 · 허정 · 김남영 쓰다

목차

3부   시인의 시에 관한 산문

신진(辛進) 시인은 『시문학』 추천으로 문단에 나왔다.('74-'76) 성균관대학교에서 문학 박사 학위를 득하였고, 시집 『미련』을 포함 여덟 권을 세상에 내놓았다. 논저로 『한국시의 이론』 등 아홉 권이 있으며, 창작동화 『낙타가시꽃의 탈출』을 발간하기도 했다.

시문학상, 봉생문화상, 부산시문화상, 설송문학상 외 다수의 수상 경력이 있으며, 전원문 학회창립회원('68-), 목마문학 동인('76-'96) 등으로 활동하였을 뿐만 아니라 민족문학 작가회의 이사, 동남어문학회 회장 등을 역임하였다. 1981년 동아대학교 국문학과 전임 교수 임용 이후 학보사 주간, 인문대 학장 등을 역임하였으며, 2016년 2월 정년을 채우고 퇴직하였다.

1부

대담

자연에 깃든 사람의 시

신진 · 허정

허정　선생님께서는 지금까지 8권의 시집을 펴내셨습니다. 1시집 『목적(木笛) 있는 풍경』, 2시집 『장난감 마을의 연가』, 3시집 『멀리뛰기』, 4시집 『강(江)』, 5시집 『녹색엽서』, 6시집 『귀가』, 7시집 『풍경에서 순간으로』, 8시집 『미련』이 그것입니다. 부끄럽습니다만 저는 이 시집들 중에서 일전에 쓴 서평의 대상시집 『녹색엽서』만 읽었었는데, 이번 대담을 준비하면서 선생님의 시집들을 뒤늦게 읽었습니다. 그 과정에서 선생님의 시와 삶에 대해 미처 몰랐던 점을 알게 되었고 거기에 한 발 다가가게 되었습니다.

　저는 이 시집들을 시의 내용에 따라 다음과 같이 4시기로 구별해보았습니다. 1기(1시집~3시집)는 청년기의 내면 풍경과 시대의 모순에 맞선 현실대응력이 드러나는 시기, 2기(4~5시집)는 자연지향과 자연을 통한 인간성 모색이 드러나는 시기, 3기(6시집)는 가정으로의 귀환과 틈에 대한 사유를 바탕으로 인간관계의 내실을 기하는 시기, 4기(7~8시집)는 원숙한 노년의 목소리가 완연한 가운데 자발적 망명으로서의 말년성이 드러나는 시기입니다.

　이러한 시기 구분 아래 여러 질문들을 준비해보았습니다. 다만, 이 대담을 통해 선생님의 시세계를 통시적으로 조망하는 작업도 동시에

겸하고 싶습니다. 그래서 선생님의 육성을 잘 담아내면서도, 각 시기 별로 선생님의 시세계에 대한 제 나름의 해석도 많이 해볼까 합니다. 그래서 일반적인 대담과는 달리, 어떤 대목에서는 저의 말이 좀 과하지 않을까 우려스럽기도 합니다. 먼저, 이 점 양해 부탁드립니다.

신진 좋습니다. 허교수의 질문은 질문이라기보다 저의 시를 아주 구체적으로 정리해줄 것으로 기대합니다. 시기 구분만 해도 일단 공감이 가네요. 경청하고 싶습니다.

1. 청년기의 내면 풍경과 시대의 모순에 맞선 현실대응력(1기)

> 1시집 『목적(木笛) 있는 풍경』(아성출판사, 1978)
> 2시집 『장난감 마을의 연가』(태화출판사, 1981)
> 3시집 『멀리뛰기』(민음사, 1986)

추천과정

허정 1~3시집을 1기로 묶었습니다. 1970~80년대를 통과하면서 이 시집들에서 무엇인가를 갈구하면서 찾아 헤매는 청년기의 열정과 사랑, 방황과 좌절의 목소리를 읽을 수 있습니다. 또한 시집들에는 당시의 정치적 상황에 맞서는 현실대응력이 공통적으로 드러나 있습니다. 또한 1~2시집의 시들이 3시집에 많이 재수록(17편)되어 있습니다. 그래서 이 세 시집을 묶어 1기로 명명해보았습니다.

  선생님께서는 1974년 7월~1976년 6월 사이에 『시문학』지에 「유혹」「장미원」「멀리 계시는 하느님」 등이 천료 완료됨으로써 시작활동을

시작하셨습니다. 등단을 25세라는 이른 나이에 하셨고, 그로부터 40
년의 세월이 흘렀습니다. 「시인의 자술연보」(『미련』)에 의하면, 고등학
생 시절 소설을 써오셨는데 초등학교 동창인 오이환 씨의 말에 자극
받아 열심히 시작에 몰두했다고 되어 있습니다. 습작의 과정, 등단 전
후의 사정 등을 여쭈어볼 수 있을는지요?

신진 중고등학교 시절부터 나는 문예반, 문예반장이 되어 시 백일장
선수 노릇을 했습니다. 국어교사들이 그렇게 한 거지요. 정작 나는 시
나 소설을 별로 읽지도 않았고, 습작에도 열심이지 않았습니다. 남 다
른 데가 있었다면 무거운 생각들, 잡다한 생각들을 안고 산 편이었다
할까요? 7대 장손으로서의 무거움과 집안의 난감한 사정들이 주는 고
민들, 남북분단과 군사정권에 관한 생각들, 이런 생각들이 불면의 밤
을 잦게 했고 혼자 뒷산에 올라 노래하며 헤매게 했고 거리를 방황하
게 했어요. 그런 시간들이 문학적 자질을 키웠다면 키웠다 할 수 있을
것입니다.
  친구 오이환은 초등학교 동창으로 다른 고등학교에 다니던, 장래
문학평론을 하고 싶다던 당찬 친구였는데, 고3때 내 소설을 보고 연락
을 해왔었지요. 교지에 실린 내 소설에서 '김동인의 후예'를 찾은 느낌
이었다나요. 근데 그 친구는 내 시 습작노트를 보고는 여간 실망하지
않았어요. 시가 이따위라면 소설도 더는 발전하기 어렵다는 충고였지
요. 자존심 상한 나는 내 시에 대한 그의 공감을 이끌어내려고 하루 1
편 이상의 시 습작을 했어요. 시로 일기를 쓴 셈이었지요. 그런지 두어
달 후에 그가 무릎을 탁 치며 "인자 됐다."고 했습니다. 아마 「갈꽃 흐
르는 언덕에 서면」으로 수정을 한 시였을 겁니다.
  첫 추천을 받은 때는 대학 3학년 학보사 편집국장을 하던 시절이었
어요. 고등학교 시절 2, 3학년 때의 담임선생님은 그분이 수학교사라

그랬는지 모르지만, 나에게 정치가나 언론사 기자가 될 것을 권했습니다. 내가 글을 쓰거나 웅변을 해서 전국규모의 대회에서 상을 받기도 하는데다 당시의 학생들에게 상당한 영향력이 있다고 생각하신 모양이었어요. 나는 일단 소설가가 되어야겠다고 마음먹었습니다. 무엇을 해도 사회를 보는 안목이 있어야 하니 일단 소설가가 되고 보자는, 말이 될 듯 말 듯한 마음을 먹었던 겁니다.

대학시절은 바빴습니다. 학생 몇 명이서 열흘에 한 번씩 신문을 내야 하는 학보사 기자일은 여간 바쁘지 않았습니다. 때로는 '데모 주동자 노릇도 해야 했고 2학년 2학기부터는 취재와 편집 전 과정을 감당해야 하는 편집국장 일도 보아야 했습니다. 그러다 군대로 불려가 의병제대를 한 후, 졸업반 시절 1974년 봄 처음으로 등단을 위한 시를 『시문학』지에 투고했습니다. 『시문학』지였던 이유는 단순해요. 당시 주간교수였던 시인 구연식 교수께서 자신의 논문이 연재되고 있던 『시문학』지를 편집실에 비치해두었기 때문에 그 투고요령에 따라 시를 보낸 겁니다.

등단 시절 간직하고 있었던 시적 체험은 그 후로 나 자신과 세계에 대한 성찰과 이해의 눈이 되기도 하고, 때로는 내 양심을 지키고 적들에 대항할 수 있는 무기가 되기도 했고, 이해하고 용서할 수 있는 용기를 주기도 하면서 여태 이어져 왔다 할 것입니다.

청년의 위안처

허정 「시인의 자술연보」에는 1시집 제목이기도 한 『목적(木笛) 있는 풍경』을 두고 "나의 위안처는 신화적 연대의 세계, '목적(木笛) 있는 풍경'의 시공이었다"라고 밝히고 있습니다. 1시집 2부에 소개된 '목적 있는 풍경'에는 신화의 세계가 토속적인 정취와 결합되어 펼쳐지고(「아침」), 활달하고 드넓은 상상력(「고향부근」)과 원시적인 생명력(「바다A」
「바다B」「봄」「가을」「자갈치 해변 시장」)이 드러나기도 합니다. 그리고
어떤 대목은 음산하기까지 합니다(「겨울」). 그 풍경이 어떻게 위안의
세계가 되었는지 여쭙고 싶습니다.

신진　어린 시절 나는 기울어진 집안을 일으키고, 책임을 져야 한다는
무거운 짐을 지고 살았습니다. 매일같이 술 취한 아버지를 달래는 책
임이나 져야 했고 아버지의 사냥에 따라가 몰이꾼 역을 했고, 때거리
가 떨어지면 친척들에게 돈을 꾸러 다니기도 해야 했지요.

　고등학교 2학년쯤부터 나는 민족의식 같은 걸 품게 되고, 이는 한일
회담 데모의 영향도 컸던 듯합니다만, 사회의 구조적 모순에 대한 고
뇌도 시작하게 되었습니다. 친구와 둘이 전원문학회를 창립, 열심히
문학운동을 하기도 했습니다.

　대학시절에도 나는 당대의 군사정권에 심한 반감을 지고 있었습니
다. 비양심에 불공평했으니까요. 하지만 이른바 자타가 운동권이라
고 하는 이들은 아주 상업적이고 전략적으로 여겨지기도 해서, 내게는
'전략'이란 말을 '정치'나 '타락'과 동일시하는 습성이 있었습니다만,
나는 그들과도 별로 친하게 지내지 않았습니다. 사전에 약속한 아군
도 없는 상태에서 나는 나를 기다리기라도 하듯 운집하는 백여 명 학
생들 앞에서 일주일여 혼자 시위를 주동하기도 했습니다. 군대는 보충
역 창설기에 보충역 편입이 되었다가 데모 주동자가 되어 피해 다니다
가, 모처럼 귀가한 날 새벽에 검거되었는데, 이때 경향의 신문, 방송에
는 '신신'이란 이름으로 보도되었습니다만, 그래서 보충역 편입이 취
소되고, 군 입대를 하게 되었습니다. 몸을 심하게 다쳐 의병제대를 하
고 복학했었습니다만.

　청춘은 행동하는 양심이어야 한다고 마음먹으면서도 이 세상에서

짊어져야 할 짐들이 내게는 무겁고 두렵게 느껴졌습니다. 이때 한국의 신화, 삼국유사, 세계의 신화 등 각종 신화집은 무슨 비밀문서처럼 나를 빠져들게 했습니다. 절대 자유와 절대 평등이 공존하는 절대의 시공, 모든 논리와 편견과 계몽을 뛰어넘는 본래의 생명과 생태적 연대의 시공을 체험하게 했던 것입니다.

졸시 「겨울」을 예로 들어 볼게요. 그 시는 "정신적 뿌리를 종잡지 못하게 할 우려마저 없지 않다"는 문덕수 선생님의 지적이 있기도 한 난해시였습니다만, 그건 내가 문덕수 선생님의 「서문」 집필의 편의를 위해 「서문」을 청할 때, 그의 모더니즘적 취향에 맞추어 신화적 이미지를 병치한 「목적(木笛) 있는 풍경」 연작 열 편 정도만 보내었던 까닭이라 생각됩니다. 그러나 "손이 크고 발이 큰/ 마른 소녀"란 시적 주체는 일하는 소녀, 신화적 생성의 모성이며 빈 두레박질만 하는 듯해도 결국은 소녀의 크고 마른 맨발 옆자리에 "하얗게 잘 죽은 뼈다귀가/ 重한 보석처럼 드문드문 쌓이고 있다"는 데 이릅니다. 여기서 '세속의 삶에 대한 허무의식'을 읽을 수도 없지 않겠으나, 나로서는 하얀 뼈다귀란 깊은 절망과 허무감을 넘어서는 인간의 정신의 원체, 현실의 명리와 이기심을 넘어서는 신화적 원형, 인간의 기본양식의 일단을 표상하려한 것이었다 하겠습니다. 그리고 그런 이미지들은 관념적이긴 했으나, 내 곤두선 현실의식을 위무해주고 있었지 않나 합니다.

돌이켜보면 나의 자유의식과 저항심은 어떤 이념보다, 아니 철학과 종교에 대한 절망감에서, 원시적 생태의 사회와 자연에 대한 모색 과정에서 획득된 것이 아니었던가 생각하고 있습니다.

초현실주의풍의 시에 대하여

허정 '목적(木笛) 있는 풍경'이라는 부제가 달린 1시집의 2부 시들이 난해합니다. 2시집 「서(序)」에는 다음과 같은 말이 있습니다.

연작 「木笛있는 풍경」 외 몇편의 시를 조립하다시피 다듬어 본 적이 있었다. 목저는 그 형태와 인상에서 초현실주의의 한 출발점이 되는 태내환상적 친숙성을 의도했다. 나는 당시 신화에 젖어 있어서 신화에서 찾아지는 원형적 상징으로 백일몽적 절연의 미학과 무의식의 자동기술이 주는 난삽성을 통제하려 했던 것이다. 그래서 그 형태와 인상에 있어서 원형적 상징과 동양적 친숙성을 상징하는 목저의 의도에 의해 정서를 회화하려던 의도였다.
나는 여기서 헤어나고 싶었다.

많은 함의가 응축된 위의 발언에서 다음의 내용들을 읽을 수 있습니다. 1시집, 특히 2부에서 초현실주의의 자동기술법을 시도했다는 점. 거기서 파생되는 난삽성을 통제하기 위해 원형적 상징과 동양적 친숙성을 상징하는 목적(나무피리)를 활용했다는 점. 이 목적은 선생님의 연구서 『한국시의 이론』에 소개된 김춘수의 이을고리(環. 무의미한 우연을 마치 무슨 의미가 있는 필연처럼 보이게 하고 무질서 속에서 질서를 향하는 분위기를 세련되게 연출하는, 김춘수 무의미시 창작 비법의 핵이라 할 수 있는 것)와 유사한 역할을 하는 것이 아닐까 하는 점. 그래서 1시집 해설을 쓴 강남주 시인의 평처럼 선생님의 시는 '초현실주의의 기법을 사용한 다른 시인의 시처럼 난해로 치닫지 않고 자기의 페이스를 유지'할 수 있지 않나 하는 점. 그러나 여기에도 한계를 느끼고 2시집에서부터 이러한 경향에서 벗어나려 했다는 점 등.
그 한계는 아마도 『한국시의 이론』에서 선생님께서 지적하신 것처럼, 전위시가 형태실험 못지않게 현실대응력도 있어야 하는데 한국 전위시가 지나치게 예술적 전위 쪽으로 기울어진 점, 조향의 시가 현실에 대한 이해가 결여된 채 외래 사조의 기법수용에 그친 점, 김춘수가 도피적인 유희에 골몰한 점 등과 연관 있지 않을까 싶습니다. 같은 책에서 "문맥이 이어지지 않고 뜻이 통하지 않는 그들이 모더니즘 시로 주목받고, 난해한 시를 쓴다는 사실에 지나친 자부심을 느끼는 시인이 적지 않은 현상"(299쪽)에 대해서 지적하셨는데, 이 역시 그 한계와 관련된 것으로 보입니다.

한편, 2권의 선집(5시집, 7시집)에는 초현실주의 작풍으로 쓰인 이 시들이 수록되고 있어 여기에 대한 애착이 여전함을 확인할 수도 있습니다. 초현실주의 시풍의 시를 쓰게 된 사정, 목적(木笛)이 주는 상징, '이을고리'의 사용에도 불구하고 떨칠 수 없었던 한계, 이 시들에 대한 여전한 애착 등에 대해 질문 드리고 싶습니다.

신진 모든 시는 비인간적인 현실에 대응하는 인간적인 꿈과 의지의 산물이라 생각합니다. 시란 가장 인간적인 삶의 지향이요, 진선미가 주체적으로 통합되는 시공을 향한 발돋움의 형상화이지요. 그리고 그 적(敵)들, 비인간과의 싸움이요 전복의 언어입니다. 청년시절의 내 시를 두고 초현실주의를 읽는 이들이 있었던 게 사실입니다. 때때로 내가 의식의 흐름을 좇는 듯한 시적 체험을 한 것이 사실이기도 합니다. 하지만 그 지향점이 무의식이나 환상 그 자체는 아니었습니다. 조향의 뒤를 이은 초현실주의 신봉자인 구연식 시인의 저의 은사였습니다만, 나는 처음부터 초현실주의의 방법적 실험, 콜라주, 데페이즈망, 의식의 흐름에 기댄 언어유희에 반감을 가지고 있었습니다. 시정신—관념과 형상은 동시적이고 일체적인 것이라고 여기고 있어서, 조향, 김춘수 등 우리나라의 초현실주의자들은 현실도피적인 관념기피증으로 자신을 위장한다는 의심을 하고 있었지요. 그들은 인간적인 감정과 인간의 의미 본능을 거부하고 허황한 논리나 좇는, 기계적 언어주의에 빠진 한계를 가진다는 게 제 생각이었어요. 김춘수의 '이을고리'는 그가 남달리 주목받는 언어 조작술의 핵심으로 내가 분석해낸 것이지 내 시작법의 요긴한 대목은 아닙니다. 더러 방법론으로 이용한 건 부인하지 않겠습니다만.

20세기의 전위시론과 심층심리학 책도 적잖이 읽었지만 인간의 유희는 일시적인 자기 위안이요, 무의식이란 언어적 확인이 가능한 것이 아니라고 판단하고 있었습니다.

내가 일견 초현실주의적인 시를 썼던 것은 개인적 무의식이 아니라 신화를 통한 범사회적 무의식으로, 개인적 꿈의 언어를 대체한다는 야심에 의한 것이었지요. 따라서 첫 시집 『목적(木笛) 있는 풍경』의 목적(木笛)은 나무피리, 그 어감과 같은 동굴, 원초적인 꿈, 궁극의 안식처, 절대 화해와 소통 따위의 상징으로 설정된 것이었습니다. 나는 의미를 파괴하고 무의식을 흉내 내는 지적 유희가 아니라 의식과 무의식, 인간과 다른 동식물과 사물들, 인간과 인간 모두가 스스로 자유롭고 평화롭게 연동하는 시공을 그려보자는 생각이었고 그것은 엄혹한 시대에 우리가 함께 지향해야 할 세계이기도 하리라는 생각을 갖고 있었습니다.

시대의 모순에 맞선 응전력

허정　1시집, 특히 3부에는 「방」, 「잡히는 일 없는 날」, 「4월제」, 「통금 시간의 애인」과 같이 시대의 흔적을 느낄 수 있는 시들이 많습니다. 이 시들은 시를 쓸 당시의 엄혹한 상황 때문인지 그 메시지가 직설적이 아니라 모호하게 드러나 있지만, 시대의 어둠에 결박당한 긴박한 분위기, 시대의 모순에 맞서 자유—평화—평등을 염원하는 시적 지향을 간접적으로나마 확인할 수 있는 시들입니다. 그리고 1시집에는 「지하도 소년」과 같이 약자에 대한 관심을 드러내는 시도 있습니다. 이러한 경향은 2시집에서 「통금시간의 애인」을 재수록한 점이나, 2시집 3부의 「풍경」「유대의 백양」, 4부의 「가뭄풀이」「단비」 등의 시에서 약자에 대한 관심을 드러내는 점에서 지속되고 있습니다.

3시집에서는 이러한 점이 전면화되고 있습니다. 민주-평등-자유-정의의 가치가 사라진 암담한 시대상황에 대한 인식(「낙서」「불온서적」「오늘도 담화문」), 시대정신을 망각한 세태에 대한 고발(「아버지, 바람이 되어」)과 깨어 있음에 대한 촉구(「빈대떡」), 분단의 아픔(「이산가족재회」)과 빈부격차에 대한 고발(「풍경」), 성의 상품화에 대한 풍자(「달동별곡」), 겨울과도 같은 날선 현실에 온몸으로 맞서 자유를 쟁취하려는 대결의지(「겨울과수원」, 「겨울까치」), 약자에 대한 관심(「단비」「馬가」), 믿을 수 없는 화자를 내세워 반어의 어조로 시대상황을 풍자(「내가 정치가가 된다면」「나도 국군아저씨 되어」)한 시 등에서 이러한 점이 잘 나타납니다.

선생님 시들의 제목 중에는 '강', '바다', '겨울', '어둠'이라는 단어가 들어가는 제목이 많습니다(여기에 대해서는 「재수록 시 출처」 참고). 이 중에서 '겨울', '어둠'은 다분히 시대 상황과 연관된 것으로, 여기에는 시대의 모순에 맞서고자 하는 의지가 투영되어 있는 것 같습니다. 이 중에서 어둠은 한층 유연하게 사용되는데, 그것은 시대의 폭압이라는 의미 외에도 「통금시간의 애인」에서처럼 그대를 몰래 대면하고 은밀한 꿈을 키울 수 있는 시간대의 의미로도 사용됩니다. 당대의 상황 속에서 그대를 어둠 속에서만 대면할 수 있기에 시인은 "불 꺼진 방보다 무서운/ 불 켜진 방"(1시집 「방」)과 같이 어둠을 선호하기도 하는 것 같습니다.

「시인의 자술연보」를 보면 1~3시집을 쓸 무렵의 이력이 다음과 같이 소개되고 있습니다. "학교 공원화 반대, 3선 개헌, 유신 음모 봉쇄 등을 내세운 시위를 장기간 주동, 범어사로 피신해 다니다가 모처럼 귀가한 날 새벽에 연행되어 신문, 방송에 오르게 된다.""남모, 강모 등 담당형사들로부터 가끔 안부 전화를 받으며 생활"했다. 1981년 동아대 "국문학과에 전임교수로 공채되었다. 임용 한 달도 되지 않아 지하 스터디를 주도한 학보사 기자 C군(현 부산시의원)을 비호한 죄로 조건부 퇴출 경정을 받"았다. "1983년 동인지『목마』14집에 실은 시「대학별곡」,「매스컴 별곡」,「총놀이」등이 문제되어 동인지는 판매금지, 회수되었고 정보당국에 경위서를 제출해야 했다.""1987년 전두환의 호헌(護憲)조치에 대한 교내 시국선언 교수 6명 중 한 명이 되어 백안의 대상이 되었다".

이러한 점을 보면 선생님께서는 당시 사회의 모순에 맞서 치열하게 사신 것 같습니다. 주위의 사람들이 '조심하라'는 말을 되풀이하는「속삭임」(3시집)처럼, 그러한 엄혹한 상황에서 심리적 위협도 만만찮게 느끼셨을 것 같습니다. 이 점은 제가 미처 알지 못한 모습이어서 많이 놀랐습니다. 이러한 점들이 특히 3시집에 많이 투영된 것이 아닌가 싶습니다.

3시집의「볼펜」에서 서랍 깊은 곳에 버려져 있는 "한 자루의 볼펜"은 김수영이「'에비'가 지배하는 문화」에서 말한 바 있는 불온시(창작의 자유가 억압되는 상황에서 써놓고 발표하지 못한 불온시)처럼 당대의 날선 분위기 속에서 발표할 수 없었던 시가 아닐까 싶었습니다. 넓게는 당대의 검열로 인해 시집으로 묶지 못한「대학별곡」이나「매스컴 별곡」같은 시 역시 여기에 속하지 않을까 싶습니다.

시대에 맞서는 의지는 무엇인가를 갈구하면서 찾아 헤매는 목소리(1시집「멀리 계시는 하느님」「건방진 거지 이야기」)로, 주체할 수 없이 끓어오르는 청년기의 열정(3시집「종달새는 왜 솟는가」)으로, 존재론적인 고투(3시집「갈매기」)로, 때로는 사랑의 열정과 합쳐져 격정적인 양상으로 드러나기도 하고, 한쪽의 의미로 환원되지 않는 상징과 결합되어 다소 모호하게 표현되는 듯도 합니다. 이상의 내용과 관련된 이야기를 들을 수 있을는지요?

신진 그렇습니다. 박정희, 전두환 정권에 대한 내 젊은 날의 거부감은 만만찮은 거였습니다. 1981년 전임 교수로 공채된 이듬해, 1970년대 동아대학교 담당 강 형사를 교정에서 만났더니 그는 나를 보고 어떻게 교수가 되었느냐고 거듭 묻는 거였습니다. 자기가 작년까지 지난 몇 년 동안 교통과의 일을 보지 않았더라면, 내가 전임으로 채용될 수도 없었을 거라고 했습니다. 그 뒤에 그는 내 음주운전을 한 번 봐주는 아량을 보이기도 했습니다만.

나는 운동권도, 혁명분자도 아니었지만 저지른 일이 적지 않다는 사실을 실감해야 했습니다. 하지만 '시적 자율성' 교육을 워낙 반복적으로 받고 자라서 그런지, 문학이 대사회적 요구를 노골화하면 곧장 문학이기를 포기하게 되고 그 감동의 폭도 줄어든다는 나름의 시법을 갖고 있었습니다. 이런 습관은 아직도 상당부분 유지되고 있습니다만, 초기의 현실비판 시에는 더 짙은 미적인 자질들이 있었을 것입니다.

추천완료작 「장미원」에는 "시위에서 돌아온 나는 창백한 들짐승/그대 안에 비로소 수면하였다"라는 구절이 있는데, 이는 당시의 내 사정을 함축한다 하겠습니다. 또 다른 추천완료작 「멀리 계시는 하느님」은 당시 처참한 박해를 받던 김지하, 양성우 같은 시인이나 전태일 열사들 앞에 부끄러움을 털어내는 시였고, 「건방진 거지 이야기」는 미국 주도의 자본주의적 사회체제의 모순과 비극성을, 「종달새는 왜 솟는가」는 당대의 열사들에 대한 청년기적 열망을, 「갈매기」 같은 시는 남북 분단의 아픔 같은 것이 주도적 모티프가 된 것이라 하겠습니다. 내 시가 다양한 스펙트럼을 갖는 건 사실이지만 지적하신 시들은 그래도 허교수의 논평대로 비슷한 범주로 묶을 수도 있지 않을까 합니다. 하지만 3시집의 시들, 그러니까 80년대 전반의 시 중에는 내가 대학교수를 그만두거나 고생 좀 할 각오를 하고 쓴 시도 적지 않습니다.

암튼 1986년 조교수 시절에는 동보서적에서 발간한 『토박이』 2집은 내 시들이 핵심 이유가 되어 판매 금지되고 회수되었습니다.

허교수의 판단대로 내 시는 한 가지 문제에 집중한다거나 하지는 않았습니다. 나는 매순간 자유롭게 열리고자 했고 그 시간의 양심적인 기록이 시라는 생각을 갖고 있었습니다. 저항적인 의지는 시간을 따라 더 구체화되어갔다 할 수 있었습니다. 교수사회에 대한 회의도 없지 않았습니다. 대학 자율화를 부르짖던 운동권 학생들에게도 아부에 가까운 동의를 표하면서도 기득권을 지키려는, 재단과 권력층에 또한 친절과 선물받기를 주저하지 않던, 소위 운동권 교수 몇몇의 이중성. 투사인 양 하면서 실제로는 이권개입에 빠졌던 거간꾼 운동권 학생들과 그 추종자들. 나는 학생은 학생의 일을 하고, 어른의 일은 교수들이 감당을 해야 한다고, 어른이 어른 일을 하지 못하니, 학생들이 희생하고 타락하는 거라고 굳게 믿고 있었습니다. 박정희 정권의 붕괴 이후, 민주화 세력의 이전투구와 지리멸렬, 예기치 못했던 전두환 군사정권의 등장, 이런 일들에 맞닥뜨리면서 내 시는 더 날을 벼리게 되었고 내 삶은 희생을 각오하고 살게 되었다 할까요?

지나고 보니, 그나마 그럭저럭 이나마 살아온 날들이 다행스럽기는 합니다. 한편에는 언제나 자괴감이 남고 못 다한 숙제가 남은 채 살고 있습니다.

1기시의 단독성

허정 선생님께서는 3시집의 「나의 시론―시의 인간」에서 "즉자적 개인이나 획일적 보편으로 체험되는 것도 아닌 통합적 삶의 양식"을 만들어가는 것이 시적 체험이라고 밝히고 있습니다. 그리고 "모든 존재가 가치를 갖고 주체적으로 화합하는 정신"이 필요하다고 말하고 있습니다. 즉, 개인의 존재를 훼손하지 않으면서 타자와 관계를 맺는 공동체를 형성해야 한다고 보고 있습니다. 여기서 두 가지 점이 강조되고 있습니다.

먼저, 고립된 개인을 넘어서야 한다는 점. 이것은 관계형성과 공동체형성의 열망을 낳습니다. 이는 1~3시집에서 약자에 관심을 갖고 사회 모순에 맞서 타인들과의 연대를 도모하는 모습으로 나타나는 것 같습니다. 다음으로 그 공동체는 개인을 전체의 부속품으로 여겨서는 안 된다는 점. 공동체가 개인의 존재의의를 존중하는 공동체가 되어야 한다는 것인데, 이와 관련하여 선생님의 시는 개인이 전체 시스템의 부속품이 되는 점을 극도로 경계하고 있습니다. 이렇게 선생님께서는 개인주의와 전체주의 양자를 넘어서는 새로운 공동체를 형성하려고 하고 있습니다.

저는 바로 이 지점에 선생님 시의 핵심이면서 8시집까지 지속되고 있는 중요한 주제가 있다고 생각합니다. 그래서 이 점을 이 대담의 각 시기마다 구체적으로 이야기해보고자 합니다. 후술하겠지만, 이 점은 『강(江)』 이후의 시집에서 더욱 본격화되는 것 같습니다.

주체가 시스템의 톱니바퀴로 고정되는 것을 넘어 타인과 관계를 형성하고 이를 통하여 지금과는 다른 공동체를 이루고자 하는 점은, 『한국시의 이론』에서 선생님께서 에리히 프롬의 이론을 바탕으로 이야기하신, 관료제의 속성인 기계화·분업화·전문화가 초래한 비인격적인 생활원리를 넘어서고자 하는 열망으로 부를 수도 있을 것 같습니다. 혹은 흔히 하는 말로 상실한 인간성 회복으로 불러도 좋을 것 같고, 아니면 선생님께서 시에 대한 관점을 부여하여 명명하신 대로 '시적 체험'이라고 해도 좋을 것 같습니다.

비슷한 것이겠지만, 저는 이를 단독성(singularity) 추구라고 부르고 싶습니다. 단독성은 시스템의 한 위치(전체의 부분)로 고립될 때 사라지는 것이며, 어느 한 위치에 고립된 '나'를 초과하는 것이자 대체 불가능한 것이며, 자신의 한계를 부각시키는 어떤 만남(사건) 속에서 자신의 위치에서 벗어나 자기 바깥에 존재하려는 탈자화(脫自化)의 움직임 속에서 발생하는 것입니다. 그리고 단독성의 만남(소통)은 기존의 틀 속에서는 예상할 수 없었던 과잉적인 것을 만들어내고, 지금의 시스템과는 다른 새로운 관계나 공동체 형성으로 나아가는 기반이 됩니다. 이 용어는 시스템의 부속품이나 자폐적인 고립을 넘어선 새로운 관계에 대한 열망을 잘 담아내는 용어이고, 이것은 선생님의 시적 지향과 부합한다고 생각되어 저는 이 용어를 사용하고 싶습니다.

단독성에 대한 관심은 추천작 「유혹」에서부터 나타납니다. 우리는 시스템의 부속품으로 고정된 위치를 넘어서고 싶지만, "의자"로 표상된 그 위치를 쉽게 넘어서지 못합니다. "돌아올 차표"(「갈꽃 흐르는 언덕에 서면」) 걱정 때문에 떠날 엄두를 내지 못합니다. 강요된 위치에 붙박인 것도 모자라, "아기의 날개를 하나씩 뽑아줄 뿐이다"(「갈꽃 흐르는 언덕에 서면」)처럼, 현실에 길들여지지 않은 유연한 존재들에게 규율을 체득하게 하여 그 존재들을 경직되게 만드는 오지랖 넓은 짓을 하곤 합니다. 여기에 맞서 시인은 "잠시 의자를 밀어 놓고" "한 열흘/ 음악이 되어서 놀다 가"라고 말합니다.

2시집의, 가닿을 수 없는 것을 추구하는 「불」, 현실에서 사라지는 "마저 붙들지 못한 것을/ 붙들기 위"(「바람 기행」)한 노력, 흔들림을 통해 단독성을 잃기 이전인 어린 날의 '나'와 조우하려는 「호숫가에서」역시 단독성 추구의 맥락에서 읽을 수 있습니다. 3시집의, "탐욕의 녹/ 목구멍을 넘기 전에 닦아내어라/ 이를 닦아라, 아가야"(「이 닦기」)처럼 아직 길들여지지 않은 아이를 속화시키려는 '녹'을 깨끗이 닦아내려한 점, 개체들을 존중하고 사람들 간의 소통이 존재했던 곳과는 달리익명화되고 소통이 없어진 이 현실을 서서히 내파(內破)하겠다는 열망을 드러낸 「조심하세요, 아버지」 역시 마찬가지입니다.

3시집의, "종일 입었던 저고리 바지 맞지 않고/ 누구도 없는데 부끄럽다"(「엘리베이터」)라는 인식, 사진이 현실에 속화된 "가장 추악한 내몰골을 베껴들고 갈 것이다"(「카메라맨」)는 인식, "날아갈 자리 잃고/ 뜨지도 앉지도 못"(「잠자리」)하는 잠자리처럼 현실에 결박된 자신을성찰하는 시 단독성을 상실한 삶에 대한 자기풍자가 드러나는 시입니다. 자기에게 부여된 사소한 자리에서 쫓겨날까 전전긍긍하며 권력자의 부당한 요구에 자발적으로 순응하는 모습을 아이들의 술래잡기를통해 드러낸 「작은 술래」 역시 이런 관점에서 읽을 수 있습니다.

선생님의 시 중에는 단독성 상실을 시대상황과 결부시킨 시들도 있습니다. 즉, 존재들의 단독성을 훼손시키는 것이 다름 아니라 폭압적인 권력이라는 인식을 드러내는 시들 말입니다. 예컨대 3시집의 「적(敵)」에서 당대의 폭압적인 권력으로 보이는 적은 "밤에 불켜지 못하게 하고 낮에 불끄지 못하게 하고/ 우리들의 보폭조차 멋대로 수정"하게 하는 양상으로 존재들을 결박하고 있습니다. 그 권력은 등화관제훈련을 통해서, "불 꺼, 불 꺼, 호루라기 소리"를 통해서 소등뿐만 아니라 마음에 피어오르던 열기마저 진압하려는 양상으로 존재들을 억누릅니다.(3시집 「등화관제훈련기」) 또한 "병력도/ 금력도 없는 구름나라에는/ 계엄이 없네"(3시집 「구름나라」)라는 구절을 보면, 현실의 자리를벗어나려는 그 열망이 시대상황과 결부되어 있음을 알 수 있습니다. 제대로 읽었는지 모르겠는데요, 이러한 단독성을 추구하게 된 사정을여쭙고 싶습니다.

신진 허 교수께서 정확히 짚어주시니 더 보탤 말이 없군요. 그렇습니다. 내 시적 지향점은 나름의 '단독성'이란 말로 집약할 수 있겠습니다. 그걸 젊은 시절의 나는 시적 '자기정체성'이라 불렀습니다. 그 말을 차츰 주체성이란 말로 줄여 쓰다가 요즘은 '공동주체'란 말로 바꾸어 쓰고 있습니다. 주체란 말이 너무 자기(ego)란 의미 쪽으로 쓰이는 듯해서, 허 교수께서 말한 '현실의 비인격적인 생활원리를 넘어서고자' 하는 공동체적 연대감 속의 자아, 생태 공동체적 자아를 일컫는 말입니다.

나 역시 허 교수의 지적대로 '개인주의와 전체주의 양자를 넘어서는 새로운 공동체적 연대의 삶'은 내 시를 관통하는 맥락이 되어왔다는 사실을 확인하고 있습니다. 열거하신 1~3 시집 시들의 정신적 기반이기도 하고 저항의 바탕이기도 하고, 여지껏 내 미숙한 시들을 지탱하는 원천이 되고 있다고도 하겠습니다. 언제나 미지인 공동주체의 바탕을 나는, 생태적 연대성, 자연의 질서라 여기고 있습니다.

사람의 의미

사람 마음에/ 사람 그리는 마음 ─ 3시집 「사람 그리는 마음」 부분

인적(人跡)을 따라 가거라/ (중략)/ 사람피에 젖은 채/ 죽어도 그건 사람처럼 죽는 길이다 ─ 3시집 「모기아비가 아기모기에게」 부분

곧은 사람, 착한 사람 그리워하며 ─ 5시집 「떠나고 싶다」 부분

사람 찾는 사람 헤매는 ─ 5시집 「산길」 부분

사람에게로 가세 — 8시집 「사람에게로 가세」 부분

한 사람/ 사람을 기다리네 — 8시집 「버스 정류장」 부분

허정 인용한 바와 같이 3시집에서부터 '사람'이라는 어휘가 특별한 의미를 띠고 나타납니다. 이러한 경향은 8시집까지 계속 이어지고 있습니다. 여기에는 선생님께서 지향하고 있는 인간형이 나타나는 것 같습니다. 4시집 「자서」 "오염된 사람됨, 그 너머의 사람됨, 미지의 사람됨, 살아 있는 사람됨을 다시 더듬게 되었다"라는 구절에서 힌트를 얻어 본다면, 이 사람은 우리가 현실에서 만나는 사람이라기보다는 사람됨을 간직한 사람, 진정한 인간성을 가진 사람으로 보입니다. 그래서 "약속이나 신조"가 고물이 되어버린 이 세태(3시집 「엿장수」)에 맞서 기다리고 지향해나가야 할 사람이 아닌가 싶습니다. 이 시기의 시에서 이 사람은 "눈물"(1시집 「4월제」)을 가지고 시대의 모순에 맞선 대결의 지를 드러내는 사람으로도 그려집니다.

최근 선생님께서 쓰신 동화집 『낙타가시꽃의 탈출』(물망초, 2015)을 잘 읽었습니다. 여기에는 멧돼지—개—사람과 같이 세 종의 생명체가 등장합니다. 이들은 서로 협력하여 기계괴물을 물리치는데, 그 후 멧돼지는 사람으로 변신합니다. 이 대목을 읽으면서 처음에 저는 이러한 설정이 인간중심주의(인간에게 최상의 가치를 부여하고 다른 생명체들을 그 아래에 존재하는 것으로 보는 위계를 구축한 인간중심주의)로 읽혔습니다. 동시에 멧돼지가 멧돼지로 그대로 남아 있었더라면 하는 아쉬움을 느꼈습니다.

그러나 선생님의 시집을 재독하는 과정에서 이 사람이 그러한 중심주의의 폭력을 드러내는 인간이 아니라, 사람됨을 지니고 있으며 지향해나가야 할 사람이라는 점을, 그런 사람이라면 만물과 평등하게 공

존할 줄 아는 사람일 것이라는 점을 이해하게 되었습니다. 선생님께서 생각하시는 사람의 의미가 무엇인지 여쭙고 싶습니다.

신진 시뿐 아니라 내가 쓴 산문들에서도 '사람'을 향한 열망, 참사람, 참삶에 대한 열망은 배어 있을 겁니다. 이는 앞서 허교수께서 말씀하신 단독성의 존재, '공동주체'로서 상생의 연대성을 잃지 않는 사람과 그 삶을 향한 그리움이라 할 수 있겠습니다. 개별적 창의성과 자유와 함께 공동체적 사회성을 체질화한, 그리하여 소통과 사랑으로 상생하는 자연의 순기능을 실천하는 이이며 그 삶이기도 합니다.

뻔한 말로 들릴 수도 있는데, 이는 살아오는 동안 지나치게 많은 헛소리들에 괴로워한 까닭이라 여겨집니다. 정치가, 사업가, 투기꾼, 사기꾼, 교수, 학생, 문화인, 시인 등등. 그 표리부동함과 이기심과 위선의 논리들, 명분에 명리를 숨긴 평론가와 연구자와 창작자, 남 앞서서 설치는 이들은 대개 참은 버리고 거짓의 가면을 쓰고 있었던 걸로 기억됩니다.

법은 법조문을 떠나 법보다 삶을 소중히 여길 때 즉, 획일적인 준법에서 삶을 되돌아볼 때 법의 진면모를 잃지 않게 됩니다. 법조문에 매달리는 한 기득권에 집착하게 되고 사회적 불평등과 부자유를 조장하게 되지요. 그와 같이 시는 시의 논리를 떠나 오늘의 삶, 혹은 참삶으로 돌아올 때 시의 본래적 가치를 잃지 않고, 새로운 창의의 샘을 맞을 것입니다.

사람은 논리에 복종하는 기계가 아니고, 약육강식을 일삼는 짐승도 아닙니다. 자연에 순응하기만 하는 식물도, 무생물도 아니에요. 사람은 개체의 가치가 공동체적 연대를 이루고, 감성과 지성, 맑음과 아름다움이 절대의 질서를 이루는 세계를 지향하는 생명체라 할 것입니다.

내 시에 배어 있는 자연의식 또는 생태의식은 인위의 문화와 문명을 깡그리 차단한 진공상태의 관념이 아니라, 실제의 인간, '공동주체'의 존재와 삶을 지향하는 실존의 생명에 대한 열망입니다. 자유와 질서가 인간에게도 실천되는 가장 인간적이고 아름다운 시공을 지향하는 것이 시의 사명이요, 아름다움의 원리가 아닌가 생각했던 것입니다.

전통 양식의 차용

허정 "景 엇더하니잇고" "어즈버, 잔월효성이 아시리이다" 등과 같이 경기체가와 고려가요의 후렴구를 사용하는 시가 여러 편(「달동별곡」 「매스컴별곡」 「대학별곡」) 됩니다. 그런데 "景 엇더하니잇고"라는 경기체가 후렴구 패러디는 당대의 억압적인 상황을 효과적으로 비꼬는 기능을 수행하면서 현실 비판력을 증대시키는 힘을 발휘합니다. 이를 사용한 시 중에서 「매스컴별곡」 「대학별곡」은 1983년 문제가 되어 이 시가 실린 동인지가 회수되기도 했습니다. 전통시가에 사용된 이 후렴구는 어떤 계기로 사용하게 되었습니까?

신진 경기체가 양식을 빌리게 된 건 우연이었습니다. '경 어떠하니잇고?'하고 되물을 만한 경(景)들이 많고 많은 세상이었으니까요. 그 양식은 고려 말 문신(文臣)들의 풍자적 연회가(宴會歌)로 배웠던 것입니다만 쓰는 과정에서 의도가 있었다면 당대를 휩쓸던 민중론의 계급주의에 대한 나의 단독성이랄까, 반 계급론적 의지가 한몫했다 할 수 있습니다. 아시다시피 동양 시의 원류라 할 시경(詩經)에서는 시를 풍(風), 아(雅), 송(頌) 셋으로 나누거니와, 풍(風)은 개인적 사랑이나 정치에 관련한 풍자와 민중의 애환이 주가 되었다면, 귀족의 노래인 아(雅)는 큰 연회, 송(頌)은 제사와 기도의 노래였지요. 당시의 우리나라 사정, 특히 1980년대 시단의 사정은 그 10여 년 전 김지하의 판소리 차용에 따른 그 민중적 신명에 경천동지, 들뜬 상태였었어요. 신경림의 농요나 무가(巫歌) 차용이 이어지면서 사설체, 서사민요 등을 차용, 민중론에 입각한 정치적 대응력을 갖추는 데 진력했지요. 그야말로 풍(風)의 시대였다 할 수 있어요. 보다 내게 맞는 양식의 시를 갖고 싶은 마음이 있었습니다. 당시 수탈의 대상이기만 한 노동자라 할 수도 없는, 월급쟁이 교원으로서. 나도 몰래 목에서 우러나온 구절이 '상영(相映) 경(景) 긔 엇더하니잇고—' 였습니다. '서로 비추는 모습'은 당대 부패한 권력층의 모습을 떠올리게도 했고, 이미지의 절정과 반전을 가져오는 시구로, 우리말의 특성이기도 한 역동성과 극성(劇性)의 정점을 세우는 후렴구였습니다.

어울리지 않는 민중의 탈을 쓰지 않고도 현실대응력을 가질 수 있었고, 서양식 문체 모방이 근대화로 착각되는 우리 문학사에 대한 갈증을 조금이나마 자위할 수도 있었지요.

'그대'와 '사랑'

허정　선생님의 시집에는 사랑의 대상으로 보이는 '그대(그)'가 많이 등장합니다. 1시집의 「장미원」「얼굴」「연을 잃고」, 2시집 2부의 연시들과 「촛불」, 3시집의 「흔적만 남기는 그대」「그대의 이름」「점화(點火)」「그네」「밤기차」 등의 시가 여기에 해당합니다. 2기의 4시집 「남의 방」「좋은 날」「애인아, 내 슬픔은」「비를 맞으며」「헤어지는 손」 등도 마찬가지입니다.

그대는 사적인 층위의 사랑의 대상(2시집 2부, 4시집의 시)으로 읽히기도 하고, 시대적인 층위로 확대되어 억압적인 시대를 해소시키는 역사해방의 담지자(3시집)로 읽히기도 합니다. 그 외에도 갈구하는 이상향(「연을 잃고」), 시 쓰기 자체(「장미원」)의 의미로 읽히기도 합니다.

때로는 당시의 사회적 상황 때문에 역사해방의 의미에 개인적인 사랑의 의미를 의도적으로 중첩시켜 놓은 듯도 합니다(「통금시간의 애인」). 그래서 사랑을 노래한 듯한 시도 개인적인 층위에 고착되지 않고, 시대를 노래한 듯한 시도 시대의 층위에 고정되지 않습니다. 어느 한 쪽에 초점을 맞추어 읽는 것은 그 중의성을 다 살리지 못하는 것 같습니다. 그대를 어떻게 봐야 할까요?

사랑은 선생님께서 추구하시는 사람됨을 간직한 사람이 가진 속성이며, 또한 그것은 현재의 자신을 초과하는 것이자 자신으로부터 벗어나는 탈자화의 계기가 되기 때문에 선생님께서 중요하게 추구하시는 것 같습니다. 그러나 그대에 대한 사랑 못지않게 사랑에 대한 환멸도 강합니다. 가령, 「사랑니를 뽑고」에서는 "나도 가고 싶다／ 사랑이 없는 곳으로"라는 고백이 나타납니다. 4시집의 「사랑이 미치도록」에서는 환멸의 차원을 넘어 사랑에 대한 증오가 드러나기도 합니다. 사랑을 어떻게 봐야 할까요?

신진 허 교수의 세밀한 읽기와 논의에 공감합니다. 지적 그대로입니다. 단 「장미원」의 '그대'는 시 쓰기 자체로 읽힐 수도 있겠습니다만 「통금시간의 애인」의 경우와 유사한 지향점을 갖는다 하겠습니다. 아무튼 사랑은 저의 시적 계기에서 개체와 공동체가 생태적 공동주체로 거듭나는 길이요 도리라 하겠습니다.

몇 편의 시에서는 사랑에 대한 환멸 내지 증오 같은 감정이 드러나는 것도 사실입니다 그것은 말뿐인 사랑, 자기변명과 책임전가를 위한 무기가 되는 사랑론이 범람하는 시기를 넘기면서 체득한 반어적인 언명입니다. 바닥을 보고 싶은 사랑에 대한 눈물겨운 역설이었다고 기억됩니다.

70년대와 80년대 전반의 사정과 무관하지 않습니다. 나는 민주화의 좌절과 권위주의의 위세를 용납하던 민중론, 통일론에 절망하기도 했고 교단과 문단 등에 팽배한 위선과 이기적 전략에 대한 회의에 깊이 빠져 있었습니다. 개인 간, 정부와 시민 간, 가진 자와 못 가진 자 사이에 횡행하는 헛말 사랑, 가면의 사랑에서 진실로 자유로운 이는 만날 수 없고, 사랑이며 자유며 평등이며 통일이며 하는 말들을 사람 속이는 무기로 쓰는 현실에 대한 눈물겨운, 나름의 사랑 거부론이 몇 편의 시가 되었다고 기억합니다. 사랑의 심연에 대한 갈망이 현실적 사랑에 절망한 까닭이라 할까요.

2. 자연지향과 자연을 통한 인간성 모색(2기)

> 4시집 『강(江)』(시와시학사, 1994)
> 5시집 『녹색엽서』(시문학사, 2002)

생태적 상상력의 원류

허정　『강(江)』은 『멀리뛰기』 이후 8년 만에 내는 시집인데, 이 시집부터 새로운 목소리와 지향점이 나타나는 것 같습니다. 시집 1부에 배치된 「강」 연작이 그것입니다. 이 연작은 선생님께서 생태를 본격적으로 만나나가는 지점에 해당된다고 생각합니다. 송용구 평론가는 『강(江)』이 생태문제와 환경문제를 현대시의 중요한 주제의식으로 부각시킨 생태시집으로 생태시라는 장르가 한국 현대시의 주류를 형성하는 데 영향력을 끼친 시집으로 평가하고 있습니다.

　생태에 대한 관심은 5시집에 이르러 더욱 본격화됩니다. 그래서 사회모순에 맞선 저항정신을 드러내고자 했던 1~3시집이 크게 하나로

묶일 수 있다면, 생태에 대한 관심을 드러내는 4~5시집을 묶을 수 있을 것 같습니다.

신진 내 시적 여정의 중심점을 잡자면 그렇게 묶을 수도 있겠습니다. 그러고 보니 1시집은 시적 여정의 두 갈래 분기점을 미리부터 잉태하고 있었던 듯합니다. 현실적인 정신적 원체, 작가정신 같은 것은 2~3시집으로 가면서 구체적인 저항과 적극적인 풍자로 개진되었고, 1시집의 또 다른 에티몬(etymon)은 환경 변화에 따라 4~5시집에서부터 생태적 상상력을 구체화하게 되고 적극 개진하게 되었다고 볼 수 있겠습니다.

생태시를 쓰게 된 계기

허정 자연지향은 이미 2시집에서부터 나타납니다. 현실의 내 모습을 지우고 '내'가 가재가 되는 물아일체의 경험을 통해 자신을 굽어보는 더 큰 존재를 감지하는 「가재 잡기」(이 시는 선생님께서 『한국시의 이론』에서 언급하신 '정지용의 산수화풍의 순수시'의 흔적이 느껴지는 시입니다), 도심의 콘크리트 속에서 발견한 연약한 생명체에게 연민의 정서를 내보이는 「회색개미」, 대상과의 거리를 부각시키면서 다른 감각을 사상시키는 시각에 의존하지 않고 청각과 촉각을 동원하여 온몸으로 대상을 포용하고자 한 3시집의 「작은 매물도」 등에서 이미 그 모습이 드러난 바 있습니다. 그러나 이 시들은 사회적 모순에 맞선 대응 속에 묻혀 있는 편이었습니다.

자연지향의 경향은 특히, 4시집에서부터 본격화됩니다. 4시집 1부 「강」 연작은 '생태파괴를 고발하는 시'와 '강을 통해 사람됨을 성찰하는 시' 등으로 채워져 있습니다. 그리고 5시집에는 자연지향의 측면이 더욱 전면화되고 있으며, 자연을 아끼고 자연과 공존하려는 정신이 더욱 각별해져 있습니다. 그리고 그 자연은 4시집의 강에서 산으로 옮겨져 있습니다.

5시집의 자연은 인간사와 대비되는 자연을 그린 시(「그믐밤 길을 잃고」「알아듣지 힘이 드네」), 자연의 순리를 거스르는 인간 현실을 비판한 시(「애완견 '고리'의 출산」「다시 무주 구천동을 찾아」「피난민 마을」「백로」「황사」「강―부동강」「악몽」), 자연처럼 살고 싶은 마음의 토로한 시(「허공」「떠나고 싶다」), 자연의 순리를 인간사로 옮겨오려는 시(「산에서 아들에게」「산길」), 자연을 아끼고 배려하는 마음을 드러낸 시(「산성비」), 타인이나 자연물과 평등한 공존을 가능하게 하는 작은 것과 무욕의 상태를 지향하는 시(「작은 것 되리」,「어둠이 부른다」,「찌꺼기」,「허공」) 등이 있습니다. 이 경향은 이후에도 계속 이어지는 것 같습니다.

3시집에서 현실대응력을 전면화하다가 4시집에 이르러 자연지향을 본격화하는 이유는 어디에 있는지요? 『강(江)』의 「자서」에는 "이념에 의한, 논리에 의한, 제도에 의한 해석과 규정이 나름의 문명스럽고 문화스러운 주장과 명분을 내걸고 나를 참담하게 억눌렀다" "강은 차츰 내 눈을 뜨게 했다"는 구절이 있습니다. 여기에는 그 시대를 달구었던 이념투쟁에 대한 환멸, 특히 우(右)든 좌(左)든 집단에 내재해 있는 전체주의적인 경향(개인을 집단의 부속품이나 도구처럼 삼는 경향)에 대한 환멸 같은 것이 느껴지기도 하고, 3시집 「멀리 뛰기」에서처럼 먼 곳을 향해 있는 힘껏 뛰고 싶었지만 그 시도가 꺾여버린 후의 좌절감 같은 것이 느껴지기도 합니다. 4시집에 나타나는 암울함(「귀 자르기」,「까마귀떼 나는 보리밭」), 분노(「복어알」), 냉소(「통일이 되면 어떻게 사나?」), 의심(「밥 해먹기」), 불안(「라디오」) 등도 이와 연관된 것으로 추측됩니다.

선생님을 참담하게 억눌렀던 것이 무엇이고, 강은 어떻게 선생님을 포용해주었는지, 어떻게 자연에 관심을 갖게 되셨는지에 대해 질문 드려도 될는지요?

신진   청년기의 나에겐 '생태주의'란 말 자체가 별로 듣지도 보지도 못하는, 관심 밖에 있던 말이었습니다. 적어도 네 번째 시집 『강(江)』을 내기 전까지는.

이제와 돌이켜보면 현실 대결의 사회 역사적 대응의 시를 쓸 때나 원형적 무의식의 초현실주의(이런 말이 성립된다 치고), 그런 난해한 시를 쓸 때에도 내 시정신의 원천에는 원래적 생태세계, 생태유토피아를 향한 기원이 있었다고 생각합니다. 첫 시집의 경우입니다만 그때부터 절대 자유와 절대 질서가 공존하는 원래적 생태 유토피아를 향한 꿈이 내 서정의 원천이 되고 지향점이 되었다는 말입니다. 이는 어린 시절 산으로 들로 쏘다니면서 마음을 다스려야 했던 경험들과도 무관하지 않을 겁니다만.

내게 생태적 상상력이 보다 노골화한 것은 허교수의 지적대로 네 번째 시집 『강(江)』 이후라 할 것입니다. 이 시집은 1986년부터 1987년 사이 김해군 가락면 강가로 식솔들과 함께 주거지를 옮긴 몇 년 후에 쓴 시들을 모은 시집입니다.

귀촌을 계획할 때 나는 절망감과 무력감과 자괴감에 빠져 있었고 새로운 거주의 시공을 갈망하고 있었습니다. 현실도피라 할 수도 있겠지만 도피라기보다는 포기라는 말이 더 어울리는 상태였고 내게 있어 귀촌의 결행은 결행이라기보다 아주 새로운 터를 찾는 이주 같은 것이기도 했습니다.

강촌 생활에 적응하고 즐기느라 한동안 시 쓰기를 잊고 살기도 했습니다. 시보다 흥미롭고 마음 들뜨게 하는 경험들이 속출했으니까요.

한편 '강'은 이미 내 머릿속이 간직하고 있던 재생의 원천적 상징이 아니라 자연의 신음하는 시신, 종말을 예기하는 묵시록 같은 모습이라는 걸 체험적으로 목격하게 됩니다.

1987년 초. 내 아이들은 도심의 초등학교 2학년, 4학년에서 시골학교로 전학을 했고 아내는 15년 봉직하던 중등학교 교사생활을 그만두었습니다. 나는 포니원을 타고 일단 출퇴근을 계속했습니다. 그 시절 나는 이른바 전두환 대통령의 4월 호헌론에 대해 재직 중이던 동아대에서 끝까지 반대의 입장을 견지한 시국선언 교수 6인의 하나로 남게 되었습니다. 처음엔 100여 명 되었다가 계속 자기 이름을 빼달라는 바람에 6명이 남은 거지요.

그러나 얼마 지나지 않아 이른바 노태우의 항복 선언이 있자, 숨죽이고 움츠렸던 교수, 야릇한 명분으로 도망 다니던 문인들은 원조 운동권으로 둔갑하여 사방에 쏟아져 나오게 되었습니다. 적당히 민중론이나 만지작거리고 있던 문필가들은 발 빠르게 지역별, 취향별 회의체를 결성, 패권 장악에나 몰두하였지요.

'사람에게는 왜 양심이 있나? 그런데 왜 양심이 없나?' 하며 나는 몹시도 목말라 했습니다. 4시집에 나타나는 「귀 자르기」, 「까마귀떼 나는 보리밭」 같은 암울함, 「복어알」, 「통일이 되면 어떻게 사나?」, 「밥 해먹기」, 「라디오」 등의 회의와 분노와 의심 같은 것들은 그들에게 내가 보내는 작은 절규들이었다 하겠습니다. 사회적 생태환경 파괴에 대한 작은 비명들이었다고나 할까.

「통일이 되면 어떻게 사나?」의 예를 들어 보지요. 그 시는 당시 운동권 중심의 맹목적인 통일지상주의 문학과 담론들에 대한 반어적인 비판이었습니다. 요즘도 전략적으로 제기된 소위 '통일 대박론'이란 것이 일부 언론 매체의 전략적 지지를 받고 있거니와 그때의 입장과는 다르지만 내게는 비슷하게 이해되었다 할까요? 통일이 대박이라니! 경제적 대박, 돈벌이를 위해 통일을 해야 한다니? 80년대, 통일만 되면 민주주의고, 경제발전이 이루어지고, 역사의 비극이 청산된다고 떠들던 패권주의자들. 그들에 대한 경고가 필요하다고 생각했던 것입니다. 당시 〈창작과비평사〉에서 시인들의 사화집을 만든 기억이 있습니다만, 시 「통일이 되면 어떻게 사나?」는 청탁을 받고 보냈지만, 편집자에 의해 빠지고 「굴뚝에서는 연기가 나네」 등 두루뭉술한 시 두 편인가가 게재되고 말았습니다. 예측하지 못했던 일이 아니라 지금도 기억이 납니다.

아무튼 1986년 이후 10여년 강촌의 자연은 민주화라는 거대담론이 진행되던 과정과 그 결과의 환멸과 절망감에 새로운 거주의 의욕을 불러일으키는 계기가 되긴 했습니다. 내 분수에 맞는 새로운 성찰의 계기를 맞게 된 것이지요. 그건 오랜 꿈을 구체화하는 계기이기도 했고요.

시적 배경이 강이 되었다가, 산과 들로 이동한 건 우리가족이 강에서 들로 산으로 이주한 까닭입니다. 아참, 처음부터 내 시는 내 삶에서 멀리 있지 않았습니다. 시는 실제의 삶에서 남은, 연소하지 못한 내 의식의 지향에서 생성된다는 점, 현실에서 다하지 못한 꿈을 언어화하는 거라고 생각했던 것입니다. 그러니 내 생활 반경에 따라 시의 소재나 배경이 바뀌게 될 수밖에요.

적잖은 기간 많은 산을 헤매기도 했습니다. 숲속에서 땀 흘리면서, 집에서 일할 때와는 다른 경지, 무념무상이랄까요, 물아일체의 경지 같은 걸 맛보게도 되었지요. 그건 내 것을 대폭 내려놓아도 살아갈 수 있는, 검소한 생활에 대한 만족, 분수를 아는 삶의 행복을 확인하는 시간이 되기도 했고.

시는 언어예술이라는 점

허정 「강」 연작에는 '생태파괴를 고발하는 시'와 '강을 통해 사람이 어떻게 살아야 할지를 성찰하는 시'가 있습니다. 먼저 생태파괴를 고발하는 시에는 4시집의 4편(「강-반달」「강-물고기회」「강-희망소비자가격」「강-땅파기」)과 5시집의 1편(「강-부동강」)이 있습니다. 이 시들에는 강을 훼손하는 인간중심주의에 대한 비판과 고발이 나타납니다. 생태고발의 의도를 앞세운 시들은 미적인 변형의 과정을 거치지 않고 시인의 의도를 직설적이고 여과 없이 토로하기 쉽습니다. 그러나 위에서 언급한 시들은 언어를 압축하여 꼭 필요한 언어들을 사용하고, 화자의 감정을 숨긴 냉정하고 객관적인 문체를 사용하면서도, 깊고도 드넓은 환기력을 이끌어내는, 언어를 사용하는 예사롭지 않은 솜씨와 시적인 성취가 돋보입니다.

사회모순에 맞섰던 3시집의 시 역시 메시지를 직설적으로 토로하지 않고, 상징이나 모호성을 활용하여 시화하고 있는데, 이 시들 역시 마찬가지로 보입니다. 이것이 다른 생태파괴 고발시나 정치시와 차별되는 점으로도 보입니다. 선생님께서는 시가 언어예술이라는 점에 대한 투철한 생각이 있으신 것 같습니다. 이는 언어를 조탁하던 초기시의 경향이 이어져온 부분으로도 보입니다. 생태파괴 고발시의 경우 어떤 생각을 갖고 어떠한 노력으로 창작을 하셨는지요?

신진 돌이켜 보면 내 시는 순종 초현실주의 시도 아니고, 내 식으로 좋게 말하면 서구 전위시의 모방시가 아니었다는 것이고, 민중적 사실주의 시도 아니었습니다. 언제나 우리 시단의 다수를 차지해온 전통 서정시 계열이라 하기에도 무리가 따르는, 어쩌면 고집 없는 시들을 써왔다고도 하겠습니다.

하지만 처음에는 예술성이랄까, 미적 자질에 더 관심이 있었던 게 사실인 듯합니다. 시간이 갈수록 메시지가 더 구체성을 띠게 되었던 것도 사실이고. 하지만 나는 내 삶과 예술, 시적 관념과 형상은 별개의 것이 아니라 유기적 통합 속에 있고, 현실과 이상, 결함과 완성, 실제와 미(美)의 관계 모두가 삶에 통합되는 실존적 존재이기를 바라 왔던 것 같습니다.

역사적 질곡 속에서 필요한 경우, 생경한 구호나 선전문도 가치를 발휘할 수 있습니다 그러나 정치적 전위의 경우에도 시란 역시 마음을 움직이는, 즉 감동을 일으키고 감동을 전하는 서정양식이 돼야 제 맛이 난다고 생각했지요. 아니 내 시적 체험은 자연스레 그렇게 돼먹었다고 해야 정확한 표현이 되겠네요.

화자는 자기를 일방적으로 표출하거나 타인을 간섭하는 것이 아니라 언제나 독자의 마음에 선택의 폭을 주고 선택을 통해 마음과 몸을 구체적으로 움직이게 해야 소통의 농도를 깊게 할 수 있으리라는 믿음이 그래서 생긴 것입니다.

초기 시에 언어적 세련이 더 있다는 말을 듣는 건 현실에서 신화적 시공을 꿈꾸기도 하던, 어쩌면 내 의지가 내 몸을 내놓을 만큼 강건하지는 않았던 때라 그랬지 않을까 하는 생각도 해요. 그 후 어느 지점에서부터인가 나는 가능한 쉬운 언어로 긴장감 있는 표현을 해보자 하는 의도를 가지게 되었습니다. 내 시에서 아이러니나 역설, 반전과 비약 등등을 통한 극성을 읽는 건 이런 사정에 연유하지 않나 합니다.

암튼 어떤 시에서는 언어적 세련이 배야 한다 생각을 하면서도 내 시 쓰기 버릇은 가능한 퇴고를 많이 가하지 않는 것이기도 해서 내 시를 볼 때마다 갈등이 이는 것도 사실입니다. 현실적 순간에 충실하자는 생각과, 언어예술 작품이라는 이율배반의 갈등이 나를 따라다닌 셈이지요.

강에서 발견한 인간성

허정　다음으로 '사람이 어떻게 살아야 하는지를 성찰하는 시'입니다. 여기에 속하는 시는 동낙동강과 서낙동강으로 갈라지면서도 심강무성(深江無聲)의 풍모를 잃지 않는 강을 통해 인간사의 사랑과 이별을 성찰하는 「강—헤어지는 사랑」, 그 속내를 투명하게 드러내는 「강—보이고 산다」, 오염되어도 강의 위용을 잃지 않고 순리대로 흐르는 「강—말좀 듣자고」, 강을 찾은 것들을 촉촉이 적셔주며 제자리로 돌려보내는 「강—돌려주기」, "새끼들을 살찌"우는 강의 품성을 시화한 「강—새끼들」이 여기에 속합니다. 이 강은 인간사의 사랑과 이별도 강처럼 성숙해져야 한다는 점, 인간도 타인들에게 그 속을 투명하게 드러낼 수 있어야 한다는 점, 구차한 말로 자신을 포장할 것이 아니라 타인에게 열려 있어야 한다는 점, 본연의 자리를 찾아야 한다는 점, 타인을 배려해야 한다는 점 등의 가르침을 베풀고 있습니다.

　이 시들에서 선생님께서는 인간들에게 결핍된 부분이 강에 간직되어 있음을 발견하고 이를 인간이 회복해야 할 가치와 덕목으로 내세우고 있습니다. 『강(江)』의 「자서」에서 "강은 내 시야를 다시 열어 주었다. 오염된 사람됨, 그 너머의 사람됨, 미지의 사람됨, 살아 있는 사람됨을 다시 더듬게 되었다"라고 한 구절은 아마도 이러한 점을 일컫는 것이 아닌가 싶었습니다.

　인간사회에서 결핍된 부분을 강에서 찾고 이를 인간이 회복해야 할 덕목으로 내세우는 궤적은 5시집의 산에서 또 한 번 반복됩니다. 이 시집에서 선생님께서는 "저마다 문 걸어 닫고 제 그림자 남 베어갈까 그림자마저 들고" 사는 이기적이고 자폐적인 삶, 인정을 나누고 우애롭게 살아가던 방식을 잃어버린 지금의 삶이 결여한 점들을 산을 통해서 배우려고 합니다. 산은 이해타산으로부터 벗어나 있는 그대로의 존재들을 포용해주고 있으며(「그믐밤 길을 잃고」), 옷을 벗어 어린 싹을 위하는 이타적인 희생정신을 발휘하고 있으며(「겨울에는 옷을 벗는다」), 존재들을 따뜻하게 감싸는 안식처로 자리하고 있습니다(「산에는 집이 있네」). 시인은 산에서 발견한 이런 점들을 인간의 덕목으로 회복하려고 합니다.

이렇게 선생님께서는 강과 산으로 대표된 자연을 인간사와 대비된 덕목을 가진 것으로 보고 있으며, 자연을 인간사로 끌어와 인간세상을 자연처럼 변화시키려 하는 것 같습니다. 여기에는 자연과의 만남이 있으면 지금의 인간도 변화할 수 있고 잘못된 방향도 바로 잡을 수 있다는 믿음과 신뢰가 깔려 있는 것 같습니다. 여기에는 지난 30여 년 동안 시골에서 생활해 오신 체험적 성찰이 반영되어 있는 것 아닌가 싶기도 합니다. 어떻게 이러한 생각에 이르게 되었는지 질문드려도 될는지요?

신진 잘 아시다시피 동양의 철학은 인간사에서 자연의 이법을 실천하는 것을 도(道)라 했고, 그 마음을 덕(德)이라 했으며 공자는 이를 실행할 때 필요한 덕목들을 인의예지신(仁義禮智信)이라 하지 않았습니까? 자연의 도야말로 무한 자유가 무한 질서이기도 하고, 파괴와 이탈이 창조와 통일로 나아가는 생명력을 가지는 것이지요.

서양의 르네상스가 인간본위의 그리스·로마 사상과 신 중심의 중세 문화를 통합함으로써 찬란한 문예를 부흥했다면 작지만 내 개인의 경우도 그에 견줄 수 있지 않을까요? 나는 나의 인간과 나의 신, 즉 나라는 개체와 자연이 통합을 이루는 경지를 통해 작은 문예부흥을 꿈꾸게 되지 않았나 싶습니다. 신화를 통한 그 시공은 현실과는 너무 동떨어져 있었다면 내게 있어 자연은 그 궁극의 답을 구체적으로 경험하게 되는 시공이었습니다.

암튼 내 삶의 과제를 구체적으로 열어 보인 것이 강이고 산이라 할 수 있을 겁니다. 나는 내 생활주변의 자연과 사람들의 세상살이에서 내 시적 유토피아를 체험하는 기회를 맞기도 했고, 때로는 그 여망에 대한 장애들을 극복하거나, 적(敵)들에 대응하는 계기를 만나기도 했다 하겠습니다.

생태시 3분류

허정 선생님께서는 「현대시의 생태적 상상력」(『한국시의 이론』)에서 우리나라 근대 생태시를 셋으로 분류합니다. 즉, ①사회체제의 인간성 파괴에 대응하는 시(인간과 인간 사이의 사회적 관계가 착취와 피착취의 관계로 전락하여 생태의 와해와 불균형을 체험을 이끌었다고 보는 시), ②인위적 개발과 문명의 환경 파괴에 대한 대응하는 시, ③자연과 인간이 일체감을 지닌 생태세계를 지향하는 시로 나누고 있습니다.

이러한 분류에 의하면, 지금까지 말씀드린 선생님의 시세계를 생태시라는 관점에서 조망할 수도 있을 것 같습니다. 즉, 1~3시집은 인간성의 파괴에 대응하는 시로 첫 번째 경향에 속하고, 생태파괴를 고발하는 시는 두 번째 경향에 속하고, 인간의 현실을 자연처럼 개선하고자 하는 시는(이 시들이 한 단계 더 나아가는 지점에는 인간과 자연의 상호의존적인 관계성이나 유기적인 조화가 있을 것이기에) 세 번째 경향에 속하는 시로 분류할 수도 있을 것 같습니다. 이렇게 봐도 될는지요?

신진 적절한 정리입니다. 나는 그때그때 닥치는 대로 사는 편이고 시도 속에서 일어나는 대로 받아적다시피 하는 편인데요, 그래서 한참 지나고 나서 정리해보는 편이기도 합니다. 전반적으로는 허 교수의 지적에 동의하게 됩니다. 하지만 첫 시집에는 위에서 든 첫째 생태시의 경향, 사회적 생태의식과 셋째 경향인 이상적 생태지향성이 공존하고 있었지 않은가 생각합니다.

논문을 쓰면서 내 시를 염두에 두는 건 아닙니다만, 내 논문이 지나온 내 시적 여정에서 체계를 빌고 있다는 사실을 인정하지 않을 수는 없네요. 하기야 내가 논문에서는 모든 생태시를 아우르는 유형으로 셋을 제시한 것이니만큼, 내 시에도 적용될 수 있으려니 하기는 하지만 내가 그런 과정을 지나왔다는 사실, 허교수의 질문을 들으며 깨닫습니다.

탈속하지 못하는 이유

허정 자연을 시화하고 있는 시 중에서는 현실과의 긴장관계를 잃고 탈속에 대한 욕망을 드러내는 시들도 있습니다. 5시집의 「허공」이나 「떠나고 싶다」가 그러합니다.

하지만 시인은 탈속하지 못합니다. 시인은 자신을 "산은 역시 바다요/ 물은 역시 산이로다"(「사자봉 가는 겨울 길」)라고 할 수밖에 없는 "얼치기 시인"으로 규정짓습니다. '산은 산이요, 물은 물이다'라는 진술이 탈속의 경지로 보이는데, 시인은 자연을 지향하지만 그러한 경지에는 이를 수 없다고 고백하고 있습니다. 아니, 좀 더 정확하게 말하면 탈속을 경계하는 듯 보이고, 자연을 추구하더라도 인간 삶의 현장을 져버리지 않으려 하는 것 같습니다. 『녹색엽서』의 「자서」에서 "자연이 내 삶에서 조금씩 이루어지기를 바라면서 기대하면서 살아왔다"고 했을 때, 이 역시 탈속의 경지가 아니라 인간 삶 속에 뿌리를 둔 상태에서 바라는 점으로 보입니다. 구모룡 평론가가 시인의 시가 "일상생활의 문맥을 놓치지 않는 가운데 자연을 추구한다"고 한 점도 이와 관련된 것으로 보입니다. 이렇게 탈속을 경계하고 현실을 놓치지 않으려는 이유는 무엇인지요?

신진 시집 『녹색엽서』에 대한 당시 〈부산일보〉 임성원 기자의 기사가 기억납니다. 그는 짧지 않은 소개기사에서 '신진의 생태주의의 특징은 특이하게도 인간을 신뢰한다는 점이고 이는 그의 특이점'이라 했던 걸로 기억합니다. 그 당시 우리나라 생태주의의 개념은 생태파괴는 인본주의에 반하는 것으로, 지금도 별 다르지는 않지만, 생태의식이란 인간 또는 인간 문화와 대치되는 개념으로 받아들이고 있었습니다.

옛날의 자연시와 내 시의 다른 점이 놓이는 지점도 여기가 아닐까 합니다. 옛시는 탈속을 지향하는 미리 실천 불가한 귀족의 시였다면, 내 시는 현재적 삶에서 자연이 이루어지기를 바라는, 모든 구성원의 안분지족을 통한 공동주체의 삶의 시를 지향하기 때문입니다. 나는 시적 이상이 현실적 삶의 언어로 구체화되는 과정에 시가 탄생한다고 믿고 있으니까요.

동양 성현을 들어 말한다면 나는 공맹(孔孟)의 가르침을 따르고 존중하지만 노장(老莊)은 더욱 흠모하며 본받고자 합니다. 하지만 진정 소망하는 것은 실제의 삶과는 유리될 수밖에 없는 그들의 명분보다 민중의 힘이 되고 방패가 되고자 했던 묵자(墨子), 그 실천과 실용을 최고의 가치로 여깁니다. 평등과 겸애의 정신을 잃지 않으려 했던 묵가들의 실천에서 지고의 가치를 봅니다. 내 시적 체험의 지향점이자 인생관이라면 능력의 고하와 신분상의 귀천, 성인다운 처세나 명분보다, 자연의 뜻[天志]에 의한 사랑을 받드는 화해로운 삶의 실천에 있다 할 것입니다.

하지만 강파른 인간 세상에서는 예나 지금이나 자연과 같은 사랑의 마음은 야비한 욕망들에 의해 희생양이 되기 십상입니다. 과연 지상의 시와 교육과 책들이 지상의 이기와 야비를 몰아낼 수 있을까요? 함께 지고 짐 지고 묵묵히 실천해가지 않으면 묵가적 실천은 얼간이 취급을 받거나 바닥 모를 희생의 늪에 떨어지고 말 것입니다. 늘 손해를 보거나 식민(植民)을 각오하지 않으면 안 될 것입니다. 내 시의 까칠한 구석은 이 지점의 절망과 갈등에서 생기고 어떤 면에서는 그래서 계속될 수도 있는 게 아닌가 생각됩니다.

짧은 시

허정 4시집에 오면 짧은 시들이 많이 보입니다. 이러한 경향은 이후에도 지속되는데, 8시집의 2부~3부도 짧은 시들입니다. 이렇게 단형의 시들을 쓰시게 된 이유는 무엇이고, 여기서 무엇을 초점화하고자 하셨는지요?

신진 짧은 시 문제도 내게 형식상의 문제만이 아닙니다. 그게 시작된 건 숱한 말잔치, 헛소리에 절망하면서인데 수사의 잔치, 헛소리의 홍수 속에서 나는 아예 시도 그만두어야 하지 않나 하는 지경까지 이르게 됐습니다. 결국 몸만 남은 언어로 쉽고 짧게 쓰자는 타협점을 찾은 거라 하겠습니다.

요즘 시들은 너무 많은 말을 늘어놓고 있는 게 사실입니다. 추상적 논리에 빠져 우물 안의 개구리가 되기도 하고 논리의 울에 갇혀 실제의 삶을 돌아보지 않기도 합니다. 특정 논리를 전제(前提)로 하여, 언어를 끼워 맞추고, 미감(美感)을 끼워 맞추다보니 가짜 삶, 가짜 가치를 양산하게 되고 적대감과 오만, 불평과 불안의 두께만 욱욱 두터워지고 있습니다. 정의란 위장하는 논리에서가 아니라, 논리를 떠나 땀 흘리고 나누는 삶의 실천에서 그 모습이 보일 뿐일 것입니다. 시가 시에 매몰되면 시를 잃는다는 말은 시가 언어에 빠지거나, 정해진 미학적 논리와 이념에 맹목화되어서는 안 된다는 말입니다.

그럴싸한 정치학, 경제학보다, 시보다, 예술보다 소중한 것이 생명의 역동이요, 그 나눔이라 믿습니다. 작은 풀싹이 돋고 큰 나무 우듬지까지 새순이 오르고, 물고기가 몸을 떨며 헤엄을 치는, 저마다 지상에서 가장 아름다운 모습으로 살아가는 모습을 보면, 학문이고 예술이고 내세우는 것들이 원래가 성기고 어설픈 헛소리에 지나지 않는 것들임을 절감하게 되는 것입니다.

짧은 시 쓰기, 이는 내게 퇴고의 소중함을 일깨우기도 했습니다. 많은 메모를 버려야 하고, 많은 퇴고가 필요하게 되었습니다. 항상 짧은 시를 쓰려 하지만 늘 실패하고 긴 시를 쓰고 만다고나 할까요.

암튼 짧은 시 쓰기의 의도를 고백한 듯한 졸시 한편을 골라보지요.

> 침묵하렴
> 지상의 모든 말을 다한 듯이
> 말하렴
> 지상에 내놓는 첫마디처럼
> ─ 졸시, 「말과 침묵」 전문

5시집 『녹색엽서』를 선집으로 꾸린 이유

허정　『녹색엽서』는 신작과 기 수록시들로 엮어진 시집입니다. 『강(江)』을 1994년에 출판했으니, 8년 만에 내는 시집입니다. 조사해보니 27편(전체67편)이 재수록입니다. 그 사이에 꽤 많은 창작활동을 했으리라고 생각되는데, 많은 구작을 재수록한 이유는 무엇입니까?

신진　시골 이주 이후에 나는 아주 과작(寡作) 상태에 들어갔습니다.

시 쓰기가 덧없던 시절이었고, 사화집 같은 데나 인사치레로 써낼 정도였으니까요. 『녹색엽서』는 시문학상을 받은 기념으로 낸 시집이라 수상한 해를 넘기지 않고 내고자 하니 편수가 모자라서 적잖은 구작을 필요로 했던 걸로 기억됩니다. 그렇지 않아도 내 시집들엔 구작들도 다수 들어가는데, 3시집 이후 출판해주겠다는 출판사가 있을 땐 조금은 무리해서라도 시집을 내고자 했던 것이 그 이유라 하겠습니다.

2기시의 단독성

허정 앞서 말씀드린 단독성은 4~5시집에서 더욱 본격화됩니다. 이는 4시집에서 다음과 같이 나타납니다. 시인은 사회에서 부여한 자리에 붙박인 장년의 비애를 드러내고(「장년에게」), 그러한 자신에게 부여된 이름을 낯설어 합니다(「낯선 이름」). 주위의 모든 것이 시계가 되어 그때그때에 맞는 자리에서의 임무를 기계적으로 오차 없이 수행하라고 자신을 결박하는 현실에서 "놀다가는 시계" "헝클어진 시계" "불예측성의 시계" "넘어지는 시계"를 바랍니다(「시계」). 그리고 시계로부터 해방될 때의 자유를 "시계를 끄르면/ 이건 무슨 혁명의 가벼움이냐./ 김햇벌 개구리, 일시에/ 포올짝 뛴다./ 얹힌 것 죄 토해내고/ 꺼얼 껄 웃다"(「경공법(經空法)」)로 표현합니다. 그리고 사람에게는 양심(시스템의 부속품임을 초과할 수 있게 하는 것)이 있다는 점을 되풀이하여 각인합니다(「양심」). 급기야는

> 누구는 폭발 대신 뒷손으로 뒷줄 잡았다 하고 또 누구는 뒷돈 잡았다 한다. 이념의 줄을 타고 소신의 너울 쓰고 정의의 분 바른 채 폭발의 즐거움을 피한다 ─「즐거운 폭발」부분

인용시처럼 겉으로는 이념-소신-정의라는 명분을 내세우면서 자기 자리를 이용하여 잇속을 챙기고 자리를 보위하는 이들이 득세한 이 세상이 폭발해야 한다고 말합니다. 그래서 이 폭발은 단독성을 회복하는 즐거운 폭발입니다.

이러한 경향은 5시집에도 이어집니다. 사회에서 부여한 위치를 굳건히 점하기 위해 필요한 "소신" "논리" "나사"로 채워진 "정신"을 빼고 살아가자는 다짐(「몸이 희망이다」). 배움이라는 사회화과정이 사실은 단독성을 상실하는 과정인데, 자신 역시 사람들을 경직되게 사회화하는 과정에 편승하여 "자알 먹고" 살았음을 성찰하면서 자신을 풍자하는 시(「배우기」). 각자의 위치에 맞는 근엄한 자세를 유지하면서 가식적인 만남을 유지해나가는 사람들이 취했을 때 드러내는 맨얼굴을 드러내길 염원하는 시(「얼굴」). 좁은 공간에 분재되고 "갇힌" 나무들을 자유롭게 풀어놓기 위해 필요 이상의 욕심을 부리는 시(「나무를 심으며」). 이 시들 역시 단독성 추구의 열망을 담아내고 있습니다.

너무 오랫동안
넘어지지 않았다.
한 줄기 바람에도 빨갛게 두 볼 적시고
하루에 몇 번씩 돌부리에 무릎을 깨던
맑은 눈물, 오래 되었다.

일어서는 일어서는
습관성 망념.
앉아서도 일어서고 자면서도 일어서는
습관성 기립
경추, 요추 강력 깁스, 넘어지기 잊었구나.

넘어졌다가
굴뚝에서 연기나듯 가벼이 일어나던
짐 없는 수고
흘러내린 빗장뼈가 분꽃같은 속살로 웃는
정직한 날은 다시 오는가?

일어서서 또다시 일어서기만 하는
타인의 근육이여!
다시 한 번
넘어지고 싶구나.
돌부리에 무릎 깨고 피흘리고 싶구나
—「그리운 넘어지기」(5시집) 전문

　이 중에서 저는 단독성 문제를 가장 탁월하게 형상화한 시가 「그리운 넘어지기」라고 생각합니다. 넘어지는 것을 도태나 패배로 보는 이 현실에서 "자면서도 일어서는/ 습관성 기립"의 망념에 사로잡혀 살아야 했던 삶, 자신에게 부여된 자리에서 내쳐지지 않기 위해 "타인의 근육"으로 살아야 했던 삶. 이러한 현실에서 시인은 넘어지기가 그립고, 무릎 깨고 맑은 눈물을 흘리는 정직한 삶을 살고 싶다고 말합니다. 여기서 '넘어지기'는 시스템의 부속품 위치를 넘어서 진정한 자신을 찾는 행위로 그려지고 있습니다.
　4시집부터 본격화된 자연지향 역시 단독성 추구와 관련 있어 보입니다. 자연지향은 자연에서 기계의 부속품처럼 고정되거나 인위적으로 규격화되지 않는 자연의 속성을 발견하면서 이를 추구하고 그 지향을 가로막는 것을 비판하는 양상으로 드러나기 때문입니다. 자연과의 만남은 단독성을 회복시키는 경험을 선사해줍니다. 가령, "물살따라 허물어지는/ 열 손가락"(「가재잡기」)처럼 기계의 부속품이었던 현실의 '나'가 자연 속에서 지워지듯이 말입니다. 이렇게 자연지향이 단독성 추구와 결합되기 때문에 자연지향은 더욱 본격화되는 것이 아닌가 싶습니다. 단독성을 추구하며 관계를 엮어갈 대상이 이전 시에서는 사회 정치적인 것과 관련되어 있었다면, 이제는 그 대상이 자연으로 변모하는 것으로 보입니다.

이 시기는 청춘의 낭만성도 퇴색되어가고, 「그리운 넘어지기」라는 제목처럼 단독성을 추구하는 노력은 이미 과거의 그리운 것이 되어 멀어져버렸고, 어느덧 자신이 시스템의 톱니바퀴가 되어버렸다는 인식(벗어나려 했지만 그렇게 생활하고 있다는 인식)이 시인을 많이 옥죄여 왔지 않았을까 싶습니다. 이러한 사정들에 대한 이야기를 듣고 싶습니다.

신진 나를 일깨우면서 기억을 되살려주는 질문입니다. '단독성의 추구', 그리고 '자연지향과 단독성 추구의 결합'이란 말도 마음에 듭니다. 지금 허 교수께서 든 시들은 지적하신 대로 나 자신에 대한 성찰과 세계에 대한 저항감을 함께 품었던 순간들의 기록입니다.

나는 결코 세상의 변혁을 가져올 투사도 못되고, 설사 어딘가에 그런 능력이 있는 이가 있다 할지라도 인간 사회는 그를 기다리지도 받아들이지도 않을 거라는 비극성을 절감하면서 얼치기 귀촌인으로 살아왔습니다. 몇 사람만 모이면 보이게 보이지 않게 이기적 욕망으로 결속하고, 이기적 목적에서가 아니면 인간은 결속이 어려운 동물로 전락한 세상 아닙니까?

「그리운 넘어지기」는 확장된 나의 반성을 요구하는, 피 흘리며 넘어지고 넘어졌다 일어나던, 자연의 삶에 대한 동경, 그러니까 나 자신도 자신이지만 그보다는 세태를 겨냥한 시였습니다. 나란 인간집단의 제유이고 넘어지기는 어린 시절의 나란 순수한 삶의 제유이자 내 식으로 말하면 '차이의 차유'인 셈이지요. 허교수의 지적대로 넘어지기는 일방적 경쟁제일주의 교육의 포기를 의미하기도 하는 역설입니다. 이 시가 지향하는 건 자연의 질서에 혼연일체 되는 삶 그 자체였고, 이 시가 감동을 이끌 수 있다면 그런 마음을 일깨울 수 있는 극적인 전개 덕분이리라 믿습니다.

3. 집으로 돌아가기와 내실 있는 관계 모색(3기)

6시집 『귀가』(신생, 2005)

틈에 대한 사유와 단독성

허정 사회모순에 맞서다가, 자연과의 만남을 거쳐, 『귀가』라는 6시집의 제목처럼 선생님의 시적 도정은 이제 집을 향합니다. 이전 시의 경향과 비교해본다면, 원심적으로 확장되었던 시적 경향이 구심적으로 집중되는 느낌이 들어 약간 이질적으로 읽히기도 합니다. 자연과의 만남이 전면화된 2기의 시와는 달리, 이제는 사람과의 만남을 가족(특히, 아내)과의 관계 속에서 집중적으로 모색하고 있습니다. 그래서 이를 따로 떼내어 세 번째 시기로 분류했습니다.

이 시집에는 이별의 힘겨운 심사가 드러나는 시(「장롱 속의 외투」「금단현상」「망년회」「그대 떠나고」「헤어진 뒤에」), 가정의 따뜻한 온기를 그리워하는 시(「사랑」), 아내와의 관계를 새롭게 모색하는 시들이 많습니다. 이중에서 특히, 틈에 대한 사유를 바탕으로 아내와의 관계를 새롭게 모색하는 시들을 눈여겨볼 필요가 있습니다.

「틈」 연작 세 편에서 '틈'(사이, 간격)은 처음부터 존재한 것이 아니라 상대와의 관계를 맺으면서 만들어지는 것에 해당합니다(「틈 2」). 연작 세 편 모두 상대와의 관계를 이어가면서도 완전한 합일을 불가능하게 하는 틈의 존재를 인정하고 있으며, 이를 없애려 하지 않고 그 자체를 존중하고 있습니다. 하여 세 편 모두 '틈이 되었네'라는 대목으로 종결됩니다.

이 틈은 사람들을 맺어주기도 하고 동시에 분리시키기도 하는 '사이'(in-between)라고 할 수 있습니다. 이 틈은 '가까움과 내밀성'이라는 의미 안에 '간격 두기'라는 의미를 함께 간직하고 있습니다. 틈을 없애는 것은 소통을 없애고 일방적이고 독단적인 관계를 낳습니다. 이 틈이 있어야만 무엇인가를 공평하게 공유할 수 있으며 서로를 존중할 수 있는 관계가 가능할 것 같습니다.

이전 시집에는 이러한 틈에 대한 사유가 이미 드러나는 시도 있고, 어떤 때에는 이것이 무시되기도 하는 것 같습니다. 4시집 「시장골목」에서 화자는 시장 길에서 모르는 사람과의 '어깨 부딪히기'뿐만 아니라 '어깨 비키기' 역시 주목합니다. 나와 타자의 어깨를 부딪치게도 하고 비키게도 할 수 있는 '사이'라는 간격을 주목하고 있는 것이지요. 이 공간은 타인과의 어울림을 가능하게 하면서도 타인의 존재 그 자체를 배려해주는 사이 공간에 해당합니다. 이러한 사이 공간이 존재할 때 관계나 이 관계들로 엮인 공동체는 건강해질 것입니다. "혼자의 것이/ 여럿의 것이나 마찬가진가 보다"(7시집 「노래나 밥이나」)라는 인식이 가능해지는 것은 이러한 사이공간을 인정할 수 있을 때 가능해집니다. '사이'를 혼자의 것으로 독점할 때 그것을 자기 것으로 착각하지만, 사실 그것은 타인의 것이기도 한, 여럿의 공간이지요.

반면 아내를 다룬 이전 시집의 시(「아내」 「남조선 원쑤에게」)에서는 이러한 틈에 대한 사유가 약간 부족했던 것 같습니다. 그리고 합일을 지향하는 시에는 "꽃을 죽이고/ 꽃이 되어라/ 꽃의 신경이 돼라"(3시집 「나비」)와 같이 틈에 대한 존중 없이 다소 맹목적인 합일양상이 나타나기도 합니다.

틈을 인정하는 사유는 6시집에 이르러 본격화됩니다. 특히 이것은 아내와의 관계 속에 전면적으로 드러납니다. 함께 가정을 이루는 가장 내밀한 타자에게서 이러한 사유를 시도하고 있는 것이지요. 흔히들 아내를 동일자로 생각하기 쉽습니다. 그러나 6시집은 아내가 타자라는 사실에서 출발합니다. 그래서 자신의 의지를 반성 없이 발현할 것이 아니라 아내와 자신 사이의 간격을 존중해야 된다는 것, 가장 가까운 존재에게서 틈을 발견하고, 그 틈을 존중하면서 살아가야 한다는 인식이 시집 전체에 깔려 있습니다. 4시집 「아내」에 드러난 아내의 요구는 이 틈에 대한 요구였는데, 여기에 대한 수락과 긍정이 6시집에 이르러 다소 뒤늦게 나타나는 것 같습니다.

"한날한시에 같이 죽자고 했던/ 아내와의 약속"(「위약」)처럼 '사이 공간'을 인정하지 않는 완벽한 사랑에 대한 약속도 혼자만의 착각일 수 있고 위험한 것일 수 있습니다. 그래서 시인은 이 약속을 어기게 됩니다. 또한 틈을 긍정할 때, 이별은 이별이 아닌 만남이라는 역설적 사유도 가능해지는 것 같습니다. 아내에 대한 애틋한 마음(「장닭」)과는 별개로 그대를 「떠남의 그대」로 수용하여 보내줄 수 있고, "그대와 나/ 만나지 않아도 항시 만나고 있으리라"(「만나지 않은 만남」)라고 생각할 수 있습니다. 또한 "떠남이/ 만남에 다르지 않네"(「한 톨의 흙」)라는 인식을 바탕으로 이별의 아픔을 극복할 수도 있습니다.

그리고 선생님 시의 주요한 주제였던 단독성을 이 시기에는 틈에 대한 사유가 떠받치고 있는 듯합니다. 얼핏 보면 6시집은 가정이라는 한 자리에 정주하려는 것처럼 보여, 단독성과 대치되는 것으로 볼 수도 있습니다. 그러나 가정에 대한 고민이 전통적인 가장의 모습으로 이어지는 것은 아닙니다. 가족 관계가 '나' 중심적인 질서 아래 융합되는 것이 아니라는 점과, 구성원에 대한 존중과 배려가 틈에 대한 사유를 바탕으로 밀도 있게 이루어지고 있기 때문입니다. 이것은 이전까지 자기 자리라고 여겨졌던 것이 자기 자리가 아닐 수도 있다는 점을 수용하는 탈자화의 경험을 바탕으로 하고 있으며, 이전과는 다른 새로운 관계를 모색하려는 지향 아래 이루어지고 있습니다. 그래서 단독성에 대한 고민이 더욱 깊어졌다고 할 수 있을 것 같습니다.

또한 틈에 대한 사유를 바탕으로 관계를 재인식하는 것은 아내뿐만 아니라 사회적 지평으로 널리 확산되어야 할 가치가 아닐까 생각합니다. 틈에 대한 선생님의 생각을 듣고 싶습니다.

신진　허 교수께서 파악한 요점, 그리고 '아내뿐만 아니라 사회적 지평으로 확산되어야 할 가치'란 말씀에 전적으로 공감합니다. '사이' 공간이 존재할 때 공동체의 관계는 건강해질 수 있을 것' 이란 말에도 동감입니다.

사이 또는 틈은 절대 자유와 평등의 질서를 마음에 품고 현실을 살면서 저절로 몸에 밸 수밖에 없었던 처세적 간격일 수도 있습니다. 무슨 괜찮은 일이 주어지더라도 선뜻 나서기보다는 나보다 더 마땅한 이, 간절한 이가 없는지 둘러보게 되지요. 아니, 그렇게 하려는 마음을 놓지 않고 살아야 한다는 생각이 떠나지 않았지요.

시적 체험에서나 이상적인 삶에 있어서의 사랑이란 피아 간의 합일에서가 아니라 마땅히 간격의 상호 수용에서 생성되는 것이겠지요. 그것이 바로 인간적 생태의 질서요, 절대 자유가 보장되는 질서의 내면이기도 하고, 다른 생명체에 대비되는 사람의 태도이기도 할 겁니다. 사랑이란 일심동체를 전제로 하는 것이 아니라 서로의 틈을 인정하는 데서 비롯된다, 서로 사랑하는 만큼 틈은 커지는 법이다, 이런 말들을 나는 이따금 결혼식 주례를 하던 40대에 예식장에서도 쏟아놓곤 했지요.

그런데 허 교수의 논의에서 이의(異義)의 여지를 느끼는 부분도 없지 않습니다. 허 교수께서 틈에 대한 사유의 부족을 느낀다는 시 「아내」는 신경림 선생께서 『아침의 시』라는 편저에서 오히려 여유와 해학으로 해설하셨던 것으로 기억합니다. 「남조선 원쑤에게」는 오히려 틈에 대한 인식이 부작한 통일제일주의자, 통일대박론자들에 대한 비판이 아니었나 합니다. 그리고 "꽃을 죽이고/ 꽃이 되어라/ 꽃의 신경이 돼라"(「나비」) 같은 시는 맹목적인 합일양상이 나타났다기보다 온갖 허세와 헛말들이 난무하는 세태에 대해 드러나지는 않는 본체의 아름다움, 비록 인정받지 못하고 가려져 있더라도 신경처럼 몸을 움직이는 정신이 되어야 한다는, 좀 다른 측면의 얘기가 아니었나 합니다.

'사이' '공간' 또는 틈에 대한 얘기를 더 이어 봅니다. 사랑하는 사람 사이에는 틈이 존재하게 됩니다. 하지만 사이를 맺어주는 간격으로서의 틈이라 할지라도 틈의 인식적 긴장이 곧 사이를 이어주는 사랑이 되는 건 아니라 생각합니다. 동물 사이에도 '영역'이란 이름의 틈이 있고, 식물들 사이에도 각자의 영역이 있습니다. 이 틈이 없으면 공동체의 파멸이 오겠지요. 그러나 이런 동一식물의 영역은 자기보존을 위한 임시적인 간격입니다. 이런 생물체의 틈과 인간 공동체(또는 사랑)의 틈이 갖는 의미는 같지 않습니다.

우리가 자연에서 배울 질서나 미학이란 건 자연과 인간을 동일화하는 것이 아니라 자연 속의 인간을 찾아가는 일이라고 생각합니다. 생텍쥐페리의 말마따나 인간 간의 사랑의 틈은 서로 간격을 유지하면서 같은 곳을 지향할 때 이루어질 수 있습니다. 마치 기차 레일처럼.

서로의 차이를 인정하는 데서 그친다면 그건 사랑이라기보다 무난

하게 살아 넘기려는 산술적인 재주에 그치겠지요. 인간은 틈이 있어 사랑을 확인하고 유지하는 것이 아니라 사랑하는 사람 사이에는 이미 틈이 있는 거지요. 양보의 틈, 존경의 틈, 신성의 틈, 순정의 틈이라 할까요. 암튼 틈이란 차이성 속에서도 은유와 환유 같은 인접성(유사성)이 긴장하게 될 때, 틈으로 하여 서로의 아름다운 반성과 성찰이 이어질 때, 서로 받들고 존중함으로써 아름다워지고 향기로워질 때 우리는 사랑의 체험을 하는 것이 아닐까 합니다.

귀가의 이유

허정　네, 사랑이란 차이에 대한 인정을 넘어 관계를 만들어가려는, 그때 발생하는 긴장을 감당해내는 의지가 뒷받침될 때 형성되는 것이라는 말씀이 가슴에 와 닿습니다.

시집 제목이 『귀가』입니다. 시인은 왜 집으로 돌아오려고 하는 것일까요? 이전에는 사회, 자연, 일상과 같은 넓은 지평 속에서 관계를 모색했는데, 그렇게 넓혀진 지평에서 모색했던 관계가 일방적이고 공허한 것이었다는 깨달음, 이로 인해 그 관계를 가정이라는 가장 기본적인 단위에서 밀도 있고 내실 있게 새로이 모색해야 한다는 필요성 때문에 시인은 집으로 돌아가는 것 아닐까요?

"가정이라는 별을 품지 않은 이라면 사람다운 사랑을 할 수는 아마 없을 터이다"(「시인의 변」)라는 말처럼, 가정이 모든 관계의 초석이므로 이 사회에 만연한 공허한 관계를 새로이 정초하기 위해서는 가정에서의 관계에서 내실을 기해야 한다는 인식이 여기에 작용하고 있는 것 같습니다. 집을 팽개치고 그보다 넓은 지평에서 관계를 모색하고자 하는 사람이 많은데, 여기에 대한 비판 역시 그 이유의 하나가 아닐까 싶습니다. 「우리 집 가는 길」에서처럼, 가족들과 건강한 관계를 형성할 때 비로소 '나'를 찾을 수 있을 것입니다. 가장 기본적인 영역에서 자신을 세우지 못한다면 그 이상의 단위에서의 '나'란 없는 것이겠지요. 저는 귀가의 이유를 이렇게 생각해봤습니다. 선생님께서는 어떤 점을 염두에 두고 '귀가'의 발걸음을 내디디셨는지요?

신진 집으로의 귀가는 제게 적잖은 의미를 지니는 경험입니다. 그러나 내가 어떤 필요성에 의해서이거나 논리적 경위에 의한 건 아닙니다.

신생출판사로부터 출판 기회가 주어졌을 때 나는 실제로 아내와 이혼을 하고 있던 상태였고, 원고 정리가 거의 끝나갈 때는 다시 아내가 돌아온 때였습니다. 시집 제목을 무엇으로 할까, 궁리하던 중에 아내의 귀가에 맞추어 귀가로 결정한 셈이었지요. 그러니까 귀가는 나의 귀가이기도 하겠지만 그보다 더 아내의 귀가에 맞춘 시집명이었습니다.

물론 『귀가』의 시에는 가정의 문제가 중심 모티프가 되었습니다. 가족애란 인간 본성이 발현하는 출발점이요, 공동주체(제가 쓰는 말입니다만)의 최소 단위가 될 수 있다는 생각은 이혼 기간에 실감하기도 했습니다. 당연히 생태의 문제와 연결해서 생각한 거지요.

덧붙여둘 것은 『귀가』의 갈등과 그리움이 반드시 아내만을 향한 건 아니라는 사실입니다. 소재적인 면에서는, 실제의 다른 인간일 수도 있고, 추상적인 대상, 이상적인 다른 대상일 경우도 있었다는 말을 덧붙이고 싶습니다. 특히 '틈' 연작의 경우는 그렇습니다. 어떤 제제든 내 시가 지향하는 건 나와 세계의 본질이나 꿈을 지향하는 것이긴 합니다만.

사랑은 만들어가는 것

허정 "가정을 향한 발돋움은 사랑의 결실이 아니라 발원지가 된다." (「시인의 변」) 혹은 "사랑은/ 그 자체 순수하지 않다./ 서로 받들면서 닦으면서/ 순수로 나아간다."(「가정」)라는 구절에는, 사랑(혹은 가정)은 둘의 만남 자체로 완성되는 것이 아니라 부단한 노력을 통하여("서로 받들면서 닦으면서") 만들어가는 것이라는 인식이 드러납니다. 사랑은 동일자가 아닌 이질적인 존재들이 서로를 존중하면서, 그리고 서로에게 다가가려는 노력을 통해 형성되는 '과정 중에 있는 것'이라는 말인 것 같습니다. 이런 점을 강조하신 이유는 어디 있는지요?

신진 아시겠지만 인간에게는 동식물과 달리 사랑에 있어서도 본능만 앞서는 것이 아니라 선택적 의지와 상호 존중의 감정이 동시적으로 개입됩니다. 함께하면서도 서로 받드는 마음이 상호 간의 차이를 인간적으로 이상적으로 인식하는 마음이지요. 앞서 말했지만 차이의 인식이 곧 사랑의 아름다운 결실이라 할 수는 없습니다. 차이 속에서 같은 방향을 바라보고 갈 때, 서로 간의 신성이라 할까요, 서로 존중하게 되는 거지요. 또 서로 존중하는 대상이 되려는 노력을 잊지 않을 때 사람은 맑아지고 아름다워지기도 하리라 믿습니다. 시를 통해 이런 생각을 되새기는 이유도 차이의 인식이 동일화의 야욕을 감추는 것이거나 일시적인 타협점이거나 방편에 지나지 않아서는 안 된다는 생각에서였겠지요.

저를 포함한 모두가 가장 인간적인 사랑을 추구하고 진실한 사랑의 품에 감싸이기를, 최소한 인간다운 순수 사랑에 대한 원망(願望)만은 잃지 않기를 바라는 마음은 평생 나를 따라다녔다 해도 과언이 아닐 겁니다. 그건 자유와 진리와 평등 같은 사회적인 계기가 되기도 하고,

내 시의 중요한 내면적 계기의 하나가 되어 왔으리라 생각됩니다.

집의 의미

허정   집은 선생님 시의 중요한 상징 중 하나인 것 같습니다. 6시집의 '가정'이라는 의미 외에도, "그는 떠나서 나의 집을 지었다"(6시집 「앉은 뱅이 탁자」)는 대목에서는 그리움의 의미로, 산을 "열린 방" "열린/ 집" (5시집 「산에는 집이 있네」)으로 보는 데에서는 개방적인 안식처의 의미로, "새로 산 집에 들어도/ 다시 새 집 생각"(7시집 「집이 떠나네」)에서의 집이 구속의 의미이자 이러한 일상의 거처를 넘어선 자유로운 영혼에 대한 갈망을 촉발시키는 곳으로 읽힙니다. 이렇게 집의 의미는 매우 다양하게 변주되는 것 같습니다. 선생님께 있어 집은 어떤 곳인가요?

신진   그렇습니다. 그렇잖아도 나도 예전에 내 시가 집이란 이미지에 집착하고 있다는 사실을 발견한 적이 있고, 개인적으로도 '집'에 대한 저 자신의 콤플렉스를 확인해보기도 했습니다.

나는 7대 종손으로서의 집안 돌보기나 집 지키기는 일에 대한 훈시를 걸음마 시절부터 귀에 못이 박히도록 들어야 했습니다. 특별한 기회이기도 하니 내 집에 관한 강박의 근거 같은 걸 털어놓아 보지요.

우선, 나에게는 '짐으로서의 집안'에 대한 복합심리가 있었습니다. 선친은 일제 때 20대에 검사발령을 받을 정도의 친일 지식 청년이었습니다. 민족의식은커녕 학도병에도, 6·25전쟁에도 가지 않은 분이지요. 전쟁 후에는 중·고등학교와 양조장, 브러쉬 공장 등을 운영, 대부분의 가산을 탕진하면서 주정꾼으로 전락, 세상으로부터 버림받은 타락한 엘리트의 역을 했지요. 내 부담은 컸습니다. 어릴 때부터 너만 믿는다는 어른들의 무거운 격려를 버텨야 했고 매일같이 아버지를 보살피며 술주정을 견뎌야 했습니다. 집안은 7대 종손이요 7남매의 맏아들인 나에게 무척이나 무거운 짐이었습니다.

두 번째, 집에 관한 고정관념은 집이란 내게서 너무 멀리 있다, 가까이 있지 않다는 것입니다. 나는 중2가 되기 전엔 학교 외에는 출입이 금지된 채 살았습니다. 동네 골목 어귀에서 아버지를 만날 때에도 반기기는커녕 죄 지은 듯 무조건 머리를 숙여야 했지요. 고등학생이 되고 반항을 하고 방황을 하게 되자 선친께서는 집이든 산이든 재산을 물려주지 않겠다고 엄포를 놓기 시작했습니다. 그때는 장자 상속이 되던 때라 선친은 일찌감치 집안일의 대소사를 내게 맡겼고, 친척의 후원이나 남은 자투리땅을 팔아 생활 자금으로 썼습니다. 나는 집에 잘 붙어 있지 않고 돌아다녔습니다. 집이란 벗어나고 싶은 장소였고, 바깥은 언제나 그리운 원망(願望)의 대상이었지요. 내가 최소한의 내 할 일만 해드리고 나면 집을 떠나리라, 다짐을 거듭하면서 집안일에 묶여있었지요.

셋째, 이상적인 가족과 집에 대한 열망 또한 집에 관한 나의 복합관념의 하나라 할 수 있습니다. 집이 부단히 열망하는 나와 세계의 안식처이자 언제나 완성되지 않는 사랑 같은 것이란 시적 체험의 내면에는 이런 속사정들이 있다 할 것입니다.

가난한 이들에 대한 응시

허정 약자에 대한 관심은 초기 시부터 계속 이어지는 주제 중의 하나입니다. 6시집에도 비닐하우스에 사는 두 가구의 힘든 삶을 살피는 「비닐하우스」, 무허가 판잣집에서 어린 동생을 데리고 사는 소녀 가장의 삶(「별」)에 대한 응시가 나타납니다. 그런데 이 시들은 6시집 전체 분위기와는 약간 이질적으로 읽히기도 합니다. 이 시들에는 힘겨운 상황에서도 가족관계를 유지하려는 이들의 안간힘이 있어야 가정이 유지될 수 있다는 의도가 깔려 있는 것 아닌가 싶습니다. 혹은 "사랑의 생태를 잃지 않은 이에게는 우리가 사는 이 험한 세상도 확장된 가정에 다름 아니리라"(「시인의 변」)는 말처럼, 사회를 하나의 가정으로 보고 소외된 이들에게 아버지와 같은 사랑을 드러낸 것으로 읽혔습니다. 이런 시를 배치한 이유가 있는지요?

신진 앞에서 말한 것 같은데, 나는 내 시에 어떤 전제(前提)도 두지 않고 씁니다. 그래서 좋게 말하면 내 시들은 같은 시기에 쓴 것들이라도 다양하고 다채롭지요. 일견 서로 이질적이고 모순된다고 할 수도 있고요. 이는 인간의 진실이란 현실적인 논리와 다르게 순간순간에 쌓이고 변화하는 것이고 그래서 인간에겐 자유와 동시에 상호존중의 질서가 필수적인 조건이라는 믿음 때문일 거라 믿습니다. 그래서 시는 인간적인 진실을 좇는 작업이며 매 순간 새로운 몸으로 태어날 수도 있는 것이기도 하지요.

가난한 이와 갖지 못한 이들에 대한 관심은 우리 동네 주민들, 또래 친구들에 대한 부채감의 발현이기도 할 겁니다. 어린 시절 우리 동네 주민은 대개 피난민들이었는데, 따라서 내 친구들은 모두가 가난했습니다. 공부를 잘하던 아이들도 학업을 포기하고 공장으로 거리로 내몰렸고, 나는 진학 자체에 자괴감을 느껴야 했습니다. 중학교 고학년부터 고등학교 다닐 때까지는 나도 그들과 어울려 거리를 쏘다니고, 싸움질도 했습니다. 사고가 나도 친구들은 나라도 공부를 해야 한다며 나를 밀어놓곤 했지요. 나는 약자가 약자여서가 아니라 우리의 야비함이 그들을 약자 취급하고, 그들이 가지려는 행위를 은연중에 방해하고 있지 않나 하는 생각을 하고 있습니다.

자본주의 사회, 우리나라처럼 부(富)와 권력이 결탁하여, 부의 불평등이 심화되는 세상에서 가난이란 그리고 약자란 어떤 발생배경을 가질까요? 나는 우리 사회의 가난한 이들은 무능해서 가난한 것이 아니라 각자 기가 막힌 억울한 사정들을 안고 있고, 크게는 사회적 체제에 의해 치이다 보니 가난할 수밖에 없었다고 생각하는 겁니다.

도대체 소수가 그렇게들 잘 살 필요가 있습니까? 경쟁을 하듯 좋은 집에 살고 좋은 차를 타고, 해외여행 다니고 유흥에 절어 다녀야 합니까? 나는 지구상에 태어난 모든 생명이 제 땅, 제 생활을 타고 나듯, 이 땅에 태어난 모든 인간은 보금자리를 가질 수 있어야 하고 무슨 일을 하든 인간다운 기본권을 보장받아야 한다고 믿습니다. 이런 믿음은 우리나라 자원봉사자 대부분이 넉넉지 못한 사람들이고, 대다수 재산 기부자가 약하고 가난한 사람들이라는 통계를 볼 때, 어떤 시보다 어떤 문학예술, 스포츠경기, 학문보다 가난한 사람들의 인간애가 더 감명 깊게 느껴지는 데서 기인합니다.

능력, 능력, 능력에 따른 분배를 내세우지만 이 세상의 능력이란 가진 자들의 저울로 달아 질을 측정하고 있어 원천적으로 불평등한 것이 현실입니다. 기회의 균등을 떠들기도 하지만 야비한 인간들이 기회도 선점하고 법도 관행도 독점하고 놓지 않습니다.

모쪼록 갖지 못한 자들에 대한 응시와 연민을 잃어버리는 일은 인간의 양심을 잃는 일이라 할 것입니다.

4. 원숙한 노년의 목소리와 자발적 망명으로서의 말년성(4기)

7시집 『풍경에서 순간으로』(신생, 2010)

8시집 『미련』(시산맥사, 2014)

시인이고자 하는 의욕

허정 3기까지 선생님의 시는 사회모순에 맞서다가(1기), 자연을 거쳐(2기), 집으로 돌아왔습니다(3기). 이제 4기에 이르러서는 연륜을 더하여 사람과의 만남, 관계모색 등을 원숙한 목소리로 드러내고 있습니다. 앞 시기 가정을 통해 얻었던 내실 있는 성찰이 외부로 확산되면서 그 지평을 넓게 확산시키고 있는 것 같습니다. 이러한 경향은 8시집에서 본격적으로 드러나고, 7시집 7부(선집인 7시집에서 신작을 담은 부)에도 그러한 경향이 드러납니다. 그래서 7~8시집을 4기로 묶어보았습니다.

7시집 「자서」에는 "시 쓰기도 한낱 부질없는 욕심이요, 문명의 사족에 지나지 않는다 생각했다. 이루기에도 버리기에도 버거운 짓거리. 내 마음에서 시인이기를 바라는 의욕이 사라진 (거의?) 것도 10년은 넘은 일이다"라는 구절이 있습니다. 저는 이 구절을 읽고 약간 충격을 받았습니다. 대략 90년대 말부터 시인이기를 바라는 의욕이 사라졌다는 말씀인데, 그 연유에 대해 여쭈어도 될는지요?

신진 아마 촌 생활에 적응하면서일 겁니다. 많은 산과 들을 헤매 다녔고 강촌, 농촌의 사람과 접하면서 새로운 경험을 하면서 시보다 아름다운 생명, 시보다 신선한 동식물, 시보다 아름다운 사람의 모습을 보게 되었던 까닭일 것입니다. 도대체 시라는 것이 이기적인 협잡배들의 배나 불리고 그들을 변명하고 위로하는 데나 바쳐온 것은 아닐까 하는 절망에 사로잡히기도 했습니다. 내 문단 생활의 유일한 소통로였다고 할 〈목마〉 시동인들에게 해체 제의를 한 것도 그 무렵이었습니다.

아니, 시가 대수로운 것이 아니라는 생각은 시 쓰기의 출발점에서부터 없지 않았고 그 생각은 지금도 그다지 멀리 있지 않습니다. 나는 시를 써야 한다거나 좋은 문학을 해야 한다는 의무감 같은 건 지금도 거의 갖지 않고 있습니다. 그보다는 약지 않게 살자는 마음, 분수를 알고 살자는 마음이 간절하지요. 그래서 시집을 낼 때면 퇴고할 만한 구작(舊作)을 수정해서 재수록하는 데 별다른 부담도 갖지 않았습니다. 그동안 우리 시단은 시라는 것에 집착한 나머지 말은 남는지 몰라도 시의 기운은 거세되어왔다는 생각이 따라다니는 것도 이와 관련되리라 봅니다.

자기성찰, 노년의 삶에 대한 긍정

허정   8시집에는 노년의 목소리가 완연합니다. 물론 이러한 목소리는 6시집에서부터 나타났지만, 이번 시집에서 본격화되고 있습니다. 나이가 들었음을 직접적으로 고백하는 시도 있고(「따라하는 나이」), 노년의 삶에 대한 긍정(「장독」「마이산」)과 무욕―절제의 자세가 드러나기도 하고(「산행」), 삶에 대한 통찰이 드러나는 시도 있습니다. 죽음이 임박했음에 대한 인식이 드러나기도 하고(「망자(亡者)에게」), 아내에 대한 애틋한 마음으로 아내의 늙음을 살피는 시도 있습니다(「아내와의 여행」)

눈여겨볼 점 중의 하나는 『멀리뛰기』에서부터 나타났던 자기성찰이 깊이를 더하고 있다는 점입니다. 탐탁지 않았던 호박농사 경험을 바탕으로 못난 자신을 파종한 주인도 부어 있을 것임을 유추해내는「호박농사」, 윤회의 상상력에 힘입어 자신의 전생을 생각하는「나에 대하여」, 무욕에 이르기까지의 자신을 통시적으로 성찰하는「꼬끼요—」, 타인의 고통을 자신과 연결시키지 못하고 무탈함을 안도해하는 자신을 풍자하는「같은 날」 등에는 이러한 자기성찰이 잘 드러납니다.

'일상사의 분별은 그다지 큰 차이가 없다'(「거기서 거기」), '눈에 보이는 것을 넘어설 때 진실이 보인다'(「소경의 눈」), '비뚤어진 것은 비뚫어지지 않으려고 비뚤어진 것이다'(「바른 것과 뇌성마비」)와 같이, 삶에 대한 통찰이 드러난 시도 이를 통찰하지 못했던 이전 삶에 대한 성찰이 드러난 시로 보입니다. 산다는 것이 "공중에 대고/ 엉덩이로 이름 쓰기"라는 인식이 드러난 7시집의「엉덩이로 이름 쓰기」에도 이러한 성찰은 잘 나타납니다. 과거의 자기 성찰과 풍자가 정치현실이나 사회적 위치와 관련된 것이었다면, 이 시들의 성찰은 노년의 원숙함이나 통찰, 신이나 우주, 윤회의 상상력과 어우러져 좀 더 거시적이고 근본적인 차원에서 이루어지고 있습니다.

한편 이러한 성찰은 노년의 삶을 긍정할 수 있었기에 가능한 것 아니었을까 싶습니다. 장독뚜껑을 여닫는 행위에 빗대어 노년의 시간이 갖는 의미를 탁월하게 성찰해낸「장독」에서처럼 노년은 "지은 죄 남은 부끄럼/ 식히고 말릴 때"라는 인식(「장독」), 노년은 붙들고 있던 단단한 것을 놓고 불타올랐던 뜨거운 속을 가라앉히는 나이(「마이산」)라는 인식, 그러나 "돌"처럼 단단한 것을 "붙들다 놓고 떠나"는 그 행위가 아무 의미가 없는 것이 아니라 "산맥 하나 떠 매고 가"는 "냇물소리"처럼 "사연"을 남긴다는 인식(「돌 붙들다 놓고 떠나는」)이 노년의 삶에 대한 긍정으로 이어지지 않았을까 싶었습니다. '나이 들어감'을 긍정하는 일은 참으로 어려웠을 것 같습니다. 이는 아직 50이 되지 않은 저도 마찬가지입니다. 어떻게 그렇게 할 수 있었는지 여쭈어도 될는지요?

신진 회갑 때쯤 되어서 나 자신이 노년의 시를 쓰고 있구나, 하는 느낌을 받은 적 있습니다. 좋게 말해주시니 고맙습니다. 노년이 주는 시적 변모라면 무엇보다 내 분수를 알게 되는 거라고 할까요? 내가 할 수 있는 일과 생각할 수 있는 일과 그렇지 않은 일을 가릴 수 있는 거지요. 그런 것이 시적 원숙함이나 통찰력, 신이나 우주와도 연동되고 윤회적 상상력과도 어우러진다고 좋게 볼 수도 있는 여지를 만든 게 아닌가 합니다.

내가 더 경청한 대목은 허 교수의 말 중에서 '좀 더 거시적이고 근본적인 차원에서 이루어진다'는 말씀입니다.

내 노년의 시는 나이 먹어서 이루어지기도 하지만, 자연 속 거주가 세월을 먹으면서 획득한, '자연에 기대 사는 사람으로서의 자연 본뜨기'라고나 할까요?

'나이 들어감을 긍정하는 일'의 어려움은 내 경우, 내가 원하는 것의 한계를 분명히 하는 일, 즉 분수를 아는 일이 아닌가 합니다. 분수를 아는 일은 그러나 '긍정하는 일'과 동일시되어서는 곤란합니다. 적당한 선에서의 타협은 더욱 아닙니다. 오히려 그것은 유혹과 타협을 부정함으로서 분에 넘는 욕망에서 탈출하는 자유로움이지요. 분수를 아는 일은 결국 굴복이나 타협이 아니라 새로운 부정이자 승리라 할 수 있다는 거지요. 이런 인식은 촌 생활과 산보, 토박이 촌사람들과의 교유, 이런 것들이 은연중에 가져다준 것들이 아닌가 합니다.

창작에의 열의

허정 8시집에는 재수록 시가 거의 없습니다. 7시집 이후 4년 만에 내는 시집인데, 창작에 대한 열의가 재점화되고 왕성해지고 있는 것 같습니다. 이렇게 창작의 의욕을 재점화시키게 된 계기에 대해 여쭈어볼 수 있는지요?

신진 무엇보다 7시집을 시선집으로 엮으면서 당시의 신작을 적게 수록했던 까닭입니다. 그때 남은 시들이 다수 있었기 때문에 재수록 필요가 없었던 것이지 그 기간 시작활동이 유난히 왕성했던 건 아닙니다.

왕성한 건 오히려 정년퇴직을 앞둔 요즘이 아닌가 합니다. 논문을 포기한 대신 동시, 동화, 에세이 같은 것들을 쓰고 있는데 그 역시 미루어 온 이야기, 쓰고 싶은 게 있을 때 쓸 따름입니다.

밝은 이미지

허정 그동안 선생님의 시 제목으로 많이 사용되었던 '겨울', '어둠', '밤'과 같은 단어가 8시집에서는 사용되지 않고 있습니다. 오히려 겨울 뒤의 '봄'을 노래한 시들이 여러 편(「깨금발 봄」, 「골목의 봄」, 「봄이 왔습니다」) 있습니다. 시가 밝아졌다는 느낌도 듭니다. 특별한 이유가 있는지요?

신진 나 역시 그런 맥락을 느낍니다. 이유는 여럿이겠지요. 어둠, 밤, 겨울 이미지가 줄어든 데는 현실적 관심이 그만큼 옅어진 것 아닌가 할 수도 있겠습니다만, 그보다는 지금은 각 분야의 전문가들을 믿고 또 시민의식의 성숙을 기다려야 하는 시기라는 인식에서가 아닌가 합니다. 더욱이 당장의 현실적 문제의 해결은 우리 모두의 각성, 모두가 참여하지 않으면 안 되는 문제들, 인간과 자연의 근원적인 아름다움 이런 것들의 회복 문제와 직결되는 것이라는 데 집중하는 까닭이라 할 수 있겠습니다. 자연의 신성은 자연만의 신성이 아니라 바로 사람의 사람 체험이라는 생각입니다. 그것은 앞에서 말했지만 내 분수를 좀 알게 된 것과도 관련될 것입니다. 환경과 내 몸집에 맞추어 포기할 길을 찾아 포기하기도 하고, 부정할 것은 부정하는 것이 자연과의 타협이자 동시에 자연의 긍정이 아닌가 하는 거지요. 허 교수께서 읽는 긍정과, 봄은 나도 몰래 나를 적신 방법론적 긍정이랄까, 그리움 같은 것, 체득하는 가벼움 같은 것, 그렇게 느껴집니다.

노년, 화해와 비타협의 조화

허정 에드워드 사이드는 『말년의 양식』에서 말년(末年)을 두 양상(① 연륜과 지혜·화해와 평온함·조화와 해결의 징표가 느껴지는 말년, ②비타협·난국·풀리지 않는 모순이 드러나는 말년)으로 나누며 두 번째 유형의 말년에 각별한 관심을 드러낸 바 있습니다. 그러한 말년의 성격을 대변하는 말년성은 기존의 사회질서와 교감하기를 포기하고, 그와 모순적인 관계를 맺습니다. 거기에는 아도르노가 강조했던 화해 불가능한 요소들이 계속 드러나며, 이는 자기 자신과의 저항 속에서 발생한다고 합니다.

저는 위에서 말한 바와 같이 흔히 노년의 특징으로 거론되는 목소리(쇠락과 소멸, 연륜과 지혜, 화해와 평온함)도 8시집에 드러나지만, 사이드가 주목한 두 번째 경향의 말년(화해 불가능한 요소) 역시 이 시집에 잘 드러난다고 생각합니다. 지금부터 말씀드릴 사람, 만남, 단독성 등이 여기에 속한다고 생각합니다.

8시집에는 '사람'이라는 단어가 다시 많이 사용됩니다. 이 사람은 앞서 이야기한 바와 같이 우리가 일상적으로 만나는 사람이라기보다는 선생님께서 지향하고 있는 사람됨을 가진 사람입니다. 「사람에게로 가세」의 사람은 우리가 지금 가지고 있는 것을 모두 털어내고 "맨몸"으로 만나나가야 할 인간형, 진정한 인간성을 가진 사람으로 읽힙니다. 「버스 정류장」에서 "한 사람/ 사람을 기다리네" 할 때의 사람 역시 그러한 의미로 읽힙니다.

한편, "개도 소도 함께 가는 길/ 깻잎도 호박잎도 함께 사는 마을/ 벌 나비 난초사마귀 함께 사는 마을길"(「사람에게로 가세」)이라는 구절처럼, 그 사람에게로 가는 길은 온갖 동식물을 비롯하여 만물과 함께 가는 길입니다. 이를 염두에 둔다면, 그 사람은 만물과 공존하는 넉넉한 품을 가진 이입니다. 개와 같은 동물을 향해서도 마음을 열어두는 화자가 등장하는 「창문」의 화자와 같은 이가 그 사람이 아닐까 싶습니다.

또 한편, 그 인간은 자기중심성을 버리고 타인을 배려하는 인간으로 보입니다. 「따라하는 나이」 「람람람람람람」에는, 타인과의 만남을 지향하면서 그 만남 속에서 자신을 비우고 타인의 감정이나 처지를 자신의 것으로 수용하는 모습이 나타나는데, 그 사람은 이렇게 자기중심성을 버린 사람이지 않을까 싶습니다. 사람들과의 관계를 유지하면서도, 자기 잘난 듯이 수직으로 우뚝 선[正立] 인간이 아니라 타자를 향해 자신을 기울일 줄 아는[偏位] 사람, 자기 바깥을 향해 자신을 열어젖히며[外存] 타인을 향해 존재할 줄 아는 열린 사람입니다. "흔들리지 않고 하나되기/ 힘든 일이다"(4시집 「흔들리기, 흩날리기」)라는 구절처럼, 타자와 만나기 위해서는 무게 중심을 잡을 것이 아니라 흔들리면서 자신의 몸을 기울이는 편위(偏位)의 과정이 필요한 것이겠지요. 8시집의 여러 시들에 나타난 자기성찰(「호박농사」「꼬끼요―」「나에 대하여」「같은 날」)에도 이러한 자기중심성에 대한 비판이나 타인을 향한 열림의 자세가 전제되어 있습니다.

타인과의 소통이나 함께 있음(공동체)이라는 것이 이렇게 자신의 한계를 부각시키는 상황에서 체득하게 된 유한성에 대한 인정을 바탕으로, 자신을 자기 외부에 존재(外存)하게끔 하려는 사람들이 만나서 이루어지는 것이 아닐까 싶습니다.

타인이나 세상과의 만남에 대한 지향은 「시인의 말」에서부터 나타납니다. "사람들은 아무 미련 없이 모두 독방에 들었습니다. 혼자 노는 수음이 시라면 시를 버리자, 나는 돌아서서 시부렁거렸습니다"라는 대목에는 독방을 박차고 나와 시가 세상과의 만남이나 사람들과의 관계 속에서 쓰여야 한다는 점이 강조되고 있습니다. 바위가 구르면서 내는 소리를 "세상에 살 댄다고"로 읽어내는 「구르는 동안」에도 그러한 만남에 대한 설렘을 읽을 수 있습니다. 앞서 언급한 '사람의 의미'와 관련하여 부연하자면, 자기중심성을 버릴 수 있는 자들의 만남 속에서 이질적인 존재와의 소통이 가능하고, 독방에 갇혀 있을 때 예상할 수 없었던 새로운 것의 창조도 가능하고, 이로 인해 삶이 더욱 풍요롭고 숨 쉴 수 있는 공간이 될 뿐만 아니라, 지금과는 다른 대안 모색도 가능해지지 않을까 싶습니다.

물론 항상 사람을 중시하셨지만, 8시집에 이르러 특히 사람을 다시 강조하는 이유가 어디 있는지 여쭈어도 될는지요?

신진   섬세한 이해, 새삼 고맙습니다. 느끼시겠지만 말년(末年)의 두 양상, 즉 ①연륜과 지혜·화해와 평온함·조화와 해결의 징표와 ②비타협·난국·풀리지 않는 모순이 드러나는 두 양상은 나의 경우 별개의 것이 아니라 동시적으로 나타나는 말년의 양면성이 아닌가 합니다.

거듭 말하거니와 나는 자기 분수를 아는 경지를 참 인간에 이르는 관문이라 생각합니다. 허 교수께서 말씀하신 '유한성에 대한 인정을 바탕으로, 자신을 자기 외부에 존재(外存)하게끔 하려는 사람들'이야말로 자연의 사람이며 공동주체의 인간인 것입니다. 동양의 인생관과 자연관의 출발점도 이 지점에 있는 것이지만, 분수를 알게 되면 저절로 정의감과 겸양과 함께 실제적 자존심을 갖게 된다고 생각합니다. 분수를 아는 일은 사랑의 조건이기도 하고 진정한 주체의 가치를 만나는 일이기도 한 것입니다. 그래서 말년은 조화와 해결의 징표인 동시에 앞서 말씀드렸듯 그것은 비타협과 모순의 자세에서 우러나게 되는 것이 아닌가 합니다.

이 양면성의 체득이 조화를 잃게 되면 극단의 야비함과 독선에 젖거나, 이기적인 노욕(老慾)에 사로잡히게 된다고 봅니다.

나는 사람이야말로 우리에게 가장 소중한 자연이란 생각을 하고 살아왔습니다. 사람에게 있어 최선의 사람이야말로 가장 바르고 아름다운 생명이요, 자유와 평등을, 화해와 도전을 양면적으로 실천하는 존재라 생각합니다. 시가 숱한 과학에도 논리학에도 굴하지 않은 이유도 의외로 소박한 데 있습니다. 내게 있어 시가 모든 인간적인 것의 진수요, 인간적인 지향점의 구체화가 된다는 데 있습니다. 시가 물리적 욕망과 논리에서 즉, 상업주의로부터 가장 자유로운 양식이기 때문이지요. 그렇지 않다면 왜 시를 쓰는지, 정치를 하거나 통반장이라도 하거나 장사를 해서 돈을 벌지 왜 시를 쓰는지 모르겠어요. 이는 스스로에게 평생을 물어온 질문의 하나이기도 합니다.

나는 인간이 주체를 포기해서도 안 되고 공동체를 포기해서도 안 된다고 생각합니다. 화해하고 도전하는 인간, 그를 한때 나는 '시의 인간'이라 불렀고, 요즈음은 '공동주체의 인간'이라 부릅니다. 인간적인 단독성은 물적인 독자(獨子)가 아니라 주체인 동시에 공동체, 공동주체로서 실존한다는 말입니다. 참인간 덕분에 인간은 번영하고 있고, 그에 기생하는 비인간적인 인간들도 있는 것이 현실입니다. 하지만 이후에는 빈부의 격차와 인권유린, 민족 간 전쟁과 갈등, 자연의 훼손과 독점 문제 같은 질곡을 벗어나고 말 것이다, 반드시 그럴 것이라고 믿고 기대하고 있습니다. 그 길은 자연의 공동주체적 삶에 있으리라, 자연 속 사람으로의 재편입 과정에 있으리라 생각합니다.

인성과 신성

허정　앞서 만물과 공존하는 넉넉한 품에 대해 말씀드렸는데, 8시집에는 특히 그러한 경향이 잘 드러나는 것 같습니다. 자신을 괴롭히는 모기와 같은 미물을 마치 사람처럼 대하는 「모기에게 경고한다」, 여름 벌레를 "저 사람"이라고 호명하는 「오해」, 홀스타인이라는 젖소를 사람으로 호명하며 젖소를 위로하는 감정을 드러낸 「홀스타인 사람」 등의 시가 그러합니다. 이 시들에는 만물을 사람의 지위로 격상시키며 그것들과 공존하려는 넓은 이타심과 포용성이 드러나 있습니다. 한편 「금동천인좌상」과 같은 시에는 '사람이 하늘'이라는 사유가 드러납니다. 즉, 선생님께서는 만물에 인성, 나아가 신성이 깃들어 있다고 보시는 것 같습니다. 여기에 대한 생각을 여쭙고 싶습니다.

신진　지적하신 건 내 젊은 시절부터 나를 점령해온 사유양식입니다. 첫 시집 『목적(木笛) 있는 풍경』의 목적이 바로 원시적 신성의 이미지였고, 그 신화적 초현실주의, 이런 말이 가능하다면, 그것이 바로 만물과의 유기적 연대에서 발견하는 인간의 시원적 삶의 관념적 탐구였습니다. 이 가슴 속 추상의 실재들이 세월 지나면서 일상의 삶에서 보다 구체적으로 드러나는데, 그것을 포착한 것이 허 교수께서 방금 든 시들이 아닌가 생각됩니다.

4기시의 단독성

허정 8시집에도 단독성과 관련된 사유는 중요하게 드러납니다. 한 발짝 디디는 것이 두려워 테두리 안에서 맴돌면서 한평생 아프다고 엄살을 피우는 근시안을 지적한 「한 평생」, "남을 위해서 울지 못하고/ 운다, 조롱에 갇힌 새처럼 운다/ 내보내 달라고 내버려두라고 울지 않고/ 내보내지 말라고 버리지 말라고 운다"처럼 단독성 상실을 양심의 상실과 결부시키며 자발적으로 그 감옥에 갇히기를 염원하는 목소리를 풍자하고 있는 「결혼기념일을 잃다」, "금세 처박힐 듯 위태로운 곡예"를 벌이며 갈지자로 담을 넘는 나비의 비행 속에서 강요된 위치에 넘어서려 했던 자신을 떠올리는 「낯익은 솜씨」 등에는 이러한 사유가 드러나 있다. 그리고 사회에서 규정하고 있는 노년의 위치에 예속되지 않고 '하고 싶은 것 당당하게 하고 살자'는 당찬 주장과 적극적인 삶에 대한 포부가 드러난 「배짱」에도 이러한 사유가 드러나 있다. 자신의 자리를 보위하게 할 능력이 있는 권력자들에게 연하장을 쓰는 "습관성 은혜" "눈 먼 은혜"에 묶여 있던 자신을 비판하면서 자신을 진정으로 위했던 주 씨와 김 시인에게 인사를 건네는 「새해인사」 역시 마찬가지다.

실은 앞서 언급한 '사람의 의미', '사람과의 만남' 역시 단독성과 관련된 사유에 해당합니다. 이전에는 강요된 위치로부터의 탈피 쪽에 무게가 실려 있었다면, 이제는 그러한 탈출에 더하여 타인과의 관계 맺기 쪽이 강화되어 단독성 문제가 훨씬 더 풍요롭고 원숙하게 다루어지고 있다는 느낌입니다. 대체 가능한 부속품의 위치를 넘어서려는 열망을 공동체 형성과 관련지어 사유했던 「나의 시론―시의 인간」(『멀리

뛰기』)에 나타난 정신이 이 지점에서 유연하게 체현되는 것이 아닌가 싶습니다. 여기에 대해 어떻게 생각하시는지요?

신진 내 말이 그 말씀입니다. 허 교수의 말씀 듣고 보니 나 자신 당시 민음사 측의 기획에 따라 급히 쓴 1986년의 산문 「나의 시론—시의 인간」을 내가 조금씩 더 구체화해온 거로구나 하는 느낌을 받습니다.

「한 평생」, 「결혼기념일을 잃다」, 「낯익은 솜씨」, 「새해인사」 같은 시에 대한 분석에도 일단 동의합니다. 그러나 이런 시들은 나 자신의 경우를 두고 쓴 자기풍자는 아니라 할 수 있습니다. 그런 점을 완전히 배제할 수는 없지만, 이 시들의 체험과정은 세태풍자라 할까? 지금 이 땅의 사람들에 대한, 사람답지 못한, 이기적 욕망의 삶들에 대한 풍자라 보아야 할 것입니다.

거론하신 시 중에서 제일 시 같지 않게 보일 수도 있는 시 「배짱」을 보십시다.

길지 않다 죽살이길
잠이 오면 잠자고 가자

잠들지 않으면
동서남북 쏘다니며 하얗게 밤새우자

재미없으면
삼이웃 성가시게 떠들다 가자

일거리 없을 땐

얻어먹다 가자

　　－「배짱」전문

　　단숨에 써내려간 단순한 시입니다. 하지만 내가 쓰고자 하는 평상의
일상어로 내가 지향하는 삶의 여유로움과 자연스럼과 포용력이 아이
러니컬하게 표현되었습니다. 시는 순간적인 진실이고 그것을 지속적
인 시간에서 논리적으로 보면, 그건 어떤 가능성이거나 서정의 세계입
니다. 이 시도 내가 줄기차게 바라고 온, 서로를 존중하는 자연의 삶,
인간적인 일상의 체험이 계기가 되어 동경하는 시공의 인간을 구체적
으로 그리고 있다 할 것입니다.

소외된 이들에 대한 관심과 단독성

허정　　소외된 이들에 대한 관심은 이번 시집에서도 여전한 것 같습니
다.「집 없는 이」「눕는 데가 집이다」「종이쪼가리」에는 노숙자의 삶이
나타납니다. 특이하게도 이 시들에는 관심이나 연민의 정서를 넘어서
그 삶을 나누고 싶어 하는 정서, 나아가 어떤 대목에서는 그 삶에 대
한 부러움의 시각이 읽히기도 합니다. "눕는 데가 그의 집"(「눕는 데가
집이다」)인 그 삶은 한편으로는 집을 갖진 못한 결핍이나 불우한 처지
(「집 없는 이」)를 나타내기도 하지만, 시인에게 이것이 사회가 요구하는
위치를 자발적으로 거부한 자유로운 삶으로 수용되는 것 아닌가 싶습
니다. 그래서 시인은 자신이 신문지가 되어 노숙자를 덮어주고 싶다는
마음을 드러내면서도 "나도 신문지 덮고 잠들고 싶다"(「종이 쪼가리」)
는 욕망을 드러내기도 합니다.

신진　　그렇습니다. 갖지 못한 이에 대한 미안함이랄까, 동료의식 같은

것은 생명을 부당하게 위협당하는 다른 동식물에 대한 마음과 마찬가지로 내 시와 삶을 따라다니는, 글 쓰는 계기의 하나가 되고 있습니다. 이는 오늘의 인간에 대한, 문명사회의 체제와 가치기준에 대한 풍자나 회의와 맞물려 있습니다. 허교수께서 지적한 바와 같이, 사회가 요구하는 위치를 자발적으로 거부하는 자유로운 삶이야말로 내가 공동주체인 나로 서게 되는 태도가 아닌가 합니다.

5. 그 외의 질문

개작에 대하여

허정　4시집의 「강―희망소비자가격」에서 230원이던 라면가격이 5시집에서는 330원으로 바뀌었습니다. 물가변동을 고려하려 한 것 같습니다. 그러나 7시집에서는 다시 180원으로 바뀝니다. 그리고 4시집 「강―땅파기」에서 땅을 파던 노인이 5시집에서는 청년으로 바뀌었습니다. 그러다보니 "버짐투성이" "청년"이라는 구절은 어색했습니다. 이것이 7시집에서는 다시 노인으로 바뀌었습니다. 왜 이러한 개작과정을 거쳤는지 질문드릴 수 있을는지요?

신진　개작의 이유를 일일이 다 기억하진 못하지만, 「강―희망소비자가격」 경우의 기억을 말씀드리지요. 처음 쓸 때는 S라면의 가격이 230원이 못되었는데, 시집을 낼 때는 값이 좀 올라서 200원대로 올리게 되었던 것이라 생각됩니다. 다시 330원으로 인상되었는데, 제일 첫 발표 때를 생각해 다시 180원으로 내린 것입니다. 180이란 소리와 시각효과가 맞기도 해서. 청년과 노인도 그렇습니다. 원래 노인이 아니라

'청년'이었습니다. 그 뒤에 시집에 노인이라고 바꾸었더니 적잖은 평자들이 '노인'으로 인용하게 되고, 이것이 기성작이 되면서 굳어진 셈입니다.

아시다시피 원전 비평에서는 저자가 마지막으로 결정한 텍스트를 결정본으로 삼는 것이 일반적이니, 그렇게 생각해주시기 바랍니다. 나는 내 시가 허 교수처럼 성실한 읽기를 하는 연구자를 만나리라는 생각을 염두에 두고 쓰진 않았고, 또 그렇게 심각하게 생각하지도 않았습니다. 혼란을 초래할 수 있었던 건 내 불찰이라 인정하겠습니다.

재수록 시에 대하여

허정　선집 이외의 시집에도 재수록 시들이 제법 있습니다. 아마도 주제와 소재의 유사성 아래 시를 첨가하다 보니 그렇게 묶인 것이 아닌가 싶습니다. 재수록할 때 약간씩 개작된 시들도 많지만, 큰 변화는 없는 것 같습니다.

솔직히 말씀드리면 재수록 시가 읽기에 방해되었습니다. 이 시들이 재수록시임을 모르고 읽었을 때는 시집 전반적인 분위기, 목소리, 정서와 이질적인 시들이 있어(예컨대, 5시집에 재수록된 「바다 1」 「바다 2」, 6시집의 「꽃뱀」 「아내」 「편지」 등) '왜 이 시가 여기에 있을까'라고 의아해했습니다. 이 시들이 재수록 시임을 모르는 상태라고 하면 정확한 평가가 이루지지 않을 수도 있다고 생각됩니다. 그리고 각각의 시집 경향을 살피고 그 연속성과 변모를 통해 선생의 시적 도정을 살피는 데에도 방해되었습니다. 시집의 시적 경향을 잘 드러낸 시라고 생각했던 시가 이전 시집에 수록된 점을 뒤늦게 확인하기도 했습니다.

물론 각 시집의 「서문」에는 재수록에 대한 언급이 있습니다만, 일반 독자가 아니라 지금의 저와 같은 입장에서 선생님의 시집들을 접하는 입장에서는 그 출처가 좀 더 분명하면 좋겠다(수월하겠다)라는 생각이 들었습니다. 앞으로 선생님의 시에 대한 글을 쓰고자 하는 이들이라면 아마도 이와 비슷한 생각을 하지 않을까 싶었습니다. 그래서 쓸데없는 일일 수도 있는데, 앞으로 선생님 시를 연구할 이들에게 약간 도움이 되길 바라는 마음에서 이번 기회에 재수록시를 표로 정리를 해보았습니다.(「재수록 시 출처」 참고) 많은 시들을 재수록한 이유를 여쭈어봐도 될는지요?

신진 말씀대로 내 시집에는 재수록 시가 꽤 있습니다. 그 이유는 앞서도 말했습니다만 주로 출판 시점에 따라 있는 시를 긁어모은 결과이고 재수록을 할 때에는 수정하고 싶은 시, 재평가를 받을 만하다고 생각되는 시를 주로 고른 것이라 기억됩니다. 출판사의 요청으로 볼륨을 더하기 위해 급히 집어넣은 경우도 있습니다. 재수록 시가 내 시집의 미숙성을 불필요하게 드러내거나 오해를 불러일으킬 우려가 있다는 말씀, 이해할 수 있고, 또 미안하게 생각합니다. 하지만 어떤 시집이건 내 시집도 그 자체 한 권의 텍스트로서 존재한다는 사실을 영 잊지는 않았습니다.

소리에 대한 반응

허정 선생님께서는 의성어를 매우 신선하고 인상적이게 사용하시는 것 같습니다. 엿장수의 가위질을 "정그렁 정그렁"(「엿장수」)으로, 잡새의 울음소리를 "네루난실네요 너니난실네요"(「잡새 웃는다」)로, 물오리의 울음소리를 물오리가 횡단하는 곳의 지명을 이용해 "주르주그" "오호츠크 오호츠크"(「강-물오리」)로, 꽉 막힌 속이 뚫린 이후의 가벼움을 "김햇벌 개구리, 일시에/ 포올짝 뛴다./ 얹힌 것 죄 토해내고/ 꺼얼 껄 웃다"(「경공법(經空法)」)로, 수도꼭지에서 물떨어지는 소리를 "띠악… 띠악… 띠악… 띠"(「속 빈 달」)로 표현하고 있습니다. 그리고 "미슥김" "미섯다 김"(「남포동 밤길」), "사늡으냉" "동방샘명"(「엿장수」) 등에서는 구어를 그 질감을 살려 유연하게 풀어내시고 있습니다.

「멧새－짐승의 소리」나 「속 빈 달」 등에서는 소리에 민감하게 반응하시는 것도 같습니다. 이렇게 소리에 예민하게 반응하는 것은 선생님께서 즐겨 쓰시는 시어인 '어둠'과도 관련된 반응으로 보이기도 하고, 지나치게 시각이나 미각으로 편중된 현대인의 감각을 다른 쪽으로 분산시키려는 시도로도 보입니다. 이 점들에 대해 어떻게 생각하시는지요?

신진 분명히 그런 의도가 없지 않았습니다. 지금 생각해보니 의성어 의태어 등 상징어를 통한 표현, 과감한 구어체나 눌언(訥言) 같은 일상언어의 사용은 극적인 효과로 실감을 기대한 것이기도 합니다. 그것이 화려한 수식어를 역겨워하고 논리적 설명을 금기시하는 내 시의 시성을 담보하고 역동성을 담아내는 장치가 될 수 있다는 생각을 하고 있습니다. 시를 쓰다 보면 그런 양식들이 마음에서 우러나곤 하는데, 좀 엉뚱하게도 우리 전통의 신명에 대한 한때의 고려에서 시작된 것이 아닌가 합니다. 그 시작은 지적하신 대로 「엿장수」, 「잡새 웃는다」였지 싶습니다.

한국시의 자생성

허정 선생님께서는 시인인 동시에 연구자이자 시교육자이기도 하십니다. 「시인의 자술 연보」에는 "『한국시의 이론』(산지니)은 내 시론의 출발점이었으면 싶은 책이건만 마지막(?) 논저가 되지 싶다"라고 되어 있습니다. 이러한 진술을 보면 그동안 쓰신 논저 중에서 이 저서에 대한 애착이 남다르신 것 같습니다. 이 저서에서는 단연코 한국시의 자생성(自生性)과 차유(差喩)에 대한 논의가 두드러져 보입니다.

선생님께서는 한국 시의 자생성을 강조하고 있습니다. 이러한 입장은 「'전통 서정시'의 정체와 기반양식」에서 자유시 형성 과정에 사설시조─판소리─개화가사─마당극─서사민요 등과 같은 민간 문학의 사설양식이 계승되고 있음을 주목한 점, 민족적 개성을 자각한 전통 서정시가 서구 편향의 근대시 운동에 맞서 세 가지 양식(민요조, 사설조, 산화풍의 순수시)으로 전개되었음을 논증하는 점, 그 계승양상과 의의를 주목한 점에서 잘 나타납니다.

또한 자생성은 「현대시의 생태적 상상력」에서 자생적인 생태적 상상력을 찾는 노력에서도 나타납니다. 한국 근대시의 생태의식은 20세기 말 서구의 영향 아래 나타난 것이 아니라 일제 강점이라는 사회적 조건과 전통 자연사상을 바탕으로 하여 일찌감치 자생적으로 생성될 수 있었다는 가정하에, 선생님께서는 20세기 초부터 1980년대까지의 시를 생태적 상상력이라는 관점 아래 살피고 있습니다.

또한 이것은 「전위시의 맥락」「자생 전위의 중심축, 김지하 시인」「우리 시의 자생 모더니티」에서 전통양식을 활용한 전위시나 모더니즘시에 대한 연구로 이어집니다. 특히 이 글들에서는 민중의 삶이 주체가 되는 새로운 문체와 새로운 형식, 도피와 초월에 대립하는 힘의 문체와 삶의 양식을 시에 반영하여 후대 시인에게 영향을 준 김지하의 시를 '자생적 정치적 전위시'로 중요하게 보고 있습니다.

1980년대 이후의 시를 대상으로 도시시를 논의하는 선행연구의 경향에서 탈피하여 1920년대부터 도시시의 양상을 살피고 있는 「도시시와 소외의식」 역시 도시화에 대한 반응을 도시시가 시작된 기원의 시점에서 살피고자 하는 것이라는 측면에서 자생성을 중시하는 입장이

넓은 관점에서 투영되어 있는 듯 보입니다.

이러한 내용들을 뜻 깊게 읽었고 많이 배웠습니다. 이러한 시들에 대한 정의, 유형화 작업, 계승양상에 대한 통시적 기술, 의의 부여 등에 상당한 공력을 쏟았으리라 생각됩니다. 한국시의 자생성을 강조한 이유와 더불어 이러한 작업을 하시게 된 동기나 문제의식 등을 여쭙고 싶습니다.

신진 허 교수께서 맥락에 공감해주시니 고맙습니다. 언제부터인가 우리 시는 우리 토양과 우리 얼굴을 잃고 있지 않는가, 하는 의문에 싸여 있었고, 우리 삶을 바탕으로 한 근대는 거세되고 말았다는 참담한 심정을 안게 되었습니다. 우리네 삶에서 우러난 조선말의 자생 창작 민요들이나 민중들에게 흘러내리던 사설들은 개화를 내세운 서구주의와 친일문학, 사대주의 문화에 의해 왜곡되었다는 생각이지요. 우리의 민요조의 율격이 단숨에 일본식 자수율로 대체되고, 누구나 흥얼거리던 판소리, 서사민요, 시조, 독경, 민담 등등의 내재율 내지 산문율은 서구의 분석적 문체로 왜곡되었던 것입니다. 그 내용인들 추상적인 미학과 논리에 따라 우리 삶의 정신을 잃지 않았겠습니까?

사람들은 우리가 갖가지 명분 때문에 잃은 우리의 근대시를 찾지 않고 서양시 흉내 내는 것이 시인 양, 전위인 양 착각하고 그를 따르는 창작의 정도인 양 몽매했습니다. 이는 지금도 계속되는 현상입니다. 지금의 모든 시가 철저히 잘못되었다는 것이 아니라 우리 시는 원심력만 왕성했지, 우리 시의 바탕을 지워왔고, 시사(詩史)의 구심력은 매몰되어왔다는 말씀입니다. 나에게 연구자로서의 일말의 의무감이 있었다면 그것은 우리 근대시형과 우리 근대시문학사를 정립하는 데 일조하고 싶은 것이었습니다. 내 능력과 연구 환경으로는 온전한 뜻을 이루지 못했습니다만, 편법을 써가며 어느 정도 관심을 환기시키기라도 하자는 의욕은 있었습니다. 『한국시의 이론』을 쓰면서 산을 내려오는 산행자가 길가에 돌 이정표 하나라도 놓고 오는 심정이었다고 할까요.

차유에 대하여

허정　차유(差喩)에 대한 논의는 시연구자들의 기존 논의에서 확인할 수 없는 선생님만의 독창적인 논의이면서 매우 인상적인 논의입니다. "은유와 환유" "양극론으로는 이해할 수 없는 반어, 역설, 암호, 순수어 등이 시뿐만 아니라 일상어에서도 다반사로 쓰이고 있다. 그러한 언술들은 유사성의 은유나 인접성의 환유가 아닌, 특수한 정황을 반영한 것이다"(61쪽)에서처럼, 차유는 은유와 환유라는 두 축을 넘어 거기에서 배제되는 '정황'(언어 밖의 상황적 맥락)을 시적 인식과 시 해석의 차원에서 포용하려는 의도에서 출발하고 있습니다. 그리고 차유는 은유와 환유를 넘어서는 또 다른 축이 있어야 한다는 점, 그러한 발화를 가능하게 하는 상황도 봐야 한다는 점, 그것이 보다 개방적인 시 해석을 가능하게 한다는 문제의식하에 제출된 것입니다.

또한 선생님께서는 차유를 차이성의 비유로 정의내리면서, "은유가 유사성에 의한 대치를, 환유가 인접성에 의한 연결을 지향한다면, 차유는 차이성에 의한 접촉의 긴장을 지향한다"(85쪽)고 보고 있습니다. 나아가 차유의 종류도 ①아이러니와 유사한 차이의 차유, ②역설과 유사한 모순의 차유, ③내적 진실을 포기하고 있는 부정의 차유로 나눕니다. 그리고 역설과 아이러니가 크게 '언어적 역설―아이러니'와 '상황적(구조적) 역설―아니러니'로 나눠지는 점에 착안하여 '언어적 차유'와 '상황적 차유'라는 대항목 아래 전술한 세 가지 차유를 각각 두고 있습니다.

시연구자이자 교육자로서 차유를 창안하게 된 체험적 계기나, 차유를 통해 궁극적으로 하고 싶었던 점에 대해 여쭙고 싶습니다.

신진　차유의 문제는 시간이 나는 대로 좀 더 풀어서 진전시킬 예정입니다. 시간이 되는 대로 수정, 보충판이라도 내고 싶습니다.

　시교육 현장에서나 연구 현장에서 간과해온 영역이 내가 말하는 차유의 영역입니다. 시학이 은유, 환유 같은 수사적 언어의 차원에 머무르다 보니, 수사적 언어와 시를 동일시하게 되고, 오늘날 언어조작을 시 제작과 동일시하고 언어유희를 시적 긴장이나 낯설게 하기란 말로 미화하는 현상이 만연하게 되었다고 생각합니다. 문창과 학생들에게 시를 쓰라고 하면 시를 쓰기보다 말 꾸미기를 하는 것도 그래서라고 생각됩니다.

　시가 마음에서 몸에서 우러나는 것이 아니라, 손끝, 머리끝에서 굴러 나오는 것으로 여기는 추세는 청년들로 하여금 시를 쓰지 않고 읽지 않게 하는 주요 이유의 하나가 되어 있습니다. 손끝 놀음이라면 IT 기기의 각종 게임들이 훨씬 더 솔직하고 흥미진진하니까요.

　　지조 높은 개는
　　밤을 새워 어둠을 짖는다.

　윤동주의 「또 다른 고향」에는 이런 시구가 있지 않습니까? 여기서 수사법 또는 비유법을 말해봅시다. 대개 의인법(은유)을 들 겁니다. 그리고 밤, 어둠 같은 데서 상징(은유)을 들겠지요. 내 생각에는 이 시에서 일반의 인식과 다른 '지조 높은 개', '개가 어둠을 짖는' 같은 차이의 언어들은 개를 사람에 빗대 표현하려는 것(은유)이라기보다 차이성의 축에 의한, 차유가 제일 중요한 전략이 되고 있다고 할 수 있습니다. '개'는 개가 아닌, 문맥적 고려에 의해 '또 하나의 나'가 되면서 개는 개가 아니라 기품 있는 인간, 우주적 진리나 정의를 따르는 인간이라는 주지(主旨)에 이르게 됩니다. 차유의 차이성은 텍스트 밖의 개인적—시대적 상황과 연동되는 것이지요.

시적 언어는 원래 말 바꾸기 놀음이 아니라 남다른 상황 인식이나 남다른 개념인식, 즉 차별적 인지에 의해 생성되는 거 아닙니까? 거기서 새로움과 공감과 진동의 폭이 생기는 것이지요. 나의 비유적 인식에 의하면 '(높은 지조의 어둠을 짖는) 개'에도 은유적 유사성만이 아니라 환유적 인접성도 동시에 작동합니다. '개'는 주인을 바꾸지 않을 뿐 아니라 홀로 밤에 짖어대는 생명체라는 논리적 인접성과 차유, 이렇게 세 축에 의해서 구축된다는 것입니다. 굳이 그 중심축을 들라면 보는 관점에 따라 은유 또는 차유가 되겠습니다만.

기표만의 차유도 불가능한 건 아닙니다. 수사적 차이성은 해석적 차이성을 초래하게 되니까요. 그 극단적 형태가 내가 말하는 '부정의 차유'의 유희적 형태입니다. 하지만 이는 창작능력이라기보다는 기계조작적 능력과 결부됩니다. 인간적인 깊이는 결여한, 감각적 조작력에 의한 유사 차유라 할 수도 있습니다.

차유는 역사와 사회, 개인과 공동체의 이상을 향한 의지, 삶의 진정성과 그 대칭, 타락한 인간과 위선과의 대립에서 우러나게 됩니다. 이에 비해 은유와 환유 양축에 의존하는 언어주의 시학은 시를 시에서 건져내지 못합니다. 시가 시에 빠질 때는 시를 잃습니다. 시는 원래가 시속의 언어와 수사에 있는 것이 아니라 언제나 시의 바깥, 사람들의 삶에 있습니다. 차유의 조건이 되는 역사적 맥락과 현재적 상황, 메시지의 차이성은 그래서 시에서 인간적인 폭과 너비를 줍니다.

차유론 발표 이후 차유를 차연(différance), 낯설게 하기, 아이러니 등과 유사한 개념으로 보려는 경우도 목격했습니다. 영 틀린 말은 아니지만 그런 용어들보다 차유는 훨씬 실제적이고 본질적인 용어입니다.

20세기는 인간의 사유하는 이성, 로고스에 대한 철저한 파괴의 시대였습니다. 언어, 이념, 절대논리, 재현 등을 철저히 반성하고 탈이념, 탈관념, 해체와 다원화를 지향했습니다. 이 과정에 부정과 해체는 새로운 관습이 되고 문화예술의 미덕이 되었습니다. 그러나 데카르트식 사유체계의 주체를 에고이즘으로 치부하고 환상을 실재로 내세우는 20세기 후반부적 상황 또는, 21세기적 담론이 또 하나의 동일시의 논리, '이니까 이다'의 범주를 벗어나지 못하는 것입니다. 철저한 '아니다'도 '이다'가 그렇듯 동일화의 논리, 절대개념의 신념과 권위에서 나오는 것 아닙니까? 완벽한 다면화 뒤에 감춘 동일성의 권위주의에 지나지 않는 것입니다.

차유의 철학적 미학적 내면에 관한 말을 좀 더 이어보겠습니다. 무의식을 중심으로 인간의 자아를 해석한 프로이트와 기표(욕망)가 있을 뿐 대상(의미)은 끝없이 사라진다는 라캉의 논리는 20세기 전위시의 난해성을 합리화하고 오늘의 탈구조와 탈관념을 부추기는 주요 전략이 되어왔습니다. 라캉은 무의식은 언어와 같은 구조를 보인다는 전제하에 기표와 기의는 대응관계가 아니라, 기표가 절대적인 것이 된다는 점을 강조하고 기의의 끝없는 미끄러짐과 기표의 절대적 우위성을 끌어내었던 것이고, 이는 구조주의를 넘어 후기구조주의, 탈구조주의에 이르게 되지요.

후기구조주의자 데리다의 조어, 차연의 한계도 마찬가지로 지적할 수 있습니다. 의미의 미결정 상태, 끊임없는 유예 상태를 일컫는 말이지요. 텍스트의 의미는 궁극적으로 결정되어 있거나 확정할 수 있는 것이 아니라 오히려 언어의 의미작용의 연쇄 속에서 항상 '차연'의 미끄러지기 놀이를 따르게 되어있다는 주장입니다.

이들은 현대시인의 복합적인 내면을 나타내는 장치들—우연적이고 무의미하며, 상식파괴적인 언어들은 바로 그 모순 또는 불합리성의 충격을 필연시하는 논리로 작용하게 되었습니다.

그러나 나는 이 논리들의 시학적 수용에 강력한 의문을 갖지 않을 수 없습니다. 기표의 의미가 원래의 기의에서 미끄러지기는 하나 그것은 상황이 가리키는 바, 화자의 의도에 따른 변화이지 기의 자체가 바닥없이 매장되거나 증발하는 것은 아니라는 것입니다. 논리로는 그것이 기의의 멸실이 가능할지 모르지만 실제에 있어 기의 없는 기표란 불가능한 것이고 오히려 맹렬한 기의 찾기를 하고 있는 언어들이 그렇게 보일 뿐이라는 말입니다.

프로이트와 라캉은 심층심리학자로서 인간의 사고체계를 언어로 분석하는 데 몰두하였지, 기표들을 통해 사회 역사적 맥락에서 이루어지는 주체의 의미를 파악하는 데는 여전히 등한시하였습니다. 차유론은 음운론, 형태론, 통사론 등에 걸친 모든 변별적 자질들은 기표의 변별성에 그치는 것이 아니라 반드시 의미론적 변별력도 가진다는 철학에 근거합니다.

문학은 버리고 언어에만 열중하는 일이 있다면 그럴지도 모르긴 합니다. 하지만 저자란 언제나 백지 위에 차연의 놀이를 하는 것이 아니라 자신의 삶을 태워 텍스트를 통해 독자적 의미를 구현합니다. 시란 일반의 논리를 거부하고 도전하는 메시지로 새로운 인식세계를 드러냅니다. 시란 끊임없이 의미를 해체해서 낯선 말을 만드는 말장난이 아니라 새로운 의미, 우리의 삶 속에서 새로운 인지과정을 거치면서 낯선 의미를 발견하고 지향하는 행위입니다. 텍스트의 의미가 객관적인 사실로 적시될 수는 없겠지만 그렇다고 그 의미가 없을 수는 없습니다. 사랑이니, 고독이니 정의니 하는 관념어는 원래 지속적이고 객관적인 결론이 없는 것이지만, 시간과 공간과 메시지 3자 사이에 텍스트의 의미는 분명하게 존재하는 것입니다.

시는 언어와 저자와 독자 그리고 사회, 역사의 상호작용에 의한 허(虛)의 실재라 할 것입니다. '허의 실재'는 새로운 언어가 존재의 생명을 포기하지 않는 데서 현현하게 됩니다. 허의 허, 허의 유희를 내세우는 기능주의적 언어파들이 이어받기 놀이를 통해 세계의 생명권과 인권을 억누르는 자본주의적 기득권에 편승하는 태도는 버려야 합니다. 차유론에는 일견 무모할 수도 있는 이런 문제의식조차 감추어져 있습니다.

탈중심화, 탈영토화를 내걸긴 하지만 그 역시 중심과 영토의 실재를 허상으로 몰아가는 말장난에 떨어지고 있습니다. 모든 생명체는 매 순간 매사에 실상을 꿈꾸는 갈망에 있고 또 그래야 하는 것이 아닐까요? 결국 중심이나 영토를 갈망하지 않는 탈중심과 탈영토란 있을 수 없고, 기표란 그 바깥이나 그 사이에 기의를 둘 수밖에 없는 것입니다.

텍스트의 맥락상, 또는 일반의 논리상 차이에 의한 표현은 내적 맥락을 고려하면서 시간적—공간적 위치, 상황적 맥락과 결부하여 진의를 파악할 수 있습니다. 그것이 바로 차유의 기본개념입니다. 어떤 단어나 의미맥락을 겨냥하지 않고 그 뜻을 끊임없이 유예시키는 데 바쳐진다면 종국적으로 모든 철학과 문학 행위는 불가능하게 되고 모든 텍스트는 해석 불가(不可)의 낙서로 남게 될 뿐입니다. 일시적이거나 지속적이거나 간에 모든 언어 표현은 그 의미를 가지며 또 의미를 가지는 것이야말로 살아 있는 저자의 인간적인 행위라 할 것입니다.

이래서 차유는 은유, 환유와 함께 언어의 시적 기능의 세 축이 되는 동시에 언어생성의 축이 됩니다. 전통적 수사법상의 아이러니 류를 포함하면서 현대의 복잡다기한 시적 정황을 드러내는, 모호성, 언어유희, 객관적 상관물, 해사체적 탈관념 등등 모두가 강력한 차유성을 갖는 표현들이지요. 차이와 모순, 상식 파괴적 표현을 포괄하는 이 언술의 원리를 저는 차유(差喩, transphore)라 부르기를 제안한 것입니다.

은유, 환유의 양극론이 동일성의 논리에 길들여진 결과 자기동일성 지탱의 운동으로 일어난 것이라면, 차유는 상호 차이성과 상호 연대성의 정신에 의한 언어관입니다.

하나의 랑그에 무수한 빠롤이 존재하는 건 차연, 탈구조라는 본질 때문이 아니라 언어 안팎 상황의 차이 때문입니다. 차유는 모든 언술에 편재하며 은유, 환유와 함께 메시지를 더 적절히, 더 섬세하고 아름답게 하기 위한 시적 기능의 한 극인 것입니다.

시인이 시에 집착하면 시는 인간을 떠납니다. 시가 사람의 삶을 배반하고 추상의 관념과 언어에 매달리는 동안 시는 그만큼 생명을 손상당하고 숨을 쉬지 못하게 되니까요. 독자로부터 외면당하는 것도 불문가지의 일이지요. 이래서 은유를 중심으로 한 종래의 비유론이 변론술의 전통을 이은 말재주에 집착한다면 차유론은 정신과 형식의 통합적 생명체로서의 양식을 지향한다 할 것입니다.

동일성은 삶을 자기본위로 이끌고 지식을 도구화하고 관념을 동일성의 도구로 쓰지만, 시는 동일성을 추구하는 듯하면서도 도구성과 동일성에 저항하는 차이성으로 해서 감동을 이끌어냅니다. 어떤 종교나 철학이 영생과 지복을 안겨준다 해도 시인의 의문과 갈등은 끝나지 않으니까요. 시인은 석가나 예수를 믿는 사람도 아니고 공자나 노자, 마르크스의 이상을 실천하는 것을 목표로 할 수는 없습니다. 시인의 현실에 대한 구체적인 양심은 언제나 최선의 선택을 찾으면서 갈등과 애매성에 부딪치게 됩니다.

내가 소중하게 여기는 양심이라는 것도 강자의 약자 지배 도구이거나 약자의 강자 조절 도구일 수도 있습니다. 하지만 지배와 조절의 논리, 자기중심적 집착과 왜곡의 양심이 아니라 보다 깊은 정통 양심, 초양심, 보편적 양심은 있습니다. 보편적 양심의 물음은 시와 철학의 물음이지요. 더 이상 흔들릴 수 없는 순수를 지향하는 저항이기도 합니다.

마르크스의 투쟁적 역사관이나 칼 융의 비인과성(acausality), 르네 톰의 카타스트로피, 그 외 탈구조, 차연, 해체, 환상 유목의 개념들은 기존의 동일성의 논리가 갖는, 연역법과 귀납법과 변증법이 공통으로 간과한, 차이성에 대한 대안 논리의 모색으로서의 의의를 지니는 것이 아니었든가 합니다. 그러나 그것이 또 다른 정언명령이 되어 시를 강제하고 논리에 귀속시키고 동일화한다면 이는 시적 양심을 위반되는 것이 되고 맙니다. 모든 것이 부정(不定)되고 아무것도 아니기만 한 인식과 언어는 논리에 맹목화한 동일화의 논리일 뿐이라는 말입니다.

허정 차유에 대한 저의 이해가 부족하고 선명하지 못해서 질문 드리고 싶은 점이 있습니다. 야콥슨이 언어형성과 실어증의 두 양상을 논의한 「언어의 두 양상과 실어증의 두 유형」에서 시와 관련시킨 것은 은유이지 환유는 아니지 않는가, 환유는 오히려 산문과 연관되는 것이므로 이를 시를 시답게 하는 원리라고 할 수 있는가 하는 생각이 듭니다. 야콥슨이 「언어학과 시학」에서 "시적 기능은 등가의 원리를 선택의 축에서 결합의 축으로 투영한다"고 한 것은 시에서 유사성에 의한 선택의 원리가 인접성에 의한 결합의 원리에도 반영된다는 말이었지, 환유를 시적 기능으로 보는 것은 아니지 않는가 하는 생각도 듭니다. 그리고 차유는 아이러니나 역설과 어떤 차이가 있는가, 차유를 '어떤 대상을 바꾸어 상이하게 나타내는 차이성의 비유'로 보고 있는데 과연 차유를 비유라고 볼 수 있을까 하는 의문도 듭니다. 여기에 대한 이해를 구할 수 있겠는지요?

신진 현재의 문학 연구자들이 차유론을 읽을 때 가질 수 있는 질문이라 생각됩니다.

우선, 야콥슨의 「언어의 두 양상과 실어증의 두 유형」에 의하면 시와 관련되는 것은 은유이지 환유가 아니지 않는가, 따라서 환유와 차유를 은유와 같은 차원에서 시적 언어의 세 축으로 볼 수는 없지 않은가 하는 문제입니다.

허 교수께서 거론한 야콥슨의 논문에서 은유의 유사성을 시의 원리로 설명하고 환유의 인접성을 산문의 원리로 설명한 건 사실이라 기억됩니다. 하지만 야콥슨의 언어의 시적 기능은 기본적으로 일반산문과 서사와 드라마와 시, 모든 일상 언어에도 나타날 수 있다는 전제를 깔고 있지 않습니까? 그는 실어증의 두 유형을 설명하느라 시를 은유에 산문은 환유에 대비한 것이지, 전체적인 그의 언어관은 훨씬 열려 있다고 봅니다. 그의 대표논문 「언어학과 시학」의 전개과정도 그렇고, 그의 후예라 할 레이콥의 인지언어학만 해도, 시에서 은유와 환유를 함께 아주 자연스럽게 분석해내고 있지요. 뿐만 아니라 심지어 환유(제유)를 더 중요한 비유의 축, 언어의 시적 기능의 중심축으로 보기도 하지 않습니까? 오늘날 환유를 은유와 함께 시적 언어의 중심축으로 보는 건 이론의 여지가 없는 일이라고 생각됩니다.

말씀 나온 김에 야콥슨의 실어증에 관한 유형의 한계를 다시 지적해두고 싶습니다. 그에 의하면 유사성 장애 환자는 어떤 단어를 그것의 동의어나 우회적 표현, 이음이의어(heteronym) 등으로 바꿔 말하는 능력이 결여된 상태입니다. 인접성 장애는 낱말을 더 이상의 단위로 형성시키는 구문규칙을 상실하여 필경은 문장을 낱말더미로 퇴화시키고 말지요. 그런데 실어증 환자들을 유사성 장애, 인접성 장애만으로 볼 수 있는 것일까요?

언어의 사용에 있어 우회적 표현력을 잃고 특정 방언에 고착하는 현상은 언술의 상대와 시간, 장소, 태도 등 상황소(deixis)를 인지할 능력 장애에서 오는 장애일 수도 있지 않겠습니까? 인접성 장애의 무문

법성도 마찬가지입니다. 그 역시 상황소 인식 장애에 인한 언어장애와 구분될 수 없을 것입니다. 언술 상황의 파악이 되지 않을 때, 유사성 장애는 물론 인접성 장애가 함께 일어날 수 있음은 자명한 이치인 것입니다. 야콥슨이 이를 간과한 것은 선택과 결합이라는 구조주의적 언어관이 주는 태생적 한계라고 생각합니다. 모든 언술 현장, 살아 있는 언어 표현의 경우 상황적 맥락이 개입되지 않을 수 없으니까요. 여기서도 모든 언어생성 원리의 한 축으로서의 차유의 성립은 불가피해지는 것입니다.

다음으로 차유는 아이러니나 역설과 어떤 차이가 있는가, 그리고 내가 '차유를 어떤 대상을 바꾸어 상이하게 나타내는 차이성의 비유'로 보고 있는데 과연 차유를 비유라고 볼 수 있을까 하는 의문에 대해 말씀드리겠습니다.

아시다시피 수사학상의 비유란 '의미에 따른 비유'와 '형식에 따른 비유' 둘로 나누어져 왔습니다. 의미에 따른 비유로는 은유, 직유, 환유, 제유, 반어, 역설, 상징, 우화, 과장 등등이고 형식에 따른 비유에는 병치, 도치, 대조, 점층 등등이 있지요. 17세기 시학자 J. 보시우스는 모든 비유를 은유, 환유, 제유, 아이러니 등 넷으로 나누었고요.

이를 환기하면 절로 답이 될 것입니다만 나는 이 중에서 은유가 비유를 대체할 정도의 대표 비유가 되고, 아이러니가 도태된 이유 중에 제일 큰 이유를 전반적인 문화사에서 찾습니다.

단도직입한다면 근대시가 자꾸 시 속에 빠지고, 언어적 수사에 빠지면서 은유라는 수사가 비유의 대표로 부상한 것이라는 겁니다. 반대로 아이러니, 제유, 환유는 내가 든 순으로 산문에 강제 편입되는 경향을 보이게 된 겁니다. 이는 사실주의 문학 중심의 산문문학의 유행과도 직접적으로 관련되는 일입니다.

그러나 19세기 말 이후의 전위시와 마르크시즘의 시, 실존주의 등등을 거치면서 시에 있어 사실상은 은유 이상으로 제유, 환유가 이용된다는 사실이 분석·고백되고, 전통의 아이러니, 역설 등은 아직 제자리를 잡지 못하고 있었습니다. 실제에 있어서는 가장 요긴하고 광범위하게 쓰이고 있는 데도 말입니다. 이는 수준 있는 시집 어느 거라도 뽑아보면 금세 알 수 있는 일입니다.

이 상황도 여러 각도에서 설명되어야 할 것이지만, 여기서는 전통적인 아이러니 이론이 복잡다기한 현대시의 아이러니적 현상을 포용하는 논리가 되기엔 그 품이 너무 좁았던 까닭이라고 간단히 말하겠습니다.

여기에서 연상에 의한 유사성을 기반으로 하는 은유, 현실적 인접성에 의한 환유(제유 포함), 그 위에 상황적 연동성을 기반으로 하는 차이성에 의한 표현인 차유─언어유희, 탈관념, 환상, 유목성, 아이러니, 역설, 과장, 낯춘진술, 미언법 등등을 포괄하는 비유가 성립되는 것입니다.

차유는 누차 강조했듯, 은유─환유가 그렇듯 비유의 한 축인 동시에 언어생성의 원리이기도 합니다. 음운의 차원에서도 형태론의 차원에서도.

구체적인 언어 표현 어느 것도 지시적 의미 그대로 쓰이지는 않습니다. 모든 빠롤은 상황적 맥락을 벗어나 성립될 수 없습니다. 따라서 시성(詩性)의 주도적 자질이라는 은유와 환유, 두 축은 시적 언술의 상황적 맥락을 돌보기 어렵다는 점에서 수정, 보완되어야 하는 것입니다. 그렇지 않고는 반어, 역설, 암호, 순수어, 해사체 언어 등과 같은 언술의 비합리성, 모순성을 이해할 수 없는 것입니다.

향후의 행보

허정　노년임에도 불구하고 '하고 싶은 것 당당하게 하고 살자'는 적극적인 포부가 드러난 8시집의 「배짱」처럼, 선생님의 앞날 역시 물리적인 나이에 예속되지 않는 자세로 만들어져 갈 나날이지 않을까 생각됩니다. 그리고 "산맥 하나 떠 매고" 떠나는 냇물(「돌 붙들다 놓고 떠나는」)처럼 깊은 사연을 하나하나 만들어가는 행보, 사이드가 말한 말년성처럼 일반적으로 용인되는 것에서 벗어나는 '자발적 망명'의 행보가 펼쳐지지 않을까 싶습니다.

요즘은 100세 시대이기 때문에, 정년퇴임은 새로운 시작이라고 할 수 있을 것 같습니다. 향후의 계획에 대해 여쭙고 싶습니다. 그리고 저의 질문들 때문에 정작 하시고 싶으신 말씀이 많을 것 같습니다. 못 다한 말씀을 자유롭게 말씀해주시면 감사하겠습니다.

신진　퇴직 기간에 아무 소리 않고 조용히 사라져갈 생각을 했습니다만 덕분에 이런 호사를 합니다. 존경스럽기만 한 후배 몇 분이 이런 기회를 마련해주신 데 대해 새삼 감사드립니다.

나는 이태 전부터 사실상의 대학 은퇴 생활을 즐기고 있습니다. 쓰고 싶던 동화, 동시를 몇 편 썼고, 시골 생활 낙수(落穗)들을 모아 월간 『시문학』지와 두 군데 계간지에 연재하고 있습니다. 아내 이름을 빌어 〈현대 서정〉이란 출판사도 내었는데, 신춘에 세 권의 기획 시집 출판을 계획하고 있습니다. 골프 치지 않고, 좋은 차를 타는 대신 모이는 잡비를 독립출판사 유지에 써볼까 하고 있습니다. 들어오는 돈이 있다면, 전액 불우한 이들을 위해서 할 수 있는 일을 해볼 생각입니다.

무엇보다 나를 이 시간까지 이해하고 용서해주셔서 큰 탈 없이 살게 해준 선후배님들, 옛 친구들, 그리고 산과 들과 바다에 감사하면서 살고 싶습니다. 감사합니다.

허정　좋은 말씀 감사합니다. 1970년대 등단 이후 현실의 정치적인
상황에 맞서는 한편 생태문제에 대한 관심을 본격화해온 선생님의 시
적 도정은 당대 한국 시사적 흐름과도 맥을 같이하면서도 그 흐름을
추수하기보다는 그와 긴장관계를 형성하면서 독자적인 시세계를 구
축해오셨습니다.

청년기의 열정으로 1970~80년대의 정치적 상황에 맞서는 고뇌를
치열하게 보인 점. 현실의 문제에 개입하면서도 시적인 관념과 미적인
형상을 유기적 통합 속에 놓으려 한 점. 초현실주의 시단의 메카였던
동아대학교에서 초현실주를 비판적으로 성찰, 그 한계를 한국적 원형
상징을 통해 극복하려고 한 점. 생태문제를 현대시의 주요한 주제의식
으로 부각시키면서 생태시라는 장르가 한국 현대시의 주류를 형성하
는 데 영향을 준 점. 자연 지향을 탈속이 아니라 인간 현실과의 긴장관
계 속에 위치시키고, 참다운 인간성의 추구를 생태지향성과 결부시킨
점. 개인주의와 전체주의 양자를 넘어서는 공동체적 삶의 열망을 한국
적 신화와 생태라는 영역 속에 구현한 점. 화해와 비타협이라는 두 가
지 말년성을 조화시키는 삶의 시를 써온 점.

선생님의 답변과 이 책에 수록된 글들 속에는 1970년대 이후 한국
현대시를 대면할 때 살펴보아야 할 이러한 중요한 주제들이 오롯이
녹아 있습니다. 그와 아울러 자연에 깃든 선생님 시와 삶의 진면목을
생생하게 확인할 수 있을 것입니다. 앞으로도 건강하시고 건필－근필
하시길 기원드립니다.

－정리: 오정혜 · 김남영

재수록 시 출처

	1시집	2시집	3시집	4시집	5시집	6시집	7시집	8시집
가난1						83	125	
가난2						84	126	
가재잡기		76	56		111		56	
강—부동강					80		84	
강—물고기회				20	79		82	
강—희망소비자 가격				21	82		83	
강—땅파기				22	83		86	
강—물오기				16	86			
강—헤어지는 사랑				15			81	
갈매기		18	67		102			
건방진 가수 이야기	90		29				21	
건방진 거지 이야기	93		30				22	
검은 바다—동해에서		90	85					
겨울	65						29	
겨울과수원			15		106		64	
겨울까치			16		110		65	
겨울 산 껍데기					46		106	
겨울 송충이		30	37				41	
겨울에는 옷을 벗는다					89	79	112	
경공법				37			89	
공동묘지		104					35	
과일전에서				53	52			
꽃뱀			21			70		
그대의 이름			13				62	

	1시집	2시집	3시집	4시집	5시집	6시집	7시집	8시집
그리운 넘어지기				58	24		91	
그믐밤 길을 잃고					13		97	
남의 방				35	98			
남포동 밤길		21	40				52	
너는 빛나고						68	48	
다시 무주구천동을 찾아					66		100	
단비		103	24					
달동별곡			107				75	
담배		38	55					
말의 죽음			78				68	
망향		32	19					
맨처음						78	119	
멧새		24			104		42	
모기아비가 아기 모기에게			61				70	
미망인	34	99						
바다A—목적 있는 풍경	55				114		30	
바다B—목적 있는 풍경	57				115		31	
바다 물밑을 가며				101	56		94	
바퀴벌레			97				72	
밤	61						32	
밥 해먹기				86	58		92	
배우기					70		109	
백로					72		103	
볼펜			11			82	59	
부자지간			36			38		
비닐하우스						22	115	

	1시집	2시집	3시집	4시집	5시집	6시집	7시집	8시집
빈대떡			62				71	
수탉소리							136	25
사람들은 세상을 어둡게 본다					63		99	
사랑니를 뽑고			51	73	96			
사자봉 가는 겨울 길					42		106	
산에서 아들에게					16		104	
시계				45	92			
시장골목				52	51		87	
실연4		50	22					
아내				51		39	46	
어둠이 부른다				75	100			
어둠 속 불빛						14	115	
어물전에서				54	53		67	
얼굴					39		98	
엘리베이터			42				67	
연가—그네		54	23					
엿장수		82	71				44	
우리 집 가는 길						34	124	
유태의 백양		86	69					
유혹	20				108		24	
은사님의 그것						36	112	
음주운전 또는 귀가				36			88	
이 닦기			35		57		66	
일상				88	54			
일어나 보니	31				112		26	
자갈치 해변 시장	67						34	
작은 매물로			49		94			

	1시집	2시집	3시집	4시집	5시집	6시집	7시집	8시집
작은 것 되리					18		110	
잡새 웃는다		78	73		78		39	
장난감 마을의 공터에서		94					50	
장닭						16	118	
장미원	23						28	
장롱 속 외투						14	121	
즐거운 폭발				90	99		90	
지상						25	137	
척후			99				74	
청제비꽃						26	120	
촛불		42	28					
통금시간의 애인	98	65					15	
틈1						88	128	
틈2						89	129	
편지―0에게		62				96		
풍경		84	96				47	
피아노 집			26				60	
호숫가에서		26	57					
황사					74		102	
회색개미		80					40	
혼적만 남기는 그대			12			72, 97		

※ 1시집 「악몽」과 5시집 「악몽」은 다른 시임
※ 재수록시의 경우, 마지막 수정본을 정본으로 한다.
※ 표 안에 있는 숫자는 시집에 수록된 쪽수이다.

제목이 변경된 시

1시집	2시집	3시집	4시집	5시집	7시집	8시집
건방진 가수 이야기		건방진 가수			건방진 가수 이야기	
건강진 거지 이야기		건방진 거지			건강진 거지 이야기	
	검은 바다 —동해에서	검은 바다				
미망인	구렁이 — 미망인1					
바다A—목적 있는 풍경				바다1	바다A—목적 있는 풍경	
바다B—목적 있는 풍경				바다2	바다B—목적 있는 풍경	
					수탉소리	꼬끼요
	실연4	점화				
	연가 —그네	그네				
			음주운전 또는 귀가		음주운전	

2부

신진의 작품 세계

호활하게 웃으며 이를 닦아라
— 시인 신진

최학림[1]

1.

10년도 훨씬 전, 한 날의 밤이었다. 어떻게 아이들이 스스로 이를 닦게 만들지? 그때 초등학교에 갓 다니던 우리 집 아이들은 이를 잘 닦지 않았다. 마침 당시 보내왔던 신진 시인의 시집을 읽는데 '이 닦기'라는 시가 보이는 것이었다. 느낌을 살려 아이들에게 읽어주니 깔깔 재미있다고 그날 아이들은 모처럼 신나게 이를 닦았다. 이를 닦기 싫어하는 아이들로 하여금 이를 닦게 하는 힘! 그것을 사람과 세상을 바꾸는 시의 힘이라고 능치는 것을, 아서라 지나친 과장이라 흉보지 말지니.

아가야, 이를 닦아라
잠자기 전에는 이를 닦아라
네가 먹는 아침식탁 점심 혹은 저녁의
탐욕의 녹
목구멍을 넘기 전에 닦아내어라

---

1) 부산일보 논설위원.

이를 닦아라, 아가야
웃음마다 접히는 검은 눈주름
목청에 남아 있는 굴욕의 노래
깨끗이 깨끗이 닦아 내어라
잠 깬 아침에는 다시 이를 닦아라
어제의 쌓은 꿈, 내일 이룰 꿈
타고 난 무늬로 닦아내어라.
— 「이 닦기」 전문

"아가야" "닦아라"라고 반복되는 소리와 묘한 리듬이 귀에 꽂히는데 아이들이 이를 안 닦고 배기겠나. 그런데 이 시는 "탐욕의 녹"이며 "검은 눈주름"이며 "굴욕의 노래"도 닦으라 하고 있으니 그것은 곧 마음을 닦으라는 것이다. 나는 "어제와 내일의 꿈"까지, 그것도 "타고 난 무늬로 닦아내어라"라는 마지막 구절에서 느낌의 절정에 이르렀으니, 그것은 치약 맛처럼 싸아 상쾌하더라.

뒤에 신진 시인을 만나서 "시가 우리 아이들에게 치약이 되어서 이를 닦게 했다"고 했더니 시인은 되레 나에게 "감사하고 고맙다"라고 했다. 서로가 무슨 영문인지 알만했고 그때였는지 그 이후였는지 한 번은 서로 대취했고 그렇게 신진 시인을 알게 됐다.

생각건대 이(齒)는 인간의 부드러운 몸 밖으로 드러난 것 중에서 가장 단단한 것이다. 살갗에 뿌리를 두고 있는 손톱, 발톱과 달리 이(齒)는 몸속에 감춰진 뼈의 유별나고 유일한 연장(延長)으로서 포유동물의 살고자 하는 의지의 표상이다. 널 먹어 치우겠다는 것인데 아드득 빠드득 먹어야 살지 않는가. 먹는 것처럼 애달프고 신성한 것이 있을까. 그러나 먹는 것처럼 추잡한 것도 없다. 밥그릇 싸움, 세상의 모든 갈등과 전쟁, 삶의 질곡은 모두 먹는 일에서 연유한다. 그러니 마음을 닦듯이 이를 잘 닦아야 하는 것이다. 그것이 이른바 '이 닦기'의 옷을 입은 신진의 수신론(修身論)이다.

2.

신진 시인은 유토피아의 시인이었다. 긴급조치 시위 휴교의 악순환을 거치던 엄혹한 1970년대에 그는 방황하는 젊은 문학도이자 열렬한 대학신문 기자였다. 그는 그 시절 이상과 현실, 자연과 인간, 인간과 신이 하나가 되는 유토피아를 꿈꾸며 동서양의 신화를 탐독했다고 한다. 아 유토피아! 루카치의 문장이 떠오른다. "별이 총총한 하늘이, 갈 수 있고 또 가야만 하는 길들의 지도인 시대, 별빛이 그 길들을 환히 밝혀주는 시대는 복되도다." 1978년에 출간한 그의 첫 시집은 『목적(木笛) 있는 풍경』이었다. 목적(木笛), 그는 유토피아의 신화를 길어 올리는 '목관 피리'를 불었던 것이다.

> 열여섯 살 바람이 사는 골짜기
> 둥지마다 황금빛 날짐승 알이
> 동굴에는 김현랑의 어진 아이가
> 햇볕 쬐고 있단다.
> 햇볕
> 쪼이고
> 있단다.
>
> 예서 한 열흘
> 음악이 되어서 놀다 가거라.
> ─「유혹」 부분

"열여섯 살 바람"은 세상의 고락을 허용치 않는 싱싱한 이팔청춘의 물오른 바람일 것이며 삼국유사 김현 처사의 아이(이런, 김현 처사가 아이까지 낳았다니!)가 햇볕을 쪼이고 있으니 거기서 음악이 되어 "한 열흘" "놀다 가라"는 것이다. 쇼펜하우어도 공자도 가장 완전하고 높은 삶의 질서와 형태를 음악이라고 했다. 그런데 음악이 되어 놀다 가라니 '유혹'치고는 이런 '유혹'이 없다.

그 유혹을 따라 그의 첫 시집을 구해서 읽었다. 아, 염불보다 젯밥에 더 관심이 간다고, 참으로 낯선, 이마와 볼때기가 파란 서른 살의 청년 신진의 사진이 눈에 꽂히는 것이었다. 가슴이 떡 벌어진 훤칠하고 잘생긴 청년! 그 시집에서 내가 읽은 가장 아름다운 대목은 「미망인」의 첫 연이다.

> 물외를 베어 먹다가
> 딸국질을 시작한 그 여자는
> 달이 뜨자
> 달보다 예쁘게 분 바르고
> 산 너머 너머 달아났어.
> ―「미망인」 부분

'딸'꾹질을 하다가 '달'이 뜨자 '달'보다 예쁘게 분 바르고 '달'아났다는 것에서 '딸'과 '달'이 음악처럼 묘하게 반복된다. "물외를 베어" 물었다는 것은 금단의 과일을 먹었다는 것이고, 물오른 물외를 먹었으니 미망인은 어쩔 수 없이 물이 올랐던 것이다. 딸꾹질은 그것의 신호이다. 아마도 미망인에게는 가슴이 떡 벌어진 잘생긴 서른 살 청년의 몸살 나는 유혹이 있었을 게다. 유혹에 넘어간 미망인이 달보다 "예쁘게 분 바르고 산 너머 멀리 달아나는" 그런 게 유토피아의 일은 아닐는지.

3.

　한 번은 그가 나에게 메일을 보내왔다. 그가 살고 있는 낙동강 너머로 발걸음을 해보라는 귀띔이었는데 그 귀띔의 핵심은 먹는 일이었다. 금강산도 식후경인데 낙동강을 식후경 못할쏘냐. 나는 이를 깨끗이 닦고 벗들과 갔다. 그를 청해서 넉넉한 인심을 느낀 것은 충분했으나 두어 시간 점심과 약간의 낮술만 하고 헤어졌으니 '음악이 되어서' 한나절도 제대로 놀지 못했다. 그게 영영 아쉬웠다.

　신진 시인은 1949년 부산의 범천 4동에서 태어났다. 산복도로의 동네에서 어린 시절을 보냈던 부산 촌놈이란 말이다. 그런데 그는 25년 이상을 낙동강 저쪽 읍면의 강가나 산속에 집을 두고 살고 있다. 한 번 오라는데 그게 잘 안 돼 내내 아쉽다. 여하튼 그는 낙동강이 유장하게 흐르는 곳에 살고 있는 셈이다. 헌데 정작 유장한 것은 그의 내면에서 흐르고 있을 거라고 나는 생각한다.

　이를테면 「건방진 거지 이야기」라는 빼어난 시가 있다. 이 건방진 제목을 봐라. 이 시는 범천동 어린 시절의 기억 속에 있는 늙은 거지에 대한 이야기다. "범냇골 산번지 그 중 꼭대기 이름 없는 바위굴에서 살았"던 늙은 거지는 별을 헤며 "어디에 계십니까?"라는 건방진 소리를 하곤 했다. 우리가 가슴을 앓을 즈음 그 노인은 어디론가 떠났는데 다만 바위굴보다 더 높은 곳으로 갔을 거라고 여겼을 뿐이었다. 우리가 더 아플 때 우리는 그 거지가 있던 산꼭대기에 올라가 횃불을 들고 그 노인을 불렀다. "어디에 계십니까?" 그러다 보면 그 노인도 우리도 "어디에 계십니까?"라고 외치고 있는 듯했다, 는 그런 내용이다.

　베케트의 「고도를 기다리며」와는 또 다르게 어린 시절의 기억 한 조각을 대단한 능청으로 버무려 유토피아에 대한 갈망을 극화하고 있다. 낙동강이 이미 유장하게 흐르고 있는 것처럼 "어디에 계십니까?"라는 갈구가 어린 시절부터 유장하게 흐르고 있는 것이다.

그러나 갈구와 유장함만 있을 텐가. 그것만 있으면 인생살이의 애달픈 재미와 진면목이 빠지는 것이다. 나는 강을 옆에 두고서 속울음을 우는 그를 시에서 읽는다. 슬픔이 강처럼 고요하게 흐르는 시다. "한 마디 말없이 사랑하다가 헤어지자는 말 한 마디 없이 송두리째 헤어지는/ (중략)/ 비명없이/ 찢어지기/ 강은 그렇습니다."(「강-헤어지는 사랑」) 말없이 흐르는 강처럼 눈물을 흘리고 있으나 "송두리째" "비명" "찢어지기"라는 단어가 아픔의 짙은 강도를 드러내고 있다. 여하튼 나는 그를 만나 기회가 닿으면 물어볼 참이다. "이 시가 품었던 슬픔은 이제 강처럼 다 흘러갔는지요?"

4.

한 번은 서울의 소설가, 부산 시인과 어울려 떠들썩한 자갈치시장의 횟집에 마주 앉았던 그가 말했다. "흙 마당에서 일을 하면서 이마에 땀방울이 맺힐 때 그 땀방울이 시라는 생각이 들 때가 있다." 시를 쓰지 말고 이마에 땀방울만 맺으면 될 일인가. 원고지와 컴퓨터에 쓰는 시가 아니라 이마에 맺히게 하는 시. 그런 지경에 이른 방외(方外)의 도사들은 분명 있을 것이다. 그러나 시인은 방안(房內)에서 방외를 꿈꾸니 그것은 이율배반이요 있으면서 없는 것을 넘보는 것이다. 그의 말은 시는 언어 너머의 것이며, 언어를 넘어선 최초의 그것인 방외의 것인데 시인은 언어로 그것을 드러내야 하기에 방안에서 놀아야 한다는 것이다. 그러나 방안에서 놀지만 방외에서 노는 것이 되어야 한다는 말이다. 말이 어째, 어렵다.

「얼굴」이라는 시다. 어떤 사람들을 처음 보면 "눈이 부시"고 얼굴마다 "금빛 시간들"을 내뿜으며 눈이 멀 지경이다. 그러나 그런 '체'하는 것은 방안에서 어설프게 노는 것이다. 방안을 벗어나야 하는 법이다. 자 봐라. "취하거나 졸거나 쓰러지거나 아무튼 그가/ 무작정 던져진 순간/ 비로소 그의 얼굴이 보인다". 다 아는 얘기가 아닌가. 그러나 "무작정 던져진 순간", 그 한 순간이 바로 '이것'이라는 순간이다. 그때 방외가 스친다.

사람의 마지막은 무엇일까. 배우고 때로 익히는 것, 제자 모아 가르치는 것, 벗이 멀리서 찾아오는 것……. 신진은 이 모든 것을 "의심스럽지 아니한가"라고 회의하며 내박친다.

> 십구공탄 구멍마다 살 고운 불 골라 맞추어 놓고
> 허기에 차오르는 밥내 맡으면
> 어느 계곡 물소리가 이에 더 정직하고
> 어느 법전 말씀이 이에 더 향기로우랴
> 모진 꼬신 내에 박살이 나는
> (중략)
> 만 귀신이 지나도록 밥해 먹는 모습
> 가로되 색이 당하랴, 혼이 당하랴?
> ─「밥 해먹기」 부분

인간이 가장 나중까지 지닌 것은 밥 해 먹는 것이고, 자연을 넘는 자연, 법전을 넘는 법전이 '밥'이라는 얘기다. 이게 '방 안'에 굳이 얽매이는 것은 아닐 테다. 별것 없는 것의 온전한 깊이와 그 완전함! 애고머니, 이게 방외가 아니고 무엇이겠는가.

그때 나는 다음과 같은 말을 부려놓는다. 그는 큰 기교의 시인이다.

그의 시는 알아먹기 쉽다. 그의 시는 '낯선 것들'로 요란하게 치장하지 않고 '익숙한 것'을 전혀 다르게 풀어놓는다. 말을 비틀지 않고 깊이와 높이에 닿으니 그가 빚어내는 '시어의 탄도'는 높지 않지만 '시 자체의 탄도'는 높다. 그는 호활하게 길을 걷는다. 그는 '허 허' 하고 사람 좋은 웃음으로 유쾌하게 잘 웃는다.

5.

그는 젊은 시절 그리도 찾았던 유토피아를 찾았을까.

나는 모르겠다. 다만 이즈음 그의 시들에서 이즈음의 징후를 읽을 뿐이다. 두 편만 아쉽게 언급하면 먼저 「노루발자국」이 재미있다.

이장네
밭두렁
노루 발자국.

샛별이 흘리고 간
낯선
주소.

초생달의
머리핀.

첫사랑이 깎고 간
발톱.

이승에 내민
저승의
꽃잎.
- 「노루 발자국」 전문

　이상야릇한 착시가 일어난다. "이승에 내민/ 저승의/ 꽃잎"은 노루
발자국을 비유한 것인지 초승달을 비유한 것인지 묘하게 중첩되는데
초승달처럼도 여겨지는 것은 초승달이 어둔 밤하늘에서 "저승의 꽃
잎"처럼 미약한 빛의 빗금을 긋고 잇기 때문일 것이다. 여하튼 노루 발
자국 하나에 오만 것들이 다 들어 있다.
　「수탉소리」는 쉽고 재미있다. 낙동강 변에서 나무 심고 꽃씨 풀면서
사는 그는 스무 해 전에는 "천지가 내 것이나 마찬가지"라고 텅텅 큰소
리를 쳤지만 십 년 전에는 "세상천지 내 것 아닌 것이 없으니/ 세상천지
내 것인 것이 없구나"라고 말하는 것으로 바뀌었다. 그리고 지금은

코 고는 소리 커지고
방귀 잦아졌다.
탄산가스 몇 되 보태고 가는
똥자루 하나
노래도 넘고 울음도 건너
꼬끼오―
수탉 소리 따라 해본다.
- 「수탉소리」 부분

　이 구절들은 코 골고 방귀를 뀌어봐야 제대로 알 수 있다. 이전의 큰
소리가 점점 줄어들더니만 이제는 아무것도 아닌 것이다. 그렇다, 아

무엇도 아니다. 아무것도 아닌 것이 모든 것이다(Nothing is everything). 코 골고 방귀 뀌는 이곳은 아무것도 아닌 것 같지만 실은 모든 것이 이루어져 있는 곳이다. 그리하여 루카치가 말한 "세계는 넓지만 마치 자기 집과 같은데 영혼 속에서 타오르고 있는 불이 하늘에 떠 있는 별들과 본질적 특성을 같이하는" 그곳이 아닐까. 바로 이 세상에서 유토피아를 보고 싶다는 갈망에 한없이 사로잡힌다. 그래, 허름한 세속의 길을 걷다가 꼬끼오 하는 수탉 소리라도 들리면 거기가 무릉도원인 줄 알아채야겠다. 시인이여, 저는 요즘 여기서 무탈합니다. 꼬끼오ㅡ.

ㅡ 출전: 최학림, 『문학을 탐하다』, 산지니, 2013.

총체적 생태사회를 지향하는 생명시학(生命詩學)
─ 신진 시선집 『풍경에서 순간으로』를 중심으로

송용구[1]

신진 시인은 1974년 『시문학』지에 시 「유혹」으로 초회 추천을 받았고, 1976년 같은 문예지에 시 「장미원」의 추천이 완료되어 등단한 중견 시인이다. 약 40년에 가까운 시력(詩歷)이 말해주듯 그의 시세계는 폭넓은 현실체험에 토대를 두고 있다. 그러나 국문학 박사이자 교수라는 전문성은 그의 현실체험 속에 이론적 자양분과 시대정신을 불어넣었다. 신진 시인의 시세계는 문학이론과 시대정신의 연합을 통하여 지속적으로 영향을 받았다. 이러한 정신적 배경 속에서 그의 시는 철학적 체험시 혹은 체험적 사상시의 위치에 오르게 되었다. 물론 그의 시세계 전체에서 중심적인 비중을 차지하는 것은 생태시(生態詩)이다. 그러나 이 생태시조차도 생태주의라는 사상의 현미경을 통하여 자연과 관련된 총체적 현실을 읽어내려가는 언어과학자의 생태시학적 연구일지(生態詩學的 研究日誌)임을 부인할 수 없다. 이런 미시적(微視的) 시각으로 볼 때는 신진 시인의 시세계를 언어과학자의 생태주의적 체험시라고 명명해도 좋을 것이다. 필자가 그의 시세계를 이렇게 규정하게 된 근거는 그의 시집 『강(江)』 속에 살아 있다.

1994년 시와시학사에서 출간된 신진 시인의 시집 『강(江)』은 생태문

---

1) 문학평론가, 고려대 연구교수.

제와 환경문제를 현대시의 중요한 주제의식(主題意識)으로 부각시킨 생태시집(生態詩集)이다. 이 시집보다 앞서 출간된 한국 시인의 개인적 생태시집으로는 이선관 시인의『독수대(毒水帶)』와 고형렬 시인의『서울은 안녕한가』를 손꼽을 수 있다. 출간 순서에서는 신진 시인의 시집『강(江)』이 첫 번째가 아니지만 앞선 시인들의 생태시집과 거의 동시대에 출간되면서 문단의 주목을 받았다. 사회생태주의(social ecology)라는 이론을 창시했던 미국의 철학자 머레이 북친(Murray Bookchin)이 "생태문제는 곧 사회문제"라고 규정하였듯이 군부정권의 철권통치가 막을 내린 1990년대 이후 한국 사회에서는 물, 공기, 흙의 오염 현상이 심각한 사회문제로 떠올랐다. 이러한 시대상황 속에서 출간된 신진 시인의 생태시집『강(江)』이 문단의 주목을 받은 것은 자연발생적 사건이라고 말할 수 있다. 이 시집은 그리스 현자(賢者) 탈레스의 "모든 것은 물에서 태어난다"는 명언을 다시금 상기시켰다.

이 시집으로부터 얻을 수 있는 문학사적(文學史的) 의의를 두 가지만 소개해본다. 첫 번째 의의는 만물의 생명을 움직이는 근본적 원소(元素)인 물이 병들어가는 실상을 의사의 내시경 렌즈로 보듯 정밀하게 투시(透視)하여 낱낱이 고발하였다는 점이다. 두 번째 의의는 기술문명의 폭력, 물신주의(物神主義) 풍조, 인간성의 타락을 물의 생식능력과 자정능력을 망가뜨리는 원인으로 진단하여 가차 없이 비판하였다는 점이다. 물론, 필자가 파악한 이 세 가지 원인들의 관계를 보면 앞의 원인이 뒤의 원인으로부터 파생되는, 파괴적 병인(病因)들의 네트워크를 형성하고 있다. 생명체들의 네트워크인 생태계를 교란시키는 이 파괴적 병인들의 네트워크가 어떻게 구성되어 있는가를 때로는 풍자적으로, 때로는 상징적으로, 때로는 직설적으로 고발하고 비판하였다는 점에서 신진 시인의 생태시집『강(江)』은 적지 않은 문학사적 의의를 거두었다고 판단된다. 1990년대 고형렬, 최승호 등 젊은 시인들에 의해 생태문제가 한국 시단의 중심적 테마로 부각되면서 생태시라는 장르가 한국 현대시의 주류를 형성하는 데 그의 시집『강(江)』이 끼친 영향력을 정당하게 평가해야 할 이유가 여기에 있는 것이다. 바로 그 신진 시인이 자신의 시력(詩歷) 40년을 총정리한 시선집『풍경에서 순간으로』(bookin)를 2010년 12월에 출간하였다. 필자는 위에서 규정한 것처럼 언어과학자의 생태주의적 체험시 혹은 언어과학자의 생태시학적 연구일지라는 관점에서 신진 시인의 시세계를 총체적으로 조망하고자 한다.

1. 언어과학자의 '생태주의'적 체험시
─제1부『목적(木笛) 있는 풍경』을 중심으로

시선집의 제1부에는 등단 이후 1978년 3월까지 창작한 시들을 엮은 첫 번째 시집『목적(木笛) 있는 풍경』의 12편이 수록되어 있다. 제1부의 시편은 현대문명의 부정적 양상을 비판하는 현실극복의 의지와 함께 시인이 귀의하고자 하는 본향(本鄕)의 세계를 향한 동경을 정열적으로 노래하고 있다. 물론 시인이 돌아가고자 하는 본향은 거창한 세계가 아니다. 시「일어나 보니」에서 표현하였듯이 그 세계는 "칫솔을 물고" 내 집의 문을 "나서면" 앞골목에서 "새로 피어 눈인사"하는 "가난한" 사람을 스스럼없이 "가까운 형제"로 맞이하는 세계이다.

> 틈을 내어 보면 가난한 삶도
> 밤하늘 별자리처럼
> 제 둘레를 뻔히 밝히던 것을
> 아침 한 때 칫솔을 물고 나서면
> 가난한 인생도 새로 피어 눈인사하는

가까운 형제인 것을
얻어야 할 그 무엇이 남아
우린 빈 방에서 잠들기를 무서워하는 것일까?

일어나 보니
내 비워두고 잠든 방에는
맑은 아침공기 넘실거리고
우연히도
엉겅퀴 씨앗 하나 묻어 왔구나.
— 「일어나 보니」 부분, 제1부 『목적(木笛) 있는 풍경』

　물질과 자본을 손에 넣으려는 욕망을 최소한의 상태로 줄일 때에
사람의 마음에는 누군가를 향한 사랑의 샘물이 차오르기 시작한다고
시인은 믿는다. 그가 사랑을 나눠 가져야 한다고 생각하는 존재들은
사람만이 아니다. 대문 앞에서 만나는 "가난한 인생"뿐만 아니라 "엉
겅퀴"를 비롯한 자연의 모든 생명체들까지도 그가 사랑해야 할 가족
이다. 프랑스의 문화학자 앙리 르페브르는 문화를 "강한 의미를 생산
하는 방식"이라고 규정하였고, 영국의 문화비평가 레이몬드 윌리엄즈
(Raymond Williams)는 문화를 "특정 지역에 살고 있는 그 지역 주민들의
총체적 생활방식"이라고 정의하였다. 이 문화학자들의 견해에 비추어
이야기한다면, 가족 혹은 친족의 '방' 안에 자연을 맞아들이는 생활방
식이 곧 시인이 누리고자 하는 본향의 문화이다. 본향으로 돌아가서
자연과 함께 살아가는 자연친화적 문화를 누리는 것은 쉬운 일이 아
니다. 위의 시에서 "얻어야 할 그 무엇이 남아/ 우린 빈 방에서 잠들기
를 무서워하는 것일까?"라는 발언은 물질을 소유하려는 욕망을 비우
는 것이 쉽지 않은 일임을 말해준다.

자신의 욕망을 최소의 상태로 줄이려는 최대의 노력을 기울이지 않는다면 본향으로 돌아가는 길은 점점 더 아득해질 뿐이다. 그 길을 조금 더 가까이 앞당길 수 있는 사람의 문화는 무엇일까? 그것은 욕망과 속도에 대해 저항하는 생활방식이다. '가능한 한 많은 것을 소유하고, 가능한 한 빨리 이루어야 한다'는 욕망의 집착증과 속도의 강박증으로부터 스스로를 해방하는 것이다. 이러한 자기해방의 의지는 동시대의 모든 현대인들이 경험하고 있는 문명사회의 병리현상들을 극복하려는 사회적 의미를 내포하고 있다. 이와 같이 시인이 문명사회의 부정적 양상들에 대해 비판적 거리(距離)를 두는 것은 물욕(物慾)과 속도의 메커니즘을 극복하려는 의지를 증명한다. 현실의 한계를 극복하려는 의지가 강해질수록 본향에 귀의하려는 의지 또한 정열적으로 불타오르기 마련이다. 시 「유혹」과 「장미원」에서 그를 맞이하는 본향의 세계가 마치 겸재 정선의 산수화처럼 명징하게 다가오고 있다.

이젠
오너라.

잠시 의자를 밀어 놓고
이름 있는 것들의 낭하를 건너
이젠
오너라.

올 때는 아무도 더하지 말고
강(江)만 보면서 오너라.

박달나무 방금 거른 산(山) 물을

산 채 마시고
한 열흘
나뭇잎처럼 흥청거리기도 하면서
기침하고 싶은 너의 간장(肝臟)
바람 쏘이고 가거라.

열여섯 살 바람이 사는 골짜기
둥지마다 황금빛 날짐승 알이
동굴에는 김현랑의 어진 아이가
햇볕 쬐고 있단다.
햇볕
쪼이고
있단다.

예서 한 열흘
음악이 되어서 놀다 가거라.

이름 있는 것들의 낭하를 건너
이젠
오너라.
― 「유혹」 전문, 제1부 『목적(木笛) 있는 풍경』

그대는 언제나 처녀의 가슴으로 나의 손바닥을 묻어주며
차마 시들어버릴 수 없는 시간을 가르친다.

불면의 식물

시위(示威)에서 돌아온 나는 창백한 들짐승.

그대 안에 비로소 수면하였다.

애정의 마지막 가시밭에서

가슴 찔리다 가슴 찔리다

그대의 무릎 위에 비로소 잠이 들면

한평생

그렇게 살아도 슬프지 않는 땅이 내겐 있었다.

― 「장미원(薔薇園)」 전문, 제1부 『목적(木笛) 있는 풍경』

"박달나무 방금 거른 산(山)물을/ 산 채 마시"며 때로는 "나뭇잎처
럼", 때로는 "음악"처럼 자연의 생명 "안에" "수면(睡眠)"하는 시인을 만
나보라. 모든 욕망에의 집착과 모든 속도(速度)에의 강박으로부터 해
방된 사람다운 사람이 여기 '장미원'에 살고 있다. "시들어버릴 수 없
는 시간"을 향유(享有)하는 "슬프지 않는 땅"이다. 이 본향의 세계는 시
인이 「자서(自序)」에서 고백하였듯이 "개인과 사회에 있어, 절대의 자
유와 평등이 공존하는 유기적(有機的) 삶"이 "실현"되는 곳일 뿐만 아
니라 "만생명의 존엄"이 존중되는 세계이기도 하다. 이 세계는 제1부의
시 「건방진 가수 이야기」, 시 「건방진 거지 이야기」에서 암시한 것처럼
사람의 '평등'과 존엄성이 '절대적' 가치를 존중받는 인도주의적 사회
일 뿐만 아니라 자연의 모든 생물이 갖고 있는 생명의 존엄성 또한 '절
대적' 가치를 인정받는 생태사회이기도 하다. 사람의 인권(人權)과 함
께 자연의 생명권(生命權)도 실현될 수 있는 사회인 것이다.

그렇다면 신진 시인이 귀의하고자 하는 본향의 세계는 옛 '고려 가
요'에서 노래한 '청산(靑山)'과는 본질적으로 다르다는 것을 알 수 있
다. 본향의 세계로 돌아가려는 시인의 향방(向方)은 외관상으로는 현

실도피의 모습으로 비추어질 수도 있다. 그러나 문명사회의 역기능(逆機能)과 부정적 양상들을 비판하고 극복하려는 시인의 의지가 명약관화(明若觀火)하게 드러나는 것을 읽고 있는 독자라면 이에 동의할 수 없을 것이다. 현실극복의 의지에 힘입어 본향을 향해 뻗어나가는 시인의 길은 사람이라면 마땅히 그렇게 살아야 하는 세계로 나아가는 길과 같다. 독일의 철학자 임마누엘 칸트(Immanuel Kant)의 사상에 비추어 이야기해보자. 정언명령(定言命令), 즉 당위적(當爲的) 의무감에 따른 자율적 행위로서 사람다운 사람의 마땅한 행위만이 살아 있는 세계가 곧 시인의 본향인 것이다. 그러므로 이 본향의 세계는 칸트가 강조하였듯이 "사람을 단순한 수단으로 다루지 않고, 사람을 언제나 목적으로 여기는" 이상적(理想的) 사회이자 근원적 세계이다. 생태주의 사상의 원조인 심층 생태주의에서는 문명을 자연을 파괴하는 암적(癌的) 세력으로 적대시하기 때문에 문명사회 이전의 원초적 자연으로 도피하려는 경향을 보여주지만 신진 시인의 귀향(歸鄕) 의지는 이러한 낭만주의적 현실도피의 경향과는 거리가 멀다. 시인이 귀의하고자 하는 근원적 세계는 ─ 문예이론가 게오르그 루카치(Georg Lukacs)의 개념을 차용한다면 ─ "총체성"이 실현되는 이상적 사회이다. 물론 이 '총체성'이란 사람 간의 지배, 피지배, 억압, 착취가 없는 사회의 성격을 의미한다. 더 나아가서는 사람과 자연 사이에도 지배구조와 위계질서를 찾아볼 수 없는 사회의 속성을 말해준다. 그렇다면 신진 시인이 지향하는 본향의 세계는 사람 간의 관계뿐만 아니라 사람과 자연 간의 관계에서도 분열과 불화를 볼 수 없는 이상적 생태사회 혹은 총체성을 구현하는 생태사회라고 규정할 수 있지 않을까?

위와 같은 필자의 분석이 객관성을 갖는다면 신진 시인이 문명을 전면적으로 부정하거나 거부하는 것은 아님을 알 수 있다. 문명에 대한 시인의 입장은 외관상으로는 모순적인 이중성으로 비추어질 수도 있다. 그가 물욕과 속도로 대변되는 현대 문명사회의 역기능(逆機能)과 부정적 양상을 일관적으로 비판해왔기 때문이다. 그러나 필자의 뇌리에 포착된 시인과 문명 간의 관계로부터 변증법적 긴장관계를 읽을 수 있었다. 시인은 문명의 순기능(順機能)과 역기능을 동시에 인식하는 지성인이다. 그는 심층 생태주의 사상가들처럼 문명으로부터 등을 돌리고 자연에서만 인생의 의미를 찾으려는 비현실적 현실도피주의자가 아니다. 그가 생각하는 자연은 낭만주의자들이 생각하는 관념적 미학의 향연장이 아니다. 사회의 모든 갈등적 요소로부터 시인의 개인적 자아(自我)만을 보호해주는 아름다운 피안(彼岸)도 아니다. 그가 시인으로서, 사람으로서 동거(同居)하고자 하는 자연은 문명과 대적 관계를 갖는 자연이 아니라 문명의 순기능으로부터 도움을 받는, 문명의 파트너이다. 문명과 공생(共生)하는 자연이다. 이 자연은 사람의 동료, 동반자, 친족, 가족으로 역할을 확대하면서 사람과 함께 사회를 형성해가고 사람과 함께 사회를 유지하는 데 결정적 도움을 주는, 매우 중요한 존재인 것이다.

그러므로 신진 시인의 시세계 전반에 걸쳐서 자연과의 연대의식(連帶意識)이 깊이 뿌리를 내리고 있는 것은 당연한 현상으로 읽혀진다. 그가 지향하는 본향의 세계는 문명사회에서 나타나는 비인간적 병리 현상들을 비판하고 극복하려고 노력하는 가운데 사람의 이성(理性)을 가장 이성적인 방향으로 사용해나가는 사회이다. 또한, 이성의 힘을 문명의 순기능으로 활용하여 자연의 생명력을 보호해나가고, 자연을 '사랑'하는 마음으로 문명의 파괴적 폭력성과 역기능을 예방하며, 이성과 문명과 자연이 도움을 주고받는 사회이다. 결국, 신진 시인이 귀의해야 할 본향의 세계는 자연과 문명, 이성과 자연 사이의 변증법적 긴장관계를 통하여 양자(兩者)의 대립적 경계를 허물고 양자가 서로 '통섭(通攝)'하는 총체적 생태사회이자 가장 이상적이면서도 가장 현실적인 생태사회라고 말할 수 있다. 이 사회에서 살아가려는 희망을 버린 적이 없기 때문에 그는 시선집의 「자서(自序)」에서 "자연의 타고난 어둠과 대도시 불빛 사이의 경계에서 줄타기 학습을 이어가고 있다"고 고백하였듯이 지금까지 자연과 문명의 '경계'에 서서 이 '경계'를 허무는 일에 매달려왔던 것이다.

그러나 '경계'에 서 있다는 사실은 양면적 의미를 갖고 있다. 긍정적 의미에서는 문명과 자연 사이의 단절된 장벽을 허물고 양자의 '통섭'이 이루어지는 대안사회(代案社會)를 추구한다는 것을 나타내지만, 부정적 의미에서는 양자 사이의 차단, 단절, 간극이 크다는 것을 말해주기도 한다. 제1부 『목적(木笛) 있는 풍경』의 시편에서는 자연과 문명의 '경계에서 줄타기 학습을 하며' 양쪽 세계를 왕래하는 유랑자의 비애감이 손끝에 붉게 젖어든다. 이것은 문명과 자연의 '통섭'에 의해 이루어지는 총체적 생태사회로 나아가는 길이 험난한 여정이 될 수도 있음을 말해준다. 그러므로 제2부 『장난감 마을의 연가』는 본향의 세계로 나아가는 길의 한 복판에서 시인이 온 몸으로 부딪쳐 허물어야 할 '장벽'의 실체가 무엇인지를 보여준다. 자연과 문명 사이의 '경계'에 서 있는 시인이 양자의 변증법적 긴장관계 속에서 '안티(Anti)'의 펜(pen)촉으로 맞서야 할 문명의 역기능과 문명사회의 병리현상들은 어떤 것인지를 파헤치고 있다. 이러한 것들을 비판하고 배척하려는 정신적 '안티(Anti)'의 힘이 문명의 순기능을 끌어안을 때에 비로소 자연과 문명 사이의 간극을 좁힐 수 있고 '통섭'의 출구를 열 수 있기 때문이다.

2. '소외'라는 문명사회의 역기능 혹은 병리현상의 극복과정
─제2부와 제3부의 시세계를 중심으로

제2부 『장난감 마을의 연가』와 제3부 『멀리 뛰기』의 시편은 총체적

생태사회로 나아가는 머나먼 여정의 도상에서 마땅히 이루어내야 할 현실극복의 과정을 보여주고 있다. 물신주의(物神主義), 과학기술의 남용 등, 문명의 역기능으로 인하여 죽어가는 자연과 생명을 지켜내고자 하는 시인의 생태의식(生態意識)이 본격적으로 전개된다.

> 해맞이 아파트 905호 도어벨 곁에서 만난
> 개미 한 마리
> 그의 백화현상(白化現狀)이며
> 끊어질듯 끌고 가는 연약한 허리
> 설핏 손 그림자에도 사지(四肢)를 보살피는
> 불안한 생명
> 키보다 큰 불안과 의심의 회색 그림자
> 허우적거리면서
> 철근 콘크리트의 견고성을 진단한다
> 너도 살아라, 개미야
> 바람에 다치고 달빛에 꺾이며
> 오락가락 회색 생명
> 너도 죽음이 아닌 채 살아 있느니.
> ―「회색 개미」 전문, 제2부 『장난감 마을의 연가』

"아파트 905호 도어벨 곁에서" 우연히 "만난 개미 한 마리"가 시인의 눈에는 "연약한" 노인처럼 다가온다. "바람에 다치고 달빛에 꺾인" 개미의 노구(老軀)는 맞벌이 아들 내외의 아파트 빈 공간을 하루 종일 지키고 있는 노인의 "불안한 생명"처럼 시인의 가슴에 각인되었다. 고향의 초록빛 자연을 떠나온 후 문명의 "회색" 지대에 갇혀 살아왔던 노인의 외로움은 끊어질 듯한 그의 생명에게 불안한 "회색 그림자"를 드리

운다. 시인의 정신적 렌즈에 포착된 연약한 개미는 사람과는 다른 종 (種)이다. 그럼에도 개미는 불안한 노인과 똑같이 연민의 손길을 받을 자격이 있는 존재임을 알 수 있다. 개미를 자연의 모델로 본다면, 개미 의 불안한 생명은 자연이 도시의 문명사회로부터 소외되어가는 현상을 나타내고 있다. 그런데 신진 시인은 이러한 자연의 소외 현상을 통하여 문명사회에서 나타나는 노인의 소외 상태를 오버랩하였다. 자연에게 당면한 사회문제를 사람의 사회문제에 비유함으로써 그 문제의 심각 성을 더욱 효과적으로 환기시켰다. 개미와 시인은 아파트 도어벨 곁에 서 우연히 만났지만 우연한 그 만남은 필연(必然)의 길을 열어가야 할 출발점이 되고 있다. '소외'를 경험하고 있는 자연과 사람은 '생명'의 존 엄성을 존중받는 사회에서 생명권(生命權)을 보장받는 동등한 동료의 관계로 살아가야만 하는 것이다. 이러한 견지에서 본다면 위의 시 「회 색 개미」는 생태윤리 혹은 생명윤리를 선명하게 형상화한 작품이다.

「회색 개미」외에도 제2부에 수록된 「풍경」, 「장난감 마을의 공터」, 「엿장수」등의 시편은 '소외'라는 사회문제에 주목하고 있다. 물론 「회 색 개미」와는 다르게 사람이 겪는 '소외' 현상을 밀도 있게 다루고 있 지만 문명과 자연의 관계 혹은 사람과 자연의 관계를 단절시키는 원 인이 사람의 '소외'에서부터 시작되었음을 암시한다는 점에서는 「회색 개미」와 공유점을 갖고 있다. 그런데 이와 같이 자연과 사람, 자연과 문명 사이의 생명선(生命線)을 끊어놓는 현상이 사람의 '소외'로부터 파생된 사회문제임을 시사하는 시인의 사회적 현실인식이 제3부에서 는 더욱 범주를 확장하고 있다. 머레이 북친의 사회생태주의 관점으로 바라본다면 제3부 『멀리 뛰기』의 시작품들은 인간 소외가 자연 소외 를 낳고 사람의 도구화(道具化)가 자연의 도구화를 낳는 현상을 비판 하는 '사회생태주의적(社會生態主義的)' 시편이다. 그 중에서도 시 「달 동별곡」을 주목해보자.

태평양 현해탄 송도 앞바다 건너들어

산(山) 지고 바다 보고 선 완월궁

날개 잃은 선녀든가 요양 나온 용녀든가

수백 선녀 풍악산 꽃단풍으로 색색가지 옷 차려 입고

천연스레 앉은 경(景) 엇더하니잇고

국적 인종 피부색 다 다르고

정치체제 사상체제 잇속은 다 달라도

주물러 주라, 요리조리 주물러 주라

아으, 어느 저기 슬플 저기 이실꼬?

이놈 저놈 맺힌 한

태평양 큰바다 짠물까지 내다 빨고

맷돌도 이만저만 맺힌 체중 곱게 돌려 갈아내리고

항해사 회계사 기사 감별사

남회귀선 북회귀선 잘도 넘돌고

장군나리 의원(議員)나리 사장나리 복판 다리

팬티끈 부라자끈 휴전선끈 내리 훑어 발리는 솜씨

어즈버, 잔월효성이 아시리이다.

위

천마산 홍등곡 선녀 기천만(機千萬) 되면

만고연원(萬古淵源)이 그츨 늬 없으리샷다.

　　　　　　　　　ー「달동별곡」 전문, 제3부『멀리 뛰기』

　머레이 북친은 "현 시대의 생태문제는 사회문제로부터 파생되었"으
며 생태계의 위기를 극복하는 길은 "생태문제의 틀과 사회구조 그리
고 사회이론을 어떻게 유기적으로 결합시켜 사유할 것인가"에 달려

있다고 보았다. 북친의 사회생태주의 관점을 통해 시 「달동별곡」을 바라본다면, 신진 시인은 성(性)의 상품화라는 '사회문제'와 함께 그 것의 원인으로 작용하는 남성이 여성을 지배하는 사회구조를 비판하고 있다. '국적', '인종', '피부색', 직업은 각각 달라도 남성이 자신의 성욕을 충족하기 위해 여성을 도구화(道具化)하는 '사회구조'가 시인의 비판을 받고 있는 것이다. 전제군주제 사회로부터 민주주의 사회로 정치체제의 변화가 이루어졌다고 해도, 여성의 성(性)을 상품으로 대체하는 현상만큼은 변함없이 지속되고 있다는 것을 시인은 패러디의 어법(語法)을 통해 풍자하고 있다. 머레이 북친은 "인간에 의한 자연지배는 인간에 의한 인간지배에서 기인"하기 때문에 "위계질서와 지배체제를 비판하고 해체하는 것이 현재의 생태위기를 해결할 수 있는 유일한 길"이라고 말했다. 이러한 사회생태주의 패러다임이 위의 시 「달동별곡」에서 뚜렷이 읽혀진다. 이 시는 여성을 지배하고 있는 남성 중심의 가부장적 '지배체제와 위계질서'를 '비판하고 해체'하기를 바라는 시인의 사회의식을 대변하고 있다. 이 시를 동전에 비유한다면, 동전의 앞면은 남성에 의한 자연 지배의 '생태위기'를 일으키는 원인은 다름 아닌 남성에 의한 여성 지배의 '사회구조'임을 고발하고 있다. 동전의 뒷 면은 여성의 존엄성과 인권을 존중하는 '사회구조'를 재건(再建)하는 것이 자연의 생명권(生命權)을 존중하는 생태사회의 길을 여는 데 기여할 것임을 기록하고 있다. 즉 시 「달동별곡」은 신진 시인의 정신세계 안에 뿌리를 내린 사회생태주의적 패러다임과 생태여성주의(에코페미니즘)적 패러다임이 접점(接點)을 형성하는 작품이라고 평할 수 있다.

필자가 시 「달동별곡」에 생태주의의 의미를 강하게 부여하는 것은 무슨 까닭일까? 이 작품을 비롯한 제3부의 작품들이 제4부 『강(江)』에서 본격적으로 전개되는 '생태위기'의 현실을 증언하는 작품들과 의미의 네트워크를 형성하고 있기 때문이다. 시「달동별곡」과 제3부의 시들은 '생태위기'를 일으키는 사회적 원인이 무엇인지를 보여주고 있기 때문이다. 여성이든 남성이든 독립적 인격체인 사람을 기능밖에 없는 기계처럼, 효용밖에 없는 상품처럼 이용하는 비인간적(非人間的) 문화가 독립적 존재인 자연을 '생명'이 없는 물질이나 물건처럼 남용하는 반생명적(反生命的) 문화를 만들어낸다는 것이다. 자연을 소외시키는 원인은 사람을 소외시키는 사회구조이자 사회풍조임을 시인의 육화(肉化)된 언어로써 증언하고 있기 때문에 제3부의 시들은 생태주의적 의미의 네트워크 속에서 제4부의 작품들과 촘촘한 의미의 그물코를 이어가고 있다.

3. 자연의 소외를 고발하는 미학적 증언자, 신진의 생태시
─제4부 『강(江)』을 중심으로

필자는 '소외'라는 현상을 사람의 편견, 욕망, 목적 등에 의해 '생명'을 가진 존재를 이용하고, 사회에서 배타적으로 밀어내는 것이라고 규정해본다. 그렇다면 자연이 경험하고 있는 소외의 내용은 어떤 것일까? 제4부 『강(江)』의 작품들을 제3부의 작품들과 함께 '생태주의'적 의미의 연속선상에서 바라보자. 자연의 소외란 '자연'을 하등한 미물로 취급하는 사람의 편견에 의해 사람의 소유욕과 소비욕을 채워 줄 도구로써 남용되어 생명력을 착취당하는 현상이라고 말할 수 있지 않을까? 조금 더 직접적으로 표현한다면, 자연의 생식능력이 고갈되고 자연의 자정능력이 마비되는 '생태위기'의 현상과 같은 의미를 갖는다고 볼 수 있다. 제3부에서 신진 시인의 다양한 어법(語法)에 의해 비판을 받았던 '사회문제'들은 제4부에서 본격적으로 '생태위기'의 현실을 몰고 온다. 1994년에 출간된 시집 『강(江)』의 대표시들을 모아 놓은

제4부 『강(江)』 시편은 '생태계'라는 유기적 네트워크 안에서 생명의 연결고리들이 끊어져가는 사실적 현상을 고발하고 있다. 「강, 땅 파기」에서는 고고학적 발굴 현장처럼, 「강, 물고기회」에서는 해부학 교실의 실습 현장처럼 생태계의 파괴 현상을 정밀하게 재생하고 있다.

> 물고기회 먹자고 낚시를 한다.
> 주먹만 한 붕어 몇 건져 올린다.
> 비늘 떨고 아가미 떨고
> 내장을 헹구며 디스토마를 잡는다.
> 둔각의 등뼈 마디마디 헤집어
> 수은, 납을 도려낸다.
> 살점에 박힌 부영양 오물, 방카A유 찌꺼기
> 카드뮴을 걷어낸다.
> 마침내
> 초고추장 병을 열고
> 강내를 더듬는다.
> 기억에 절은 손가락만 빨았다.
> ─「강, 물고기회」 전문, 제4부 『강(江)』

독자의 시 읽기가 1차원의 단계에 머문다면 위의 시를 어떻게 해석할 수 있을까? '강'의 오염을 막고 '물'을 정화시키자라는 환경주의적 메시지밖에는 읽지 못할 것이다. 그러나 신진 시인의 「강」 연작시는 미시적(微視的) 렌즈로 관찰해야 할 생태주의적 의미의 지층을 갖고 있다. 그는 생태문제를 일으키는 원인은 사회문제임을 인식하고 있는 까닭에 자신의 「강」 연작시를 통해 자연의 생명력을 파괴하는 사회적 원인을 고발하고 있다. 생산성, 경제적 이익, 부(富), 자본 등등. 이러한 것들은 사람다운 사람의 삶을 살기 위한 적절한 도구일 뿐이며 결코 인생의 궁극적 목적이 될 수는 없는 것들이다. 사람, 자연, 생명보다 더 귀한 목적을 어디에서 찾을 수 있을까? 과학기술도, 자본도, 지식도 궁극적으로는 사람다운 사람의 삶과 자연의 순환질서와 생명의 존엄성을 실현하기 위한 선한 도구이자 수단으로 사용되어야 하지 않을까? 그러나 목적과 수단의 위치를 바꾸어 놓은 사회적 범죄가 '생태계'를 파괴하는 비극을 낳게 되었음을, 즉 사회적 범죄의 범주를 더욱 확장했다는 것을 시인은 고발하고 있다. 독일의 시인 한스 카스퍼(Hans Kasper)가 자신의 연작시 「뉴스」에서 "생산의 수치(數値)밖에 모르는 전자형(電子形) 두뇌는 한 치의 오차도 없다"라고 풍자하였듯이 자본과 돈이라는 목적을 위해 사람과 자연과 생명을 기능적 수단으로 취급하게 된다면 과학기술조차도 남용하거나 오용(誤用)하는 결과를 낳기 마련이다. 이것이 '강'을 비롯한 '생태계'의 평형을 깨뜨린다는 비판적 사회의식이 제4부 「강」 시편의 정신적 토대를 형성한다.

제3부 시편과의 관계 속에서 본다면 신진 시인의 비판적 사회의식은 '사회생태주의'적 현실인식의 또 다른 이름이다. 위의 시를 비롯한 그의 「강」 연작시를 주저 없이 '생태시'라고 호칭할 수 있는 것은 이러한 '사회생태주의'적 현실인식의 바탕 위에서 '강'의 오염 실태를 현미경으로 들여다보듯 정밀하게 재생하여 고발하고 있기 때문이다. 그것을 증명하려는 듯, 위의 시 「강-물고기회」에서 '물고기'의 '회'를 뜨는 현장은 어류 해부학 교실로 변용(變容)된다. 문학 교수인 신진 시인은 해부학 교수로, 그의 시를 읽는 독자는 해부학 견습생으로 변용된다. 그러면 이 해부학 실습으로부터 배우는 지식은 어떤 것일까? '물고기'를 살해한 주범(主犯)은 현대인들의 물신주의(物神主義)라는 사실이 첫 번째 지식이 되었다. 물신주의에 사로잡힌 자들의 '전자형(電子形) 두뇌' 속에는 자본과 상품의 '수치(數値)'만이 최고의 목적으로 각인되

어 있는 까닭에 생명의 원천인 '강'은 도구와 수단으로 전락하고 말았다는 사실이 두 번째 지식이 되었다. 그러므로 '강'에 살고 있는 '물고기'의 '등뼈' 속에 '수은', '납' 같은 중금속이 쌓일 수밖에 없고, 물고기의 '살점' 속에는 '방카A유', '카드뮴'의 독극물이 흐를 수밖에 없다는 사실이 세 번째 지식이 되었다. 중금속이 '물고기'의 새로운 '뼈'가 되었고, 독극물이 물고기의 새로운 '피'가 되었다는 마지막 사실이 견습생의 '기억' 파일 속에 충격적 지식으로 입력된다.

　필자가 제시한 다수의 근거들을 종합하여 평한다면 「강」 연작시는 신진 시인의 시세계를 한국적 생태시의 현주소로 위치시켰다고 해도 지나침이 없을 듯하다. 「강」 연작시는 자연시의 낭만주의적 전통을 극복하는 현대적 자연시 혹은 비판적 자연시의 리얼리즘 성격을 대변하고 있기 때문이다. 시 「강―부동강」 또한 그것을 실증하지 않는가?

　　서낙동강 이제
　　얼지 않는다.
　　겨울이면 짚여물 섞어
　　얼음 외투로 몸을 감싸던 낙동강
　　상동에서 물금까지
　　식만에서 둔치도까지 임자 없는 얼음 땅 놓아
　　배 없이도 강 건넛집 구들 목에 사람 모으고
　　밤이면 물오리 가마우지 짝지어 잠들게 하던
　　서낙동강
　　수십 년래 추위에도 이제 얼지 않는다
　　팔백 리 팔 다리 어깨
　　숭숭 구멍 파고 지져대는 불기름
　　계절 없는 성폭행.

드드드 전신의 관절 떨면서
뜨거운 신열에 몸살하는 서낙동강
살을 에는 추위에도 배 조각 하나 못 걸친 채
내 집까지 찾아와 몸부림친다.
이불 속까지 상한 기름 비린내 잠을 찌른다.
겨울이면 얼음 외투 덮고
배 없이도 강 너머 사람 모으던 서낙동강
그의 묘비명만이
도로교통지도에 남아 있다.
　　　　　　　―「강―부동강」 전문, 제4부 『강(江)』

　제3부 『멀리 뛰기』와 제4부 『강(江)』 시편을 관통하고 있는 신진 시
인의 '사회생태주의'적 현실인식과 에코페미니즘(생태여성주의) 사상이
어떻게 연관성을 띠고 있는 것인지를 필자는 시 「달동별곡」을 통해 보
여준 바 있었다. 그런데 위의 시 「강―부동강」은 한 걸음 더 나아가서
에코페미니즘과 사회생태주의의 필연적 연관성이 선명하게 드러나는
'생태시'의 본보기가 되고 있다. 사회윤리학의 관점으로 본다면, '강'의
생식능력과 자정능력을 망가뜨리는 산업 활동과 개발 행위들은 생명
윤리를 어기는 범죄와 같다. 그 중에서도 자연의 "팔백 리 팔 다리 어
깨"에 "숭숭 구멍을 파고 불기름을 지져대"는 난개발(亂開發) 사업은
여성에 대한 '성폭행'과 다름없다는 비판의식이 위의 시 속에 절절히
스며들어 있다. 1970년대 이후 한국 사회에서 인간에 의한 인간지배의
사회구조가 인간에 의한 자연지배의 사회구조를 고착시키는 현실을
몸으로 겪어왔던 시인으로서는 남성에 의한 여성지배의 해묵은 풍조
가 남성에 의한 자연지배의 부패 현상으로 전이(轉移)되고 있는 현실
을 똑똑히 목격하고 있는 것이다. 1980년대 신진 시인의 시세계 안에

서 접점(接點)을 보여주었던 사회생태주의와 에코페미니즘의 패러다
임이 조화롭게 연합하여 1990년대 그의 '생태시'를 발원시키는 정신적
모체를 형성하였음을 읽을 수 있다.

4. 생태학적 대안사회代案社會로 나아가는 생명시학生命詩學
―제5부~제7부 시작품의 '상호관계'

시선집의 제4부 『강(江)』을 통하여 신진 시인은 '생태위기'의 현실을
사회구조와의 관계 속에서 인식하고 고발하는 리얼리즘 문학의 의의
를 보여주었다고 평할 수 있다. 시선집의 후반부를 구성하고 있는 제
5부~제7부의 시작품들은 이 '생태위기'의 현실을 극복하고 이상적(理
想的) 생명공동체를 향해 점진적으로 나아가는 미래지향적 의미를 갖
고 있다. 제1부와 2부에서 강하게 어필했던 본향에 귀의하려는 지향성
(指向性)이 문명 시대 이전의 과거로 회귀하려는 복고(復古)의 성격이
아님을 시선집의 후반부에서 확실히 알게 된다. 신진 시인은 사람과
자연의 상호의존(相互依存)이 원활하게 이루어지는 유기체적 네트워
크로서의 생태사회를 염원하고 있다. 그렇다면 이러한 생태사회를 실
현할 수 있는 대안은 어떤 것인가? 그 근본적 대안은 시인을 포함하여
이 시대를 살아가는 개인들이 스스로 자신의 정신을 변혁시키는 일이
다. 제5부의 시「산에서 아들에게」띄우는 '녹색 엽서'를 읽어보자.

떨어지는 나뭇잎, 떠도는 바람을 보라. 언제 우리가 헤어지지 않은
날 있었던가.
꽃 한 송이 검은 흙 한 줌 만져 보라. 언제 우리가 만나지 않은 날
있었던가.

지나온 길 멀지만 갈 길 더 멀다.

나눈 사랑 가슴 아파도 붓고 가야 할 정도 길마다 난가리로 쌓여
있다.

일이 없는 날에는 산을 오를 일이다. 산 오르기 싫을 때에는 훌쩍
떠나 산에 오를 일이다.

ー「산에서 아들에게」 부분, 제5부 『녹색엽서』

신진 시인은 제4부의 시「경공법」에서 담담하게 고백하였듯이 내면
의 물욕(物慾)을 비우고 '가진 것'으로부터 '가벼워지는' 삶을 '아들'에
게 말하고 있다. '아들'은 '아들' 자신이자 그의 시를 읽는 모든 동시대
인들이다. 에리히 프롬(Erich Fromm)의 말을 빌어 언급한다면, "소유"
하려는 목적에만 사로잡혀 맹목적으로 "자동인형"의 길을 걸어가는
것은 "자유로부터 도피"하는 불행한 삶을 낳는다는 것을 신진 시인은
잘 알고 있다. 주변 사람들과 불화(不和)를 겪고 자연과 단절된 삶을
살아갈 가능성이 짙기 때문에 더욱 불행한 것이다. 그러므로 시인은
자연과 조화를 이루는 생명공동체를 실현할 수 있는 대안을 각 개인
의 내면세계 안에서 찾으려고 한다. 그 '첫 번째 대안은 물질과 관련된
것을 소유하려는 욕망의 올무로부터 스스로를 해방함으로써 '자유'를
선택하여 누리는 생활방식'이다. 이러한 생활방식은 자연과의 진정한
소통을 가능케 하는 자연친화적(自然親和的) 문화의 기초가 될 수 있
다는 뜻을 시인은 '녹색 엽서'에 적어 '산에서' 독자에게 띄우고 있다.
'겨울 산'에서 그의 "빈 눈꺼풀을 때리"는 것은 낙엽을 비롯한 '껍데기'
뿐이지만, '껍데기'만으로도 자족(自足)할 수 있는 무욕(無慾)의 마음을
갖고 있기에 그의 마음은 넉넉하다. 시인에게 "향기로운 나무숲바다"
로 "돌아가는 길"을 "가르치는" 교과서는 바로 그 자신의 비어있는 넉

넉한 마음이다. "향기로운 나무숲바다"에서 자연과 사람이 공생(共生)하는 생명공동체를 실현할 수 있는 길도 무욕(無慾)의 마음으로부터 열리기 시작한다(「겨울 산 껍데기」, 「배우기」 참조).

> 나는
> 너무 작아서
> 누군가 받든다 해도
> 더 높이 들 키가 없네.
> 나는 너무 작아서
> 누군가 어둠으로 가린다 해도
> 채 가려지지 않으리.
> (중략)
> 아름드리 소나무야
> 너는 푸르고 커서 알겠구나
> 푸르고 큰 것이 얼마나 거짓 되는지.
> 아무 때나 퍼질러 앉은 너럭바위야
> 너야말로 오랜 세월 다 알겠구나
> 오랜 것이 얼마나 욕된 것인지.
> 죽어서도 나는
> 작은 것 되리
> 세월 지나 누군가 나를 그린다 해도
> 이름도 얼굴도 남지 않으리.
> 눈 뜨지 않고 말하지 않고
> 있는 듯
> 없는 듯 작은 것 되리.
> ─「작은 것 되리」 부분, 제5부 『녹색엽서』

가장 낮은 자리에서 밝게 웃는 꽃
민들레.
바위 틈, 잡초 틈, 소나무 밑동
자투리땅에서도 전신이 웃음 되는
사방연속 무늬.
제 영역 없이
남의 발치에서 살아서일까?
마지막은 가장 가벼운 홀씨가 되어
드높이 뜨네.
　　　　　　　　－「민들레」전문, 제7부『자유의 몸』

　시인은 무언가를 소유하려는 욕망으로부터 스스로를 해방시키는
'자유'의 길을 걸어간다. 그러므로 자연과의 관계 속에서 이루어지는
그의 생활방식은 자연친화적 문화와 같은 의미를 가질 수밖에 없다.
인용한 2편의 시작품에서 명징하게 드러나지 않는가? 자연 위에 서서
자연을 내려다보는 '큰' 자(者)가 아니라 "있는 듯/ 없는 듯 작은 것"
으로서 '나' 스스로를 '민들레'처럼 "가장 낮은 자리"에 낮추는 겸허(謙
虛)의 삶을 살아갈 때에 비로소 '바위', '잡초', '소나무' 등 자연의 모
든 생명체들과 함께 "가장 가벼운" 마음으로 '밝게' 어우러지는 자연
친화적 문화를 누릴 수 있는 것이다. 겸허와 무욕은 쌍생아(雙生兒)이
다. 무욕과 겸허는 시인의 내면세계 안에서 서로를 돕는 정신적 에너
지의 연합군이 되어 자연과 소통할 수 있는 '자유'의 영역을 확장시킨
다. 필자가 신진 시인의 시세계에서 발견한 자연과 소통하는 자유라
는 것은 한국인들과 함께 지구촌의 모든 사람들이 선택해야 할 삶의
양식(樣式)이다. 현재 '4대강 개발 사업'으로 인해 환경문제에 관한 논

쟁이 끊이지 않는 대한민국은 OECD 회원국 중에서도 '환경지수'가 가장 낮은 나라로 손꼽힌다. 또한, 특정 국가와 특정 대륙을 초월하여 지구촌의 곳곳에서 '지구 온난화'로 인하여 이상기후의 재앙에 시달리고 있다. 한국을 포함한 전 세계(全 世界)의 '생태문제'는 머레이 북친의 말처럼 전 세계의 '사회문제'가 되었다. '사회'와 개인은 언제나 필연적 연관성을 가질 수밖에 없으므로 '생태문제'라는 '사회문제'를 해결할 수 있는 근본적 실마리는 먼저 그 '사회'에서 살고 있는 사람들의 정신세계로부터 찾는 것이 올바른 순서이다. 이런 견지에서 본다면 자연과 소통하는 자유란 것은 생명을 존중하는 사람이 반드시 선택하고 추구해야 할 삶의 양식이 아닐 수 없다. 이 삶의 양식이 어떤 것인지를 구체적으로 이야기해보자. 그 삶은 신진 시인의 시세계에서 나타나듯이 자연을 소유의 대상으로 보지 않는 삶이며, '소나무' 한 그루와 '잡초' 한 줄기를 독립적 존재로 존중하는 삶이다. 마음을 지배하려는 물욕(物慾)의 '자동인형'이 되는 길을 자발적으로 포기하고 '민들레'처럼 "낮은 자리"에서 겸허하게 모든 생명체들과 동등한 수평관계를 이루는 삶이다. 그 삶은 독일 태생의 유태인 철학자 마르틴 부버(Martin Buber)가 말하였듯이 사회 속에서 누구를 만나든지 그 사람을 "그" 혹은 "그녀"로 대하는 것이 아니라 독립적 인격체인 "너"로 맞이하는 삶이다. 자연 속의 꽃 한 송이를 만나더라도 '꽃'을 "그것" 혹은 "대상(對象)"으로 내려다보지 않고 독립적 존재인 "너"로 맞이하여 존중하는 삶이다. 예를 든다면 제4부의 시 「바다 물밑을 가며」에서 시인의 호명을 받고 있는 '따게비', '성게', '불가사리', '볼락', '망상어', '술뱅이', '도다리'를 '나'보다 높지도 않고 낮지도 않은 동등한 위치의 생명체인 '너'로 인정하고 존중하여 수평적으로 소통하는 삶을 의미하는 것이다. 물론, 이 '소통'이라는 말이 신진 시인의 시에서는 '통화'라는 말로 바뀌어 있다. 그렇다면 필자의 시각을 통하여 비교적 구체적으로 조명해본 '자연과 소통하는 삶은 생명공동체를 실현할 수 있는 두 번째 대안'으로 떠오른다. 신진 시인이 귀의하고자 하는 본향, 즉 "향기로운 나무 숲바다"에서 자연과 사람이 동등한 구성원으로서 살아가는 진정한 생태사회를 구현할 수 있는 두 번째 대안이 될 수 있는 것이다.

시장 길에서
모르는 사람과 어깨 부딪히기
즐거운 일이다.
부딪히면서
부딪히는 것을 잊는다.
모르는 사람끼리 어깨 비키기
또한 즐거운 일이다.
아슬아슬 어깨 비키며
비켜가는 줄 모른다.
하지만 모르는 사람과 나는 함께
깨끗이 닦은 버섯들이
입 맞추는 모습 보았다
몸 잘 닦은 마늘 떼의
엉덩이 흰 살 보았다.
모르는 사람끼리 어깨 비키며
손잡고 하나 둘
구령 맞추지 않아도 구령 맞춰 걷는 모습
보이지 않아도
예쁘다 모두들
예쁘다 보고 있었다.
— 「시장골목」 전문, 제4부 『강(江)』

다시 한 번 마르틴 부버의 사상을 신진 시인의 시세계 속에 용해하여 이야기해보자. "구령 맞추지 않아도 구령 맞춰 걷는" 것처럼 한 '사람'과 다른 '사람' 사이의 수평적 상호관계를 이루는 것은 사람과 자연 사이의 상호관계를 형성하는 전제조건이 된다는 깨달음을 '시장골목'에서 얻을 수 있다. "몸 잘 닦은 마늘 떼의/ 엉덩이 흰 살"처럼 깨끗한 깨달음이다. 시인이기에 얻을 수 있는 수확이 아니겠는가? 이러한 이중(二重)의 연속적 상호관계가 이루어지는 사회에서는 머레이 북친의 견해처럼 사람의 "위계질서 및 지배구조를 해체"할 수 있을 뿐만 아니라 사람과 자연 사이의 "지배구조를 해체"할 수 있는 가능성까지도 기대할 수 있다. 사람이 모든 일의 주체가 되는 인간중심적(人間中心的) 사회만을 고수하려는 태도를 지양하고 자연과 사람이 동등한 파트너로서 서로의 '차이'에 따른 상대적(相對的) 역할을 존중하고 상호의존의 관계를 지속적으로 유지해나가는 생태사회의 열림을 기대할 수 있는 것이다. 그러나 더욱 주목해야 할 사실이 있다. 아득해 보이는 이러한 이상(理想)을 현실로 바꿀 수 있는 실천방식이 신진 시인의 시세계에서 발견된다는 점이다. 그 실천방식은 제6부의 시「틈 1」과「틈 2」에서 읽을 수 있듯이 내가 만나는 "그와 나 사이"의 '틈'을 '사랑'으로 채우는 일이다. '틈'을 없애자는 뜻은 아니다. '틈'은 서로 간에 있을 수밖에 없는 차이가 아니겠는가? 제6부의 시「맨 처음」의 고백과 같이 '그'를 더 이상 '그'로 대하는 것이 아니라 '그'를 '너'로 받아들이고 '나' 자신이 '사랑'이 되어 '그의 마음에 들어감'으로써 둘 '사이'의 '틈'을 평화로운 '사랑'의 비무장지대로 변화시키는 실천방식을 의미하는 것이다.

내 것이

내 것 아닌 때가 있다.
비 오는 날 우산을 잃고 오듯이

소풍 가는 날
도시락 잃고 오듯이
비가 오지도
소풍 가지도 않았는데
내 우산이 남의 것 같고
도시락 통이 남의 것 같다.

내 것 아닌 것을
내 것이라 우기고 산 것일까?
내가 누군가의 도시락인 것을,
내가 누군가의 우산이어야 했던 것을.
　─「엉덩이로 이름쓰기」 부분, 제7부 『자유의 몸』

　한 사람과 다른 사람의 '사이'의 '틈' 속에 '사랑'을 채우는 실천방식
이 위의 시에서 선명하게 읽혀진다. 또 다른 시 「수탉소리」에서도 고
백한 것처럼 "세상천지 내 것인 것이 없"다는 무욕(無慾)의 마음으로
'내 것 아닌 것'을 '내 것'으로 삼으려는 욕망을 버리고 '나' 스스로 '너'
의 내면적 허기를 채워주는 정신의 '도시락'이 되는 것이 곧 '나'와 '너'
의 '틈'을 '사랑'으로 채워가는 실천방식이다. 신진 시인의 시세계 전체
를 놓고 본다면, 위의 시에서 언급되는 '누군가'는 시인에게 '너'로 다
가온다. 그러한 '너'를 독립적 인격체로 맞이하는 시인은 '사랑'의 힘
에 의지하여 자연의 모든 생명체들까지도 '너'로 끌어안는다. 그렇다
면, 자연의 생명을 파괴하는 기술문명(技術文明)의 모든 역기능과 물

신주의적(物神主義的) 메커니즘의 무수한 '탄환'으로부터 '너'의 생명을 보호하는 녹색의 '우산'이 되는 것이 곧 '나'와 '너'의 '틈'을 '사랑'으로 채우는 실천방식이 아니겠는가? 마르틴 부버의 말을 마지막으로 차용하여 이 실천방식을 분석해 보자. "나"와 "너"의 "상호관계"에서 나타나는 상대적 차이로서의 '틈'이 불화(不和)의 장벽이 아니라 공존(共存)의 비무장지대로서 지속되려면 "너"에 대하여 "나"는 "온 존재를 기울이는" 노력이 필요하다. 이 '온 존재를 기울인다'는 것은 사람과의 '상호관계'뿐만 아니라 자연과의 '상호관계'에서도 '사랑'으로 '틈'을 채워가는 실천방식임을 신진 시인의 시세계에서 깨닫게 된다. '사람과의 '상호관계'뿐만 아니라 자연과의 '상호관계'에서도 '사랑'으로 '틈'을 채워가는 실천방식!' 이 실천방식은 생태사회의 실현을 가능케 하는 세 번째 대안이자 모든 사회인들의 당위적 윤리임을 제6부와 제7부 시작품들의 '상호관계' 속에서 발견할 수 있었다. 이것 또한 적지 않은 수확이지만 필자가 신진 시인의 시선집에서 마지막으로 수확한 보다 더 큰 열매가 있었다. 본향(本鄕)의 사회를 실현할 수 있는 대안을 이야기하는 데 그치지 않고 이러한 대안이 사회적으로 실천되었을 때에 실제로 만날 수 있는 사회의 근본적 성격을 시적(詩的)으로 형상화하였다는 사실이다.

아침밥을 먹고 있는데
왕벚나무가지
곤줄박이 와서 노래한다.
저 노래
밥먹기나 마찬가진가 보다.

금세 비 듣고

부리 예쁜 빗줄기
바람에게 노래 나눈다.
전화선에도 나뭇잎에도 음표를 단다,
노래하기 밥 먹기나 마찬가진가 보다.

비의 것이나 새의 것이나
혼자 것이 없는가 보다.
아니 혼자의 것이
여럿의 것이나 마찬가진가 보다,
밥이나 노래가 원래 그러하듯이.
　　―「노래나 밥이나」 전문, 제7부 『자유의 몸』

　신진 시인이 귀의하고자 하는 본향의 세계는 어떤 성격을 가진 사회인가? 필자가 제1장과 제2장에서 강조한 것처럼 그 본향의 세계는 "문명의 정신적 힘을 문명의 순기능(順機能)으로 활용하여 사람의 이성(理性)을 가장 이성적인 방향으로 사용"하지 않는다면 결코 이루어질 수 없는 사회였다. 이러한 사회의 성격이 시적 언어 속에 함축되어 있다. 시인이 독자들과 함께 귀의하길 원하는 본향의 세계는 위의 시에서 '노래'하고 있는 것처럼 삼라만상에 대해 사람의 '것'이라고 소유권과 독점권을 주장할 수 없는 사회가 아니겠는가? '혼자의 것이 여럿의 것이나 마찬가진' 것처럼 사람의 '것'이 또한 자연의 모든 생명체들의 '것'으로 공유되는 생태사회가 아니겠는가? 이 사회는 "자연을 '사랑'하는 마음으로 문명의 파괴적 폭력성과 역기능을 예방하며, 이성과 문명과 자연이 도움을 주고 받아야"만 이루어질 수 있는 사회이다. 사람과 자연의 본향임을 믿을 수밖에 없는, 이 생태사회의 해안을 향하여 항해(航海)를 멈추지 않는 선지자의 선박(船舶)을 찾

는다면 필자는 기꺼이 신진 시인의 시를 추천하고 싶다. 그의 시세계
는 생명을 사랑하는 동시대의 모든 독자들을 동승(同乘)시키기에 넉
넉한 정신적 공간을 갖춘 방주(方舟)의 역할을 감당할 수 있을 것이
라고 확신하기 때문이다.

— 출전: 『시문학』, 2011년 3월호.

엘레지의 시인 신진

이윤택[1]

그네를 타면
하늘로 오르는 동안에는
어둠일 뿐
밀려나는 동안
잠시는 그대를 만난 듯하기도 하여
다시 발을 구른다.
오르는 동안에는
눈부심일 뿐 두려움일 뿐
밀려나는 동안
잠시는 그대를 만난 듯하기도 하여
다시 발을 구른다

잠시, 그대를 만난 이후로
오랜 날을 잊는다.
잠시, 그대는 가고
덮힌 가슴 우에 오래도 그대 남았다

---

1) 시인, 극작연출가.

사람들이 그네를 타러 가는
길목에 서서
산갈대 하나
바람따라 흔들거리고 있다.
―「연가(戀歌)―그네」(『장난감마을의 연가』, 태화출판사, 1981) 전문

현대시가 독자로부터 멀어지는 원인에는 여러 가지가 있을 것이다. 언뜻, 생각되는 이유 중의 하나는 '리듬의 상실'이다. 리듬은 독자의 감동을 유발시키는 보편적인 도구일 수 있다. 또 다른 이유 중의 하나로 '주제의식의 심화'를 손꼽을 수 있을 것이다. 복잡 다양한 현대문명을 수용하려는 시인들의 에스프리 자세가 독자들에게 과중한 부담을 지우고 있는 것이다. 게다가 현대시인들의 의식 자체가 '부정적 세계인식'에 치우쳐 있음으로 해서, 비판적이고 절망적인 시적 분위기가 압도하고 있는 실정이다. 시에서 아름답고 낭만적인 분위기를 기대하는 독자들에게는 이러한 준열한 비판정신·두려움·절망적 분위기가 접근하기 힘든 것이다.

이러한 관점에서 볼 때, 신진은 오늘날 이 땅의 귀중한 시인이다. 그는 상당히 설득력이 강한 리듬을 갖고 있다. 그의 리듬은 감상적 애조에 바탕을 두고 있지만, 탄력적인 템포에 힘입어 지나친 센티멘털리즘에 떨어지지 않는다.

신진의 시적 태도 또한 낙관적이고 긍정적이다. 그는 따뜻하게 세상을 바라보는 법을 배웠고, 사랑에서 연유된 슬픔을 아름답게 채색할 줄 아는 법을 익힌 듯하다.

신진의 작품 성격은 역시 '사랑'에서 찾아야 할 것이다. 「실연(失戀)」 연작, 그리고 「연가(戀歌)」 연작시에서 그의 면모를 확연하게 발견할

수 있기 때문이다.

인용된 작품 「연가(戀歌)―그네」는 단순한 하나의 구성에 의존하고 있다. "그대를 만난 것 같기도 하여" "다시 발을 구른다"는 시적 주인공의 심리적 상태가 현현된 움직임이 이 작품의 모티브다. 그는 이 하나의 모티브를 부드러운 리듬과 반복적 어법에 실어서 유연하게 시적 분위기를 풀어 나간다. 신진은 이 단순구성·반복적 리듬으로 독특한 '연가풍(戀歌風) 스타일'을 확보한 유니크한 시인으로 평가될 수 있을 것이다.

그러나 이 작품 결구부분에서 우리는 모종의 이질감을 발견할 수 있다. "산갈대" 이미지의 공간적 배치는 그에게 있어서는 모던한 방법론이다. 그러나 그의 독특한 연가풍(戀歌風) 분위기에 별스런 효과를 보여주지 못하고 있는 것 같다. 오히려 사족에 떨어질 위험성까지 내포하고 있는 것이다.

신진이 엘레지의 명인으로 자기세계를 분명하게 구축해 나가든지, 단순성을 탈피하는 변모를 보여 주든지, 그건 신진 자신의 세계일 것이다. 그러나 현재의 연가풍(戀歌風) 스타일을 고수하면서 '의식의 심화' '세계인식의 확대'를 시도한다면, 시적 구조상의 모순을 자초할 위험성이 있을 것으로 우려된다.

― 출전:『지평의문학』3호, 1994년 하반기.

진실을 찾아가는 길
— 신진

정효구[1][2]

1.

우리들은 낮에 불을 끄고 밤에 불을 켠다. 그러나 시인들은 낮에도
불을 켜고 밤에도 불을 켠다. 아니 대명천지 밝은 날에 시인들은 더
욱 더 촉수 높은 불을 켜고 두 눈을 크게 뜬다. 그것은 일견 대낮의 밝
은 논리로 질서정연하게 그리고 아름답게 탄생하는 수많은 우리의 현
실적 삶들이 그 이면에 낡은 허위의식과 왜곡된 이데올로기를 의식적
으로든 무의식적으로든 교묘하게 숨겨놓고 있기 때문이다. 모르는 게
약이라는 말에는 인간들의 모르고자 하는 본능이 강하게 배어 있거니
와 참다운 행복이란 '아는 것이 병'이라 할지라도 모르고자 하는 본능
을 강하게 억압하고 그것을 알고자 하는 의지로 전환시켜 세상의 진
실을 밝혀내는 데 있다. 이렇게 볼 때 시인들은 대낮의 한가운데 서서
더욱더 밝게 불을 켜고 진정한 빛으로 허위와 가식의 빛을 몰아내는
참 빛의 수호자가 되어야 하는 것이다. 일원론적 진리관이 파기된 오
늘의 현실 속에서, 하나의 텍스트가 완성되자마자 스스로를 해체하고

---

[1] 문학평론가, 충북대학교 교수.
[2] 이 원고는 원래 신진의 『멀리뛰기』와 백미혜의 『토마토를 심은 후부터』 2권의 시집
을 조명한 서평이다. 이 중에서 이 저서는 신진의 『멀리뛰기』에 대한 서평 부분만
수록한다.

시작의 이론과 종말의 이론이 불안한 접경지대에서 서로 맞물리며 처음과 끝을 부정하는 이 시점에서 사실 어느 것이 참 빛인가를 가려내고 그것을 뚜렷하게 제시하는 일은 보통 어려운 일이 아니다. 그러나 비록 진실이라고 하는 것이 부정의 형태를 띠고 있다 할지라도 시인들은 자기가 처해 있는 위치에서 그 나름의 가장 밝은 불을 켜고 최선의 진실을 고통스럽지만 생기 있는 언어의 그러므로 소심껏 직조해야만 한다.

신진의 시집 『멀리뛰기』와 백미혜의 시집 『토마토를 심은 후부터』는 서로 이질적인 차원의 현실을 다루고 있으면서도 그러한 현실 속에서 각자의 눈에 비친 진실이 무엇인가 하는 점을 한결같이 정직하게 제시하고 있다.

그들의 문제의식은 서로 다른 지점에서 발견되지만 그들이 도달하고자 하는 지향점은 상당히 유사한 방향을 향하고 있다. 그리고 진실을 드러내고자 하는 두 사람의 목소리나 그 포즈는 무척이나 상이하지만 그들이 찾아가는 길은 그리 멀지 않은 거리를 유지하고 있다.

2.

신진의 시집 『멀리뛰기』는 『목적(木笛) 있는 풍경』과 『장난감 마을의 연가』에 이어지는 그의 세 번째 시집이다. 총 68편의 작품을 통하여 그가 드러내는 가장 인상적인 면모는 현실의 구속과 인간의 자유가 어떻게 상호 침투하는가, 그 속에서 우리는 어떻게 인간다운 삶의 자리를 만들어낼 수 있을까 하는 점에 남다른 관심을 부여하고 있다는 점을 아울러 한 가지 더 지적할 수 있는 것은 모범답안과 같은 우리의 교과서적 지식에 파격적인 회의의 정신을 계속적으로 부과한다는 점이다.

①
삼각형을 그리기 시작하면서
아이는 낙서를 한다.
거대한 악당이
정의의 동자 앞에 꼬꾸라지는
낙서는 두고두고 되풀이된다.
정의가 무엇인지
얼마나 허약한지도 모르고
―「낙서」 부분

②
아버지 바람이 되어
일어선 자 더 일어서게 하고
날으는 자 까마득히 치솟게 하고
한때 남부지방 비 내리고
아버지 바람이 되어
쓰러진 자 더 쓰러지게 하고
죽은자 다시 죽어 잊히게 하고
중부지방 한때 비
―「아버지, 바람이 되어」 부분

인용시 ①에서는 어른인 화자와 순진한 아이가, 그리고 "거대한 악당"과 "정의의 동자"가 대립구도를 이루는 가운데 관념으로서의 정의와 현실 속에서의 정의가 어떻게 구별되고 있는가 하는 점이 날카롭게 제시되고 있다. 왜곡된 모순의 땅에서 살아가는 화자의 실감과 동화적인 순수의 공간에서 살아가는 어린아이의 실감은 상당한 거리를 두고 있다. 어린아이의 실감은 연속성을 가지고 어른의 실감과 이어지며 일체감을 이루어야 할 텐데 사실은 이 둘 사이의 실감은 단절되고 있고 현실은 악화가 양화를 구축하는 식으로 변해가고 있다. 거대한 악당이 정의의 동자 앞에서 고꾸라지는 것이 당위로서의 진실이라면 허약하기 그지없는 정의의 무력감이야말로 세속의 진실처럼 정착해가고 있는 것이다. 인용시 ②는 바로 이와 같은 현실의 모순된 진실을 적나라하게 열어 보이고 있다. 작품 속에 나타나는 "아버지"는 우리의 일상적 관념에 충격을 가하면서도 도덕적 관념의 허망함을 부채질하고 있다. 그것이 하늘에 계신 아버지이든, 아니면 일가의 가장으로서의 아버지이든, 아버지라는 이미지는 우리들의 마음속에 정의와 도덕의 사자로 자리잡고 있는 게 보통이다. 그럼에도 불구하고 이 작품에서는 그러한 아버지의 질서와 도덕을 완전히 거세하고 오히려 "일어선 자 더욱 일어서게 하고" "날으는 자 까마득히 치솟게 하고" "쓰러진 자 더 쓰러지게 하고" "죽은 자 다시 죽어 잊히게" 하는 사람으로서 아버지를 묘사하고 있는 까닭에 우리가 이 작품으로부터 받는 충격의 신선함은 적지 않다. 이 시인의 눈에 우리의 부정적 현실은 아버지의 도덕과 이성까지도 매장되어 진실이 은폐되고 인간적 윤리가 상실된 약육강식의 공간에 다름 아니다. 신진은 현실 속에서 모범답안과 같은 진실이 나뒹굴어지며 신음하고 있는 현장을 제시하여 우리로 하여금 진실의 음영을 한꺼번에 투시하게 한다.

마치 까치가 동구앞 제방 위에 칼바람 깨며 서 있는 버드나무를 의지하여 위태롭게 집을 짓고 살듯이, 신진은 우리가 위와 같은 부조리의 한가운데를 날마다 걸어가야 한다는 사실에 눈을 돌리고 있다. 그에게 있어서 삶이란 자기 자신과의 투쟁이며 동시에 주어진 현실과의 투쟁이다.

①

김햇벌 겨울이 채 녹기도 전에 미칠 것의 작은새 종달새가 솟고 있
다, 한 번 솟아올라 날개를 펴고 봄이 오나 봄이 오나 봄을 보고 내려
앉는 것이 아니라, 떨어지고 떨어지는 순간순간 다시 솟아 오른다,
난다, 솟는다. 아니 그보다 부딪친다. 부숴진다 싶게 솟는다.

종달새는 왜 솟는가? 보리 시퍼레 돋고, 과목들도 빨갛게 눈을 떠
서 올해도 양식은 떼올 것이고, 갯버들 가지에도 물이 오르고 철쭉
개나리 서둘러 피어 남풍은 소매 끝을 녹이는 데, 종달새 작은 새 피
울음 울며 너는 왜 솟기만 하는 것이냐? 부딪치느냐? 부숴지느냐?

털어도 털어도 먼지 한 알로 손 바닥에 남는 미칠 것의 작은 새 종
달새소리.

　　—「종달새는 왜 솟는가」전문

②

열이렛날 밤에야 냇가에 나가
흐르는 냇물 위에 그대 이름 적습니다
자유, 이렇게 써도 그대 눈썹밖엔 쓰지 못하고
사랑, 이렇게 써도 그대 손톱밖엔 쓰지 못하고
평화, 이렇게 써도 그대 발톱밖엔 쓰지 못했습니다.

　　—「그대의 이름」부분

인용시 ②에서 보는 바와 같이 나는 그대의 완전함 앞에서 한계인
간일 수밖에 없다. 내가 아무리 그대의 전모를 그리려고 해도 나는 언
제나 부분을 그려 보일 수밖에 없다. 그러나 나는 나의 이러한 유한성
을 누구보다도 잘 알고 있으며 그러한 까닭에 역설적이게 하늘을 향

하여 끊임없이 치솟는다. 인용시 ①에서 시인은 이러한 인간의 운명과 의지를 수준 높은 언어감각으로 형상화하고 있다. 분명 스스로가 유한한 존재임을 인식하면서도 끝까지 하늘로 치솟는 우리 인간들이란 "미칠 것의 작은 종달새"와 다르지 않다. 자신과의 투쟁을 위하여 혹은 현실과의 투쟁을 위하여 우리는 무모하리만큼 치열하게 "솟아오른다, 난다, 솟는다, 아니 그보다 부딪힌다, 부숴진다, 싶게 솟는다." 신진에게 있어서 인간은 무한한 열정의 존재 그 자체이다. 그의 이러한 인간 이해는 현실의 외피를 예리하게 투시하고 그로부터 진실의 빛을 발견하고자 하는 그의 노력과 항상 균형을 이룩하기에 인간이 가지고 있는 무작정의 욕망과는 구별된다. 제4부를 장식하고 있는 여러 작품들, 즉 「우리아들 대장이 되어」 「내가 정치가가 된다면」 「등화관제 훈련기」 「오늘도 담화문」 등과 더불어서 「속삭임」 「조심하세요, 아버지」 등은 신진의 현실감각이 작은 일상사로부터 드넓은 정치적 사회적 관심으로까지 확산되어 있음을 잘 보여준다. 그러나 이러한 현실적 관심은 결코 쓸데없이 격앙되어 나타나거나 과장된 제스처를 담고 있지 않다. 그는 비판의 뾰족한 화살을 언어의 그물 사이에 표 나지 않게 용해시키고 있다. 시인의 그와 같은 여유와 거리감각은 현실의 구속과 인간의 자유의지가 결합되어 있으며, 그 속에서 우리가 무엇을 추구해야 하고 어떠한 진실을 내재화시켜야 하는가에 단단한 바탕을 마련해 준다.

①
이 세상의 모든 〈도〉를 수정 없이 받아 주고 세상의 모든 〈레〉를 수정없이 받아 주고 미파솔라시 한순간에 펴기도 오무리기도 하는 피아노 집 여자
— 「피아노 집」 부분

②

어둠이 걷히지 않는 밤이나 가뭄이 계속되는 여름날 밤이면 우리는 횃불을 들고 산꼭대기에 올라가 더 높은 산을 향해 그를 불렀다. 어디에 계십니까 우리는 그 건방진 거지 노인을 불렀다. 어디에 계십니까 어디선가 쉰 목소리가 들렸다. 어디에 계십니까 어디에 계십니까? 노인은 우리와 함께 정성껏 외치고 있었다.

　－「건방진 거지」부분

　신진이 추구하는 첫 번째의 진실은 모든 인간이 각자의 독특한 개성을 최대한 발휘할 수 있는 주체적 인간으로 성숙하고 그것을 받아들이는 사회가 형성되는 데 놓여 있다. 인용시 ①의 피아노 집 여자는 바로 그와 같은 인간의 삶을 가장 모범적으로 실현시켜주는 대표적 존재인 바, 그는 세상의 모든 "도"를 그리고 모든 "레"를 있는 그대로 존중하며 수용한다. 이 점은 인용시 ②의 건방진 거지와 작품의 화자인 우리 사이에서도 의미 깊게 드러나고 있는데, 좀더 구체적으로 말해본다면 그들은 목이 쉴 때까지 서로를 "어디에 계십니까?"라고 반복하여 부르면서 상대를 하나의 독립된 인격적 존재로 부상시키고자 한다. 그들이 부르는 소리는 어둠의 계곡으로 상실되어가는 독자적인 개성을 밝히고 비추어주는 횃불과 같은 것이다. "피아노 집"과 "건방진 거지"는 소재도 신선하거니와 작품의 의미나 언어적 기법 또한 돋보이는 작품이다.

　이렇게 부단한 노력으로 형성된 각자의 개성과 주체적 인격은 사랑의 힘을 빌어 공동체적 유대감과 결속감을 형성하는 데로 나아가는 것이 신진의 작품이며 그가 추구하는 또 하나의 진실이다. 그가 추구하는 이러한 진실은 작품 「점화」에서처럼 그대와 나 사이에 불을 붙이는 것으로 표상되기도 하고 작품「한가위 전날 밤」에서처럼 강강수월 래로 표상되기도 한다. 또한「서울, 1984년 가을」은 우리 시대의 비리 를 여러 각도에서 고통스럽게 조명하고 있으나 이곳에서 시인이 지향 점으로 삼고 있는 것도 바로 위에서 말한 바와 같은 너와 나, 곧 우리 들 사이의 진정한 관계와 공동체감을 형성하는 것이다. "어깨를 맞대 고 함께 걸어도/ 서로 모르는 얼굴/ 앞 사람을 보면서 뒤통수만 보면 서/ 사람들이 지나"가는 상황이야말로 이 시대의 비극이며 우리가 극 복해야 할 문제인 것이다.

— 출전:『세계의 문학』, 1987년 여름호.

인간회복, 또는 정신의 자유를 찾아서

김재홍[1]

1. '멀리뛰기' 그 이후

"산 위에 올라/ 멀리뛰기를 한다./ (중략)/ 어엿사, 땅을 찬다/ 구름
은 흘러서 어디로 가나?/ 가을잎 흩어져 어디로 가나?/ 어디 나도 멀
리 한 번 뛰고 싶구나"라면서 '멀리 뛰기'를 갈망하던 시집『멀리뛰기』
의 시인 辛進(1949~), 그는 1976년 등단한 이래 삶에 관한 내성과 존
재론적 탐색을 전개해가고 있는 중견시인의 한사람이다.

그의 시는 시집『멀리뛰기』에서 "이를 닦아라, 아가야/ 웃음마다
접히는 검은 눈주름/ 목청에 남아 있는 굴욕의 노래/ 깨끗이 깨끗
이 닦아 내어라/ 잠깬 아침에는 다시 이를 닦아라/ 어제의 쌓은 꿈,
내일 이룰 꿈/ 타고난 무늬로 닦아내어라"(「이닦기」)와 같이 삶의 행
위에 끊임없는 내성을 전개하면서 맑고 밝은 삶이 되기를 갈망하는
것이 특징이다. 다시 말해 삶의 내질을 들여다보면서 거기에 존재
론적 성찰을 가함으로써 존재의 극복과 의미 부여를 꾀하고 있다는
뜻이다.

이러한 시집『멀리뛰기』의 세계에서 이번에 발간하는 시집『강(江)』

---

1) 문학평론가, 백석대학교 석좌교수, 만해학술원장.

은 한걸음 더 나아가 삶을 구성하는 원질로서 생명력의 회복을 노래하면서 피폐화해가는 도시적 삶 또는 문명적 삶의 불모성을 노래하면서 삶의 총체성 또는 온전성을 담보해내고자 노력하고 있어 관심을 환기한다. 급격한 개발 및 산업화의 미명아래 벌어지고 있는 각양각색의 환경파괴를 비판하면서 어떻게 생명력이 넘치는 삶, 인간회복의 소망에 근접해 갈 것인가 하는 데 대한 성찰과 모색을 진지하게 전개하고 있기 때문이다. 이에 시집 『멀리뛰기』이후 8년 만에 내는 시집 『강(江)』의 출간을 축하하면서 간략히 그의 시세계를 더듬어 보기로 한다.

2. 문명비판과 인간성회복의지

시집 『강(江)』의 표제시인 연작시 「강」은 모두 16편의 시로 짜여 있다. 그만큼 이번 시집에서 비중을 차지한다는 뜻이 되겠다. 대체로 이 「강」 연작들은 각종 환경공해로 인해 파괴되어 가는 생태계의 오염현상을 고발, 비판하면서 자연적 생명력의 회복 또는 사랑과 평화의 온전성 확보를 추구하는 것이 특징이다.

먼저 「강」 연작은 급격한 산업화 추진과 그에 따른 환경공해 및 오염에 대한 분노를 드러내면서 비판을 전개한다.

①
물고기가 죽어 있다.
죽음이 낯설어서
쓰레기밭 분뇨덩이에 낯을 가리고 있다.
팔뚝만한 주검의 머리카락이 보인다.
겹겹이

젖은 비닐에 코를 막은 채
싸늘하게 쏘아보는 플라스틱 눈빛이여.
학의 다리 길어도 벗어나지 못하리.
어젯밤 꾸억구억 딸꾹질 소리
시나브로 명치 끝을 찔러대더니
―희망소비자가격 230원
어느 놈이 그에게 라면 상표를 붙이고 갔나?
―「강―희망소비자가격」 전문

②

물고기회 먹자고 낚시를 한다.
주먹만한 붕어 몇 건져 올린다.
비늘 떨고 아가미 떨고
내장을 헹구며 디스토마를 잡는다.
둔각의 등뼈 마다마디 헤집어
수은, 납을 도려낸다.
살점에 박힌 부영양 오물, 방카A유 찌꺼기
카드뮴을 걷어낸다.
마침내
초고추장 병을 열고
강내를 더듬는다.
기억에 절은 손가락만 빨았다.
―「강―물고기회」 전문

③

노인 둘이서

땅을 파고 있다.

시멘트 포장을 뜯고

아스팔트를 찢는다

말라붙은 비닐용기, 스티로폴 조각

떡이 된 땅을 판다.

조각난 유리, 플라스틱 터진 살이

탄광처럼 엉켜있다.

치익 칙 독한 냄새가 솟고

드디어 가스가 터져 나온다

시꺼먼 기름 거품을 숨가쁘게 뱉는다.

쓰러진 노인이

버즘투성이 다른 노인에게 말했다.

―여기……, 여기……, 강이 있던 곳이야.

―「강―땅파기」 전문

　인용시들은 모두 파행적인 물질문명 또는 졸속하게 추진된 환경오염 및 생태계 파괴현상에 대한 분노와 비판을 펼치고 있어 주목된다.

　먼저 시 ①은 죽어 있는 물고기시체를 보면서 환경오염 및 대기업의 무책임한 공해유발을 비판하고 있다. 각종 공장의 폐수와 생활오수 인해 강은 피폐화되어 마치 거대한 "쓰레기 밭" 또는 "분뇨덩이"로 뒤덮여가기만 한다. 그처럼 오염된 환경으로 인해 분뇨덩이에 낯을 가리고 죽어 있는 물고기들의 모습은 그대로 오늘날 강의 오염실태를 상징한다. 그런데 더욱 아이러니컬한 일은 그 물고기에 "희망소비자가격 230원"이라는 비닐봉지와 라면상표가 붙어 있는 점이다. 이 비닐 상표는 끝 구절 "어느 놈이 그에게 라면 상표를 붙이고 갔나"라는 내용과 연결되어 각종 비닐과 플라스틱을 사용해서 상품을 팔아먹고서도 적절한 수거대책이나 환경오염대책을 마련하지 않고 있는 대기업들에 대한 분노를 드러내게 된다. 환경오염이 그러한 대기업의 상업주의상혼에 의해 저지르는데 대한 분노와 비판을 아이러니의 방법으로 날카롭게 제기하고 있는 것이다.

시 ②는 환경오염과 생태계파괴가 결국은 인간파괴로 직결됨을 생생하게 보여준다. 물고기 회를 먹으려고 낚시질한 생선의 살과 내장에 가득 차 있는 "수은, 납", "부영양 오물, 방카A유 찌꺼기, 카드늄" 등. 그것들이 바로 물고기를 죽인 주범이면서 동시에 언젠가는 인간 생명까지도 빼앗아 갈 독성 오염원에 해당한다. 이 점에서 죽은 물고기가 상징하는 환경오염과 생태계파괴란 결국 인간 생명 파괴 및 인간 생태계 파괴로 연결될 수밖에 없음을 보여준다.

시 ③은 온갖 공해물질로 가득 찬 현대적 삶의 불모화된 모습을 비판한다. '시멘트, 아스팔트, 비닐용기, 스티로폼, 유리, 플라스틱, 가스, 기름' 등과 같이 온갖 광물심상들이 자연과 인간의 생명력을 위협하고 나아가서 전면 파괴하고 말 것이라는 데 대한 위기의식을 드러내면서 생명력 회복 및 인간성 회복의 중요성을 역설적으로 강조하고 있는 것이다. 인류 자신의 필요에 의해 만들어낸 문명의 이기들이 결국은 자연파괴와 인간상실의 주범으로 작용하고 있는데 대해 엄중히 경고하면서 인간회복을 강조하는 뜻이 담겨 있다.

이렇게 본다면 연작시 「강」의 주된 내용은 환경오염과 생태계 파괴를 비판하면서 그러한 것들의 극복이 결국 인간 생명력 회복과 인간성 확보의 관건이 됨을 역설하는 데 놓임을 알 수 있다. 그러기에 이 연작의 중심 의도는 환경파괴 그 자체에 대한 비판이라기보다도 자연 생명력 회복과 인간성 확보에 놓인다고 하겠다.

반나마 눈을 감으면

안개빛 하모니카 소리.

음계를 따라 일어서는

갈대떼의 파도타기

셀로판지 그라운드 위에

물새떼 발자국만 남았습니다.

       —「강—음계」 전문

  한 번도 사랑한다 말하지 않는 이의 사랑하는 마음은 얼마나 아름
다운가?

  한 마디 말없이 사랑하다 헤어지자는 말 한 마디 없이 송두리째 헤
어지는 사랑은 얼마나 아름다운가?

  비명없이

  찢어지기

  강은 그렇습니다.

       —「강—헤어지는 사랑은」 전문

  이 두 편의 인용시에서 보듯이 강은 원래 생명력의 표상이자 그 흐
름의 원리와 속성으로 인해 사랑과 인생의 표상이라 할 수 있다. "안개
빛 하모니카 소리"가 들려오고 "갈대떼"가 파도를 타고 "물새떼 발자
국"이 찍혀 있는 강의 모습은 바로 생명력이 살아 숨 쉬는 강의 원래적
모습에 해당한다. 또한 사랑처럼, 삶의 굽이처럼, 세월의 갈피처럼 흘
러가는 강의 모습은 그대로 본원적인 시간 상징성을 담고 있는 것이
다. 이 밖에도 「강—물오리」「강—맑은 강」「강—새끼들」「강—빨래」
「강—물열기」 등의 시편들에도 이러한 강의 생태계 회복이 바로 인간
의 생명력 및 인간성 회복과 연결되는 것으로서, 꼭 그래야만 하는 당
위적 명제임을 강조하는 뜻이 들어 있다.

이렇게 본다면 결국 신진 시인이 「강」 연작시에서 강조하는 것은 자연의 생명력 회복이며 인간의 총체적, 온전성을 확보하기 위한 노력임을 확인하게 된다. '자연으로 돌아가라'는 루소적 명제가 결국은 자연성의 회복, 생명력의 회복을 통한 인간존중의 사랑, 사랑과 평화의 철학을 실천하는 일에 다름 아님을 새삼스럽게 눈여겨보게 된다는 뜻이다.

3. 인간사랑과 인간존중의 길

앞에서 우리는 연작시 「강」에서 문명비판을 통해 자연의 생명력을 회복하고 인간성을 확보하려는 노력이 펼쳐져 있음을 살펴보았다. 실상 이러한 인간성 회복을 통한 삶의 온전성 회복에 대한 갈망을 시집 『강(江)』의 도처에서 산견된다. 인간 세상에 대한 긍정 또는 더불어 사는 삶에 대한 신뢰와 애정을 드러내고 있기 때문이다.

> ①
> 언덕을 넘어
> 더 큰 언덕 너머
> 마을이 있네.
> 사람 사는 마을의 굴뚝에서는
> 연기가 나네.
>
> 골짜기 건너
> 더 깊은 골짜기 아래
> 마을이 있네.
> 사람 사는 마을의 굴뚝에서는

연기가 나네.
　－「굴뚝에서는 연기가 나네」 전문

②
시장길에서
모르는 사람과 어깨 부딪히기
즐거운 일이다.
부딪히면서
부딪히는 걸 잊는다.
모르는 사람끼리 어깨 비키기
또한 즐거운 일이다.
아슬 아슬 어깨 비키며
비켜가는 줄 모른다.
하지만 모르는 사람과 나는 함께
깨끗이 닦은 버섯들이
입맞추는 모습 보았다.
몸잘 닦은 마늘떼의
엉덩이 흰 살 보았다.
모르는 사람끼리 어깨 비키며
손 잡고 하나 둘
구령 맞추지 않아도 구령맞춰 걷는 모습
보이지 않아도
모두들 예쁘다
예쁘다 보고 있었다.
　－「시장골목」 전문

이 두 편의 인용시에는 사람이 살아가는 일에 대한 긍정과 함께 더불어 살아가는 삶에 대한 신뢰의 정신이 잘 담겨져 있다. 앞에서의 인간회복에 대한 갈망이 인간긍정과 신뢰의 철학을 형성하고 있는 것이다.

먼저 ①에는 사람살이에 대한 따뜻한 긍정과 믿음 그리고 애정과 관심이 아련하게 형상화되어 있다. 이 시의 구조는 '마을/사람사는 마을'과 '굴뚝/연기'라고 하는 심상의 대조 및 반복으로 이루어져 있다. 마을, 사람사는 마을이란 과연 무엇인가, 한마디로 그것은 인간으로서 세상살이에 대한 관심이며 긍정을 의미한다. 자연도 인간이 존재하기에 비로소 그리고 더욱 의미를 지닐 수 있기 때문이다. 그러기에 세상살이에 대한 관심과 긍정은 "굴뚝에서는/ 연기가 나네"라는 구절에 의해 보다 적극적인 진전을 보인다. 굴뚝이란 인간생존의 주거 표상이고, 거기서 연기가 난다고 하는 사실은 그 속에 사람이 생생하게 살아 있음을 의미한다.

어느 면에서 단순한 표현 같으면서도 이 세상 어디에나 마을이 있고 사람이 살아가는 모습을 볼 수 있다는 따뜻한 사실을 새삼 확인하고 눈여겨본다는 것은 바로 사람살이에 대한 뜨거운 긍정과 애정을 표출한 것이 아닐 수 없다. 실상 시를 쓴다는 일 자체가 이러한 사람살이에 애정을 갖고 의미와 가치를 부여하는 작업이 아니고 그 무엇이겠는가?

시 ②에는 사람들이 더불어 함께 살아가는 삶에 대한 애정과 신뢰의 정신이 담겨져 있다. 아는 사람뿐만 아니라 모르는 사람과도 더불어 함께 살아가면서 서로 어깨를 부딪치고 떠밀고 떠밀리며 살아간다는 일은 어찌 보면 듬직하면서도 행복한 일이 아닐 수 없다. 사람과 사람이 서로 어우러져 기대고 살아간다는 일이란 바로 인간존중사상을 소박하게 반영한 것일 수 있기 때문이다. "모르는 사람끼리 어깨 비키며/ 손 잡고 하나 둘/ 구령 맞추지 않아도 구령맞춰 걷는 모습/ 보이지 않아도/ 모두들 예쁘다/ 예쁘다 보고 있었다.”라는 결구에서 볼 수 있듯이 더불어 사는 삶이 이루어내는 공동체의 숨결과 조화의 철학이야말로 인간의 삶을 더욱 튼튼하고 사회를 아름답게 만들어주는 힘으로 작용하기 때문이다.

이 점에서 신진 시인의 인간사랑의 마음 또는 인간존중의 정신이 시집의 기저에서 출렁거리고 있음을 확인할 수 있겠다.

4. 자아성찰과 자기비판의 의미

세상의 모든 사람들은 삶 앞에서 평등하다. 그렇지만 세상의 삶이란 사람 모두가 인간적인 삶의 질을 확보하고 이상적인 가치를 실현해가고 있는 것은 아니다. 현실의 삶이란 오염된 강물처럼 타락되고 부패한 일면이 있기 마련이다. 특히 현대의 삶이란 자본주의와 기계문명의 발달로 인해 나날이 물화되고 속화되어 가고 있으며 상투화되고 저질화되어감으로써 인간상실의 측면을 가속화해가고 있는 것도 사실이다. 바로 여기에서 상투화된 삶, 속화된 삶의 내면을 들여다보고 그에 대한 자기성찰을 전개해 가는 시인정신의 진솔한 모습이 드러난다.

① 처가에서 쌀 한 가마 보내 왔을 때
② 산골짝에서 도다리회를 먹을 때
③ 술병 마개 딸 때
④ 벼랑 위에서 혼자 오줌을 눌 때
⑤ 귤껍질을 벗길 때
⑥ 까무러친 여자에게 화장지를 줄 때

⑦ 우리나라 챔피언이 조빠지게 맞고 비길 때

⑧ 남이 보는 거울의 남을 엿볼 때

⑨ 방안에 누워서 데모소리 들을 때

⑩ 이 시대의 학자와 이 땅의 언론인이 시국토론하는 것을 볼 때.

⑪ 아이들이 TV보고 웃는 것을 볼 때

⑫ 밥사먹고 나오다 껌을 얻을 때

―「기분이 좋다」 전문

누구누구는

서툰 논리 감추려고

말 다듬는 더듬이 교수

서툰 감정 감추려

글 다듬는 뻘게 시인

썩는 놈 뺨 한 번 못때리는 대학교수에

도피를 이탈로 초탈하는 시인이다.

돈 벌 궁리하면서

제 부랄 만지는 재미 하나로

큰 방 하나 종일 뭉게는 가장.

누구누구는

누구누구 제일 싫어한다는 最强適者를

제 아들에 바라는 아비여우다.

몇 마디 묵은 말글로

긍지 다는 민주투사

수재의연금, 복지회비, 자선냄비 눈 돌리고

불우노인, 불우이웃, 청소년가장에도 베풀지 않는

어허, 험. 인도주의자.

짚는 쪽쪽 얻는 쪽쪽
면치레 바쁘게 봉창질하는
누구누구는
나다.
— 「누구누구는」 전문

이 두 편의 시에 드러나는 것은 속화된 삶의 방식에 동화되어 그럭
저럭 살아가는 삶 또는 온갖 위선과 거짓 속에 나날이 타락해가는 삶
의 방식에 대한 야유와 비판이다. 현대의 삶이란 한마디로 말해 기
계화된 삶, 획일화된 삶, 상품화된 삶의 모습일 수 있다. 그래서 서구
의 어느 비평가는 현대인을 풍자해서 '단추를 누르는 동물(push button
animal)'이라고 야유하지 않았던가. 그만큼 비인간화, 몰개성화, 속물
화로 치닫고 있다는 뜻이리라.

먼저 시 ①에는 평범한 일상에 이끌려 좀팽이처럼 그럭저럭 만족하
며 살아가는 소시민적 삶, 상투화된 삶에 대한 야유가 담겨져 있다. 오
늘날 현대인이 얻을 수 있는 기쁨이란 아니 일상인이 추구하는 행복이
란 어떤 모습일까? "우리나라 챔피언이 조빠지게 맞고 비길 때/ 밥사
먹고 나오다 껌을 얻을 때."와 같이 속화되고 상투화된 것에서밖에 기
쁨을 얻을 수 없는 것이다. 그렇다! 어느새 많은 현대인의 삶이란 온갖
상업주의와 기계문명, 조직사회 속에서 마모되고 분쇄되어 다만 작고
사소한 것들에서 삶의 기쁨과 위안을 찾을 수밖에 없게 된 것이다. 그
만큼 물신(物神) 앞에서 초라해지고 소외되어 자질구레해지고 만 것이
다. 그러기에 이 시는 소외의 극복을 통해 인간적 삶의 위의와 존재의
의미를 되찾고자 하는 안간힘을 역설적인 나열을 통해 희화적으로 강
조하고 있는 것으로 보인다.

시 ② 역시 열거와 역설을 구사하여 통렬한 자아성찰과 자기비판을

전개하고 있다. 여기에서 비판하고 있는 것은 "더듬이 교수/ 뻘게시인/ 초탈시인/ 뭉게가장/ 아비여우/ 민주투사/ 인도주의자"로서 누구누구가 아니다. 이처럼 위선적이고 부패한 누구누구의 모습이란 바로나 자신이라고 하는 결구에는 통렬한 자기비판과 함께 현대인의 속화된 삶에 대한 야유가 담겨져 있다. 이점에서 비판의 대상은 진정한 자아를 잃고, 인간적 진실을 외면당한 채 속물적으로 삶을 살아가는 자신을 비롯한 모든 현대인의 삶에 대한 것일 수 있다.

그렇다면 이러한 속화된 현대의 삶, 위선적으로 살아가는 나의 삶에 대한 통렬한 야유와 자기비판을 전개하는 까닭은 무엇일 것인가? 한마디로 말해서 그것은 진정한 자아를 찾고 인간적인 진실을 누리며살아가는 삶에 대한 갈망이고 동경이 아닐 수 없다. 야유나 비판 그자체가 목적이 아니라 진정한 자아실현과 진실회복을 갈망하고 지향하는 시인의 의지가 담겨져 있다는 뜻이다. 바로 이 점에서 시집의 지향점이 선명히 드러난다. 그것은 바로 인간다운 삶을 향한 인간회복의 명제이자 삶의 총체성 또는 온전성 확보라는 대주제로 수렴될 수있으리라.

5. 가벼워지기 또는 정신의 자유를 위하여

시집 『강(江)』이 인간성의 회복 또는 진정한 자아추구와 진실한 삶의 탐구로 집중되어 있음은 이미 확인한 바이다. 이러한 시의 주제는다시 가벼워지기로써 정신의 자유를 갈망하는 것으로써 시적 방향성을 확보한다.

모처럼 편히 공중에 떠서
무게없이 잠 좀 자려고 하면

서경원이 임수경이 나를 끌어 내리고
일로삼김 좌경주자 노투구사 추를 단다.
짐승은 원래 옷을 입고 나지만
사람은 맨살로 홀가분히 나느니
신문으로 얼굴 덮고 잔껍질을 벗노라면
내가 목 벤
토종닭 여덟마리 모가지가 끄덕끄덕
에라, 솟는 핏심으로 깃털되어 뜰 일이다.
한 치 더 떠 맨바람 맞고
맨살 비 맞으며 천둥을 타고
오공식 발상 혁명적 투쟁
나도 발상하고 투쟁하러 잠 좀 자자.
짐승은 죽을 때 홀가분히 떠나고
사람은 죽을 때 세겹 네겹 입고 가느니
올 때 그러하듯 벗고 감이 수월하리.
가죽도 이름도 벗어던지고
모처럼 편히 공중에 떠서
무게없이 잠 좀 자려 하는데
전화가 온다.
「난국타개 위해 시국선언합시다」
—「모처럼 편히 공중에 떠서」전문

먼지를 털면
몸이 가벼워진다.
휘파람 불면
헤어진 이름이 가벼워진다.

하늘은 아름답다, 그는 아무것도 갖지 않았다.

가진 것 없는 날은

주말의 만원열차가 가볍게 나에게 온다.

비명없는 다북쑥 무덤에 기대 앉으면

그의 생전 모습만큼이나

나는 얼마나 자유로운가.

긴 긴 터널을 지나

출찰구에 승차권을 던지고 오는

친구여, 너 소매 없는 저고리를 입었구나.

시계를 끄르면

이건 무슨 혁명의 가벼움이냐.

김햇벌 개구리, 일시에

포올짝 뛴다.

얹힌 것 토해내고

꺼얼 껄 웃다.

  ─「경공법(輕空法)」 전문

　삶의 궁극적인 의미란 무엇일까? 삶이란 정신과 육체, 이상과 현실, 물질과 영혼의 갈등과정이며 화해과정이라고 말해볼 수는 없을 것인가. 현실적인 삶이란 결국 육신과 물질이 지배하는 삶이며, 이상적인 삶이란 정신과 영혼이 자유로움을 획득해가는 모습은 아닐 것인가. 바로 인용시들은 이러한 정신적 삶의 방향성을 추구하고 있는 것으로 이해된다.

　먼저 ①은 온갖 육신의 무게 또는 운명의 질곡을 벗어나서 정신의 자유로움을 획득하려는 갈망을 노래한다. "짐승은 죽을 때 홀가분히 떠나고/ 사람은 죽을 때 세겹 네겹 입고 가느니/ 올 때 그러하듯이 벗고 감이 수월하리"라는 구절에서 볼 수 있듯이 온갖 육신의 무게를 벗어던지고 깃털이 되어 공중에 편히 떠 있고 싶다는 자유에의 갈망과 의지가 표출되고 있는 것이다. 그렇지만 이 시에서 결구는 "가죽도 이름도 벗어던지고/ 모처럼 공중에 떠서/ 무게없이 잠 좀 자려 하는데/ 전화가 온다/「난국타개 위해 시국선언합시다」"와 같이 아이러니로 처리된다. 그러한 자유에의 갈망과 의지가 현실 속에서는 쉽게 얻어질 수 없는 모순명제라는데 대한 뼈아픈 인식을 드러내는 것이다.

그러기에 시「경공법」의 의미가 드러난다. "먼지를 털면 몸이 가벼워 질"수 있는 것인가? "시계를 끄르면/ 이건 무슨 혁명의 가벼움이냐"고 영탄할 수 있는 것인가? 아니 "하늘은 아무것도 갖지 않았기에 아름다울 수 있는"것인가? 이러한 역설적인 표현들 속에는 바로 가벼워지기로서 자유에 대한 갈망이 담겨져 있다고 할 것이다. 사람들이란 지상에 묶여 살 수 밖에 없는 운명을 지니고 있지만 끊임없이 자유의 표상으로서 천상의 척도를 갈망하고 그를 향해 나아가려는 지향성을 지닌다.

바로「경공법」이란 이 시의 제목은 가벼워지기로서 자유로운 정신을 향한 갈망과 지향을 상징화한 것이다. 온갖 육신의 무게와 욕망의 감옥에 짓눌려 사는 오늘의 고단한 삶 속에서 정신의 자유를 찾아서 그 속에서 자아를 회복하려는 영원에의 의지가 담겨져 있다고 할 수 있는 것이다.

이렇게 볼 때 신진의 새 시집『강(江)』의 세계는 현실적 삶에 대한 제반 성찰과 비판을 통해서 진정한 자아를 실현하고 인간성을 회복하려는 노력으로 요약해볼 수 있겠다.

시집『강(江)』은 현대적 삶의 여러 이지러진 모습을 비유적으로 드러내면서 역설과 아이러니를 활용하여 주지적 드라마를 펼쳐가고 있는 것이 관심을 환기한다. 오늘날 나날이 인간상실의 시대로 치닫고 있는 현실의 모습에 비춰볼 때 이러한 신진 시인의 서정적이면서도 주지적인 시적 응전은 돋보이는 풍경이 아닐 수 없기 때문이다. 무엇보다도 끊임없는 자아성찰과 자기비판을 통해서 삶의 본질에 근접하고자 하는 노력을 전개해가고 있다는 점에서 시적 진실성이 두드러진다고 하겠다. 삶다운 삶의 회복을 갈망하면서 문명비판을 전개해가는 신진 시인의 날카로운 지성과 따뜻한 가슴은 더욱 시적 공감대를 확대해 갈 것으로 기대된다.

새삼 시 시집 발간을 축하하며 더 큰 진전 이루어가길 희망한다.

— 출전: 신진, 『강(江)』, 시와시학사, 1994.

오염된 현실 속의 진실찾기와 풍자
- 신진의 시

박경수[1][2]

1.

이상개 시인(1941~)과 신진 시인(1949~)은 모두 부산에 거주하는 중견시인으로 이번에 각각 네 번째 시집을 간행했다. 시인이 시집을 펴낸 일 자체야 자연스러운 일이지만, 이번에 간행된 두 시인의 시집은 각별한 의미를 지니는 것으로 볼 수 있다. 그동안 두 시인의 꾸준한 시작활동의 결과를 한눈에 보면서, 시집의 전편에 펼쳐진 시인 특유의 시세계를 통해 인생살이에 대한 시인의 진지한 태도를 감지할 수 있기 때문이다. 오늘날 시인은 많지만, 꾸준히 자신의 시세계를 펼쳐가고 있는 시인은 그렇게 많지 않은 것이 현실이다. 젊은 시인 중에는 세상의 경박한 글쓰기 풍조에 휩쓸려 자신의 참다운 시세계를 갖지 못한 시인이 다수이고, 중년 이상의 시인 중에는 일상에 매몰되어 시를 잊고 있거나 어쩌다 시를 쓰면서 허명만을 붙들고 있는 시인들이 많다. 이런 가운데 이들 두 시인은 일상의 바쁜 틈새 속에서도 시심을

---

1) 문학평론가, 부산외국어대학교 교수.
2) 이 원고는 원래 이상개의 『떠다니는 말뚝』(『떠다니는 말뚝』, 빛남, 1994)과 신진의 『강(江)』(시와시학사, 1994) 2권의 시집을 조명한 서평이다. 이 중에서 이 저서는 신진의 『강(江)』에 대한 서평 부분만 수록한다.

잃지 않고 자신의 시세계를 꾸준히 심화시키면서 세상살이의 진정한 모습에 대한 고뇌의 흔적을 새기고자 한 것 자체가 중견에 값하는 시인의 몫을 나름대로 성취하고 있는 셈이다.

이상개 시인의 『떠다니는 말뚝』에 실린 시편들과 신진 시인의 『강(江)』에 실린 시편들은 그 시적 발상에서 공통점을 많이 가지고 있다. 우선 이들 두 시인들의 작품들은 오염된 현실 또는 위선의 현실에 대한 비판과 혐오의 정신을 바탕에 깔고 있다. 따라서 이들 두 시인의 시세계는 다분히 문명비판적이거나 현실풍자적이다. 이상개 시인의 「독도」와 「多島海」 연작시, 그리고 신진 시인의 「강」 연작시 등이 이러한 예의 대표적 작품들이다. 그런데 이들의 시는 현실의 비판과 풍자 그 자체에 목적이 있는 것은 아니다. 궁극적으로 순수세계와 인간 본연의 세계에 대한 회복의 열망을 표현하고 있는 것이 이들의 작품이다. 이는 근본적으로 시인의 세계인식이 인간적 애정과 휴머니즘에 기초하고 있기 때문이기도 하다.

그런데도 두 시인의 시세계에 대한 정서적 반응은 사뭇 다르다는 생각을 하게 된다. 이는 물론 시적 대상에 대한 시인의 개성적 인식과 이에 따른 언어적 형상화의 차이에서 온다. 이상개 시인이 인간적 애정으로 대상을 감싸면서 그 본질을 들여다보고자 한다면, 신진 시인은 대상을 뒤집어 보거나 해체하면서 그 본질을 들어내고자 한다. 이에 대해 이상개 시인의 시작품은 다분히 서정적인 언어의 문체로 이루어져 있으며, 신진 시인의 시작품은 아이러니와 역설을 동반한 풍자적 언어의 문체로 이루어져 있다. 이런 점에서 이상개 시인의 시가 따뜻한 인정의 시라고 한다면, 신진 시인의 시는 차가운 지성의 시라고 말할 수 있다.

2.

  신진 시인의 시집 『강(江)』에는 16편의 「강」 연작시가 실려 있다. 이
들 시는 전체 4부로 구성된 시집에서 제1부에 모아져 있는데, 그만큼
「강」 연작시가 시집에서 지니는 비중이 크고 시인에게 각별한 의미를
지닌 것임을 알 수 있다. 먼저 시집의 「자서」에서 시인이 밝힌 강의 시
적 의미를 되새겨보자.

   강은 차츰 내 눈을 뜨게 했다. 오염된 물밑의 강, 혹은 체험 속의
   강, 아니 미지의 강, 강은 내 시야를 다시 열어 주었다. 오염된 사람
   됨, 그 너머의 사람됨, 미지의 사람됨, 살아있는 사람됨을 다시 더듬
   게 되었다.

  위 시인의 발언에 의하면 강은 자아의 세계인식의 통로이다. 강을
통해 세계를 보는 시인의 시야가 열리고 '사람됨'의 세계를 다시 더듬
게 되었다는 것은 강이 단순한 자연현상을 넘어서 시인의 세계인식을
새롭게 하는 상징적 통로로 기능한다는 뜻이다. 이런 점에서 강은 자
아와 세계의 내면적 교섭을 이루는 의식의 흐름과 파장을 보여준다고
말할 수 있다. 그런데 시인은 왜 강과 '사람됨'의 문제를 이처럼 동일
시해서 인식하고자 했는가? 여기서 강에 대한 인식의 기저를 따져 볼
필요가 있다. 강은 굳이 원형비평가들의 해석에 의존하지 않더라도,
강은 곧 물이며, 물은 모든 생명의 근원이면서 또한 파괴와 죽음의 공
간이 된다. 그리고 강은 시간의 흐름에 따른 제반 현상의 변화를 대신
한다. 이런 점에서 강은 세계인식의 거울이며 창이다. 시인은 이러한
강의 투시를 통해 특히 '사람됨'의 세계를 진단하고 그 모순을 날카롭
게 풍자하는 한편 진정한 '사람됨'의 세계를 찾고자 한다. 사실 '사람

됨'의 세계란 인간의 마음가짐과 태도에 달린 것인데, 강의 현상 역시 근본적으로 '사람됨'의 결과를 가식 없이 보여준다는 것이 시인의 분명한 인식 지평이다.

그러면 그의 「강」 연작시들을 보자. 이들 작품은 우선 각기 다른 소재로 엮어져 있지만, 그 시적 소재들이 헤어지는 사랑, 이사, 물고기회, 땅파기, 새끼들, 빨래 등 일상의 평범한 인간사들이란 점에서 공통성을 보이고 있다. 물론 이러한 현상은 비단 「강」 연작시에서만 나타나는 것은 아니다. 그의 시집 전편에서 읽을 수 있는 시적 소재의 일상성이 시적 탐구의 한 특징을 드러낸다고 말할 수 있다. 그렇다면 「강」 연작시를 비롯한 시인의 시들이 사람됨의 세계에 대한 어떤 철학적이거나 심층적인 인식을 보여주리라는 기대는 가질 필요가 없다. 그의 시들은 시집의 「자서」에서 말한 바처럼, 사람됨의 문제를 "이념에 의한, 논리에 의한, 제도에 의한 해석과 규정"에 얽매이지 않고 평범한 일상사의 범주 속에서 시적 상상력을 통해 나름대로 자유롭게 드러내고자 했다. 그의 시는 이런 점에서 소재의 일상성을 통해 친밀감을 느끼게 한다. 그러나 그의 시는 평이하기보다는 까다롭게 읽혀지는 작품이다. 이는 시적 소재의 평이함에도 불구하고 시적 상상력이 펼치는 지적 탄력성이 독서의 신중성을 요구하기 때문이다. 「강」 연작시 역시 이러한 제반 사항을 공유하고 있다. 다만 이들 시가 여타 시들과 다른 점이 있다면 '강'이란 특정한 오브제를 통해 '사람됨'의 의미를 다양한 변주로 엮어내고 있다는 점이다.

①
한 번도 사랑한다 말하지 않은 이의 사랑하는 마음은 얼마나 아름다운가?
한 마디 말없이 사랑하다 헤어지자는 말 한 마디 없이 송두리째 헤어지는 사랑은 얼마나 아름다운가?
　비명없이
　찢어지기
　강은 그렇습니다.
　— 「강—헤어지는 사랑」 전문

　②
　갖지 않고 주고 살기
　손이 허전타.
　속 다 털고 내놓기
　두렵지 않을 수 없다.
　증오 없이 사랑하기
　쉬운 일이 아니다.
　강은
　속 다 보이고 산다.
　내장 속의 장구벌레, 물방개며 피라미떼
　혈관 속의 기름떼마저 빤히 내보인다.
　— 「강—보이고 산다」 부분

　위의 두 시편은 강의 이미지를 '사람됨'의 문제와 관련하여 긍정적
으로 새기고 있는 작품이다. ①에서 강은 구차한 변명 없이 사랑하고
헤어지는 '사람됨'의 아름다움에 비유됨으로써 '묵묵하고 변함없는 사
랑'이란 주제를 구현하는 상대적 이미지로 나타난다. 그리고 ②에서
"강은/ 속 다 보이고 산다"는 중심적 의미단위의 구절을 통해 강의 투
명성을 바탕으로 한 사람됨의 진솔한 마음가짐을 강조하고 있다. 이
처럼 「강」 연작시는 강을 사람됨의 진정한 표상으로 보는 시인의 남

다른 애착을 보여준다.

그런데 시인의 강에 대한 관심은 강과 사람됨의 세계가 갖는 인과관계의 현재적 국면에 한층 집중되고 있다. 즉, 사람됨의 파괴가 강의 황폐화로 이어지고 강의 황폐화는 다시 생태계와 사람됨의 세계에 대한 파괴로 이어지는 인과관계의 불행한 국면을 시인은 매우 심각하게 인식하고 있는 것이다. 여기서 강은 본래의 긍정적 이미지를 상실하고 죽음과 폐허의 공간적 표상이 된다.

①

매장기를 놓친 포니·원으로 서며 가며 직장을 다니는 동안 나는 손발 저리는 어지럼증을 타게 되었다. 성인병, 갱년기장애라고들 하지만 사천만의 땟국을 다 몰아오는 낙동강 하류, 샛강 한자락에 등 기대 살다 보면 아이들도 혈관이 자연 그를 닮는지 잠 속에서도 발버둥을 친다.
　―「강―이사」 부분

②

재화는 위로 위로 올라가고
분뇨는 아래로 아래로 흐른다.
교집합, 차집합으로 노래하던 새들은
목 쉰 나팔 하나 뿐, 종·목·과를 잃었다.
위로 흐른 재화는 상류를 막고
아래로 흐른 분뇨가 하류를 막으면서
물의 시체가 널리기 시작했다.
주검의 골짜기 물의 묘지에
발 헛디딘 반달이
살려다오, 살려다오.

개헤엄을 치고 있다.

　－「강－반달」 전문

③

물고기가 죽어 있다.

죽음이 낯설어서

쓰레기밭 분뇨덩이에 낯을 가리고 있다.

팔뚝만한 주검의 머리카락이 보인다.

겹겹이

젖은 비닐에 코를 막은 채

싸늘하게 쏘아보는 플라스틱 눈빛이여.

학의 다리 길어도 벗어나지 못하리.

어젯밤 꾸억꾸억 딸꾹질 소리

시나브로 명치 끝을 찔러대더니

　－희망소비자가격 230원

어느 놈이 그에게 라면 상표를 붙이고 갔나?

　－「강－희망소비자가격」 전문

　위의 시들은 공통적으로 문명비판적 입장을 담고 있다. 그러면서 ①
은 강과 관련한 시인의 개인사적 문제에 비추어 강의 오염이 빚는 정
신적, 육체적 고통을 그리고 있다. "사천만 땟국을 다 몰아오는 낙동
강 하류, 샛강 한자락에 등 기대 살다 보면 아이들도 혈관이 자연 그
를 닮는지 잠 속에서도 발버둥 친다"고 했듯이, 강의 생명력 파괴는 곧
인간의 생명력 훼손으로 이어지는 불행의 사슬임을 직시하고 있는 것
이다. ②와 ③의 시는 인간에 의해 저질러진 강의 환경파괴와 오염의
심각성을 직접적으로 고발하고 있는 작품이다. 물은 자연스럽게 흐름

으로써 스스로 생명의 활기를 가지며 다른 생명체의 활기도 가꾼다. 그런데 ②에서 "위로 흐르는 재화는 상류를 막고/ 아래로 흐른 분뇨가 하류를 막으면서/ 물의 시체가 널리기 시작했다.", "발 헛디딘 반달이/ 살려다오, 살려다오/ 개헤엄을 치고 있다."는 경고성 묘사에서 인간의 문명이기적 욕망과 무관심과 무대책으로 인한 생태계의 파괴를 분노 섞인 어조로 고발하고 있다. 이는 이 시의 끝 구절 "―희망소비자가격 230원/ 어느 놈이 그에게 라면 상표를 붙이고 갔나?"라는 표현에서 두드러진다. 여기서 물고기의 비극적 죽음은 상업주의의 환경에 대한 무관심과 대책 없는 환경파괴에 의해 방조된 죽음인 것이다.

이상에서 살핀 「강」 연작시들은 시인의 자연환경에 대한 각별한 관심을 나타내면서 궁극적으로 자연의 건강한 생명력의 회복을 통해 '사람됨'의 진정한 세계를 추구하고 있는 것이다. 여기서 '사람됨'의 진정한 세계란 자연과 인간의 조화로운 관계의 세계로 자연의 생명력과 인간의 양심이 회복되는 세계이다. 따라서 그의 시에서 자연과 인간, 생명력과 양심의 문제는 서로 동일시되거나 불가분의 관계를 맺고 있는 것으로 나타난다.

그런데 시인은 인간의 양심 문제를 결코 윤리적 차원에 구속시키려 하지 않는다. 그에게 양심이란 인간의 본래적 마음의 순수상태로 어떤 타성적인 윤리나 관습에 구애됨이 없는 상태이다. 물론 그렇다고 이런 상태가 윤리적 무방비 상태를 의미하지 않는다. "양심은 짓밟히면서/ 짓밟히지도/ 양심은 저를 감출 줄도 모른다 하나?"(「양심」)라고 했다. 말하자면 양심은 인간의 진솔한 마음에 의해서 받쳐지는 정신의 자유로운 상태이다. 그래서 양심은 짓밟혀 감추어지는 것이 아니라 짓밟힘을 박차고 일어서는 인간의 진솔한 생명력과 같은 것이다. 이처럼 양심은 어떤 상황에도 구속받거나 구애됨이 없어야 한다. 그런데 시인은 일상의 인간은 여러 타성적인 윤리, 관습, 제도, 이론 이념 등에 의해서 구속받고 있다고 진단한다. 시인의 관점에 의하면 일상의 가장 평범한 인간사인 사랑, 이별, 행복 등도 그렇다. 따라서 그는 일상의 모든 타성적인 사유와 행동을 '정신의 자유로움'을 통해 뒤집어 생각하면서 자기정체성을 찾고 회복하고자 한다.

밥숟갈에서 돌을 씹으면
돌 없는 밥 생각이 난다.

신발을 벗으면
신발 신고 싶은 생각이 난다.

시계를 보면
목욕이 하고 싶다.

그리운 이를 만나면
급한 볼일로 자리를 뜬다.

생각할 때마다 생각이 난다.
다른 생각이 난다

아아 눈을 감으면
눈을 감은 세상이 보인다.
— 「다른 생각」 전문

이 시의 자아는 일상의 타성에 얽매이기를 거부하면서 뒤집어서 생각하고 행동하고자 한다. "신발을 벗으면" 신고 싶은 생각이 나고, "그리운 이를 만나면 급한 볼일로 자리를 뜨"는 이율배반적 사유와 행동을 하고자 한다. 이러한 이율배반적 사유와 행동은 일상의 타성적 현실에 대한 반항아적 심리를 보여준다. 그러나 이것은 반항을 위한 반항이기보다는 정신과 행동의 자유로움을 추구하는 인간 본연의 심리이다. 타성에 젖은 현실. 그래서 인간은 일상의 윤리와 관습에 얽매여 자기정체성을 상실한다. 이 시의 자아는 이러한 자기정체성의 상실을 초래하는 일상에 반항하며 벗어나기를 원한다. 그래서 현실에 얽매이지 않는 "눈을 감은 세상"에서의 자유로운 사유와 행동을 꿈꾼다. 이것은 또한 일상과 현실에의 초탈이기도 하다.

먼지를 털면
몸이 가벼워진다.
휘파람 불면
헤어진 이름이 가벼워진다.
하늘은 아름답다, 그는 아무것도 갖지 않았다.
가진 것 없는 날은
주말의 만원열차가 가볍게 나에게 온다.
비명없는 다북쑥 무덤에 기대 앉으면
그의 생전 모습만큼이나
나는 얼마나 자유로운가.
긴 긴 터널을 지나
출찰구에 승차권을 던지고 오는
친구여, 너 소매 없는 저고리를 입었구나.
시계를 끄르면
이건 무슨 혁명의 가벼움이냐.
깁햇벌 개구리, 일시에

포올짝 뛴다.

얽힌 것 죄 토해내고

꺼얼 껄 웃다

ㅡ「경공법」 전문

　인간이 일상에 얽매인다는 것은 그것 자체가 삶의 고통이며 굴레일
수 있다. 따라서 일상의 '얽매임'을 떨쳐버린다는 것은 삶의 고통과 굴
레를 벗어나는 초탈의 기쁨과 정신적 가벼움을 경험하는 것이다. 이
시의 자아는 이렇게 일상의 얽매임으로부터 벗어난 자유로움을 "먼지
를 털면/ 몸이 가벼워진다"고 했다. 우리 인간은 사실 일상의 수많은
인연, 약속, 관습, 규범 등의 무거운 '먼지'를 짐 지고 있지 않은가. 이
런 '먼지'를 오랜만에 털고 느끼는 정신적 자유와 육체적 가벼움은 발
하자면 "아무것도 갖지 않은"상태의 홀가분함일 것이며, "얽힌 것 죄
토해내고" 웃는 탈속에의 기쁨일 것이다.

　그러나 인간은 숙명적으로 삶의 고통과 굴레를 벗어날 수 없다. 하
이데거의 말처럼, 인간은 '시간 내 존재'이며 '세계 내 존재'가 아닌가.
그래서 인간은 시간의 완전한 자유와 세계로부터의 초탈을 꿈꾸지만,
그것은 언제나 소망이며 이상이다. 인간 존재의 근본적 모순과 아이러
니가 바로 여기에 있는 것이다.

　①

아, 불예측성의 시계는 없나?

내 조모의 인생처럼 헝클어진 시계

구천동 물이 되어 빠지고 흐르고

넘어지는 시계는 없나?

어느 외진 숲그늘에서

세월 가리고 쉬다가
순신간에 강 거슬러 오르는 시간의 척추.
연월 모르게 잠자고 사랑하고
배반하고 달아나는
목숨마저도 내놓고 가기도 하는
시계.
「출근시간인데 출근 안해요?」
여기 또 아내시계가 운다.
　　　　－「시계」 부분

②
나는 가고 싶다.
사랑이 없는 곳으로
조용히 가슴을 열어
무너지는 어둠의 하얀 돛을 보고 싶다.
아픔이 아픔으로 확실하게 살아남고
마취제도 지혈제도 치과의도 이름이 없는
未明의 땅
단지 그 곳에 가고 싶다.
사랑니여, 안녕
만나는 시간에 마지막 인사를 하는
그 변덕의 땅에서
스스로 내 가슴을 헤쳐내리며
북소리로 빨갛게 피어 춤추고 싶다.
무작정 춤추고 싶다.
　　　　－「사랑니를 뽑고」 부분

시 ①에서 자아는 일상의 시간을 초월하고자 소망한다. "불예측성의 시계", "순식간에 강 거슬러 오르는 시간의 척추", "연월 모르게 잠자고 사랑하고/ 배반하고 달아나는/ 목숨마저도 내놓고 가기도 하는/ 시계", 그러나 이 초월적 시간에의 소망은 가능성을 묻는 의문법의 표현에서 이미 한계가 노정되어 있는 것이다. 이 의문에 대한 해답은 이 시의 마지막 두 구절에서 불행히도 부정적으로 나타난다. 일상의 시간을 초월하고자 꿈꾸면서도 일상의 시간에 갇혀 있는 자아의 한계가 "「출근시간인데 출근 안해요?」/ 여기 또 아내시계가 운다"라고 하는 일상적 현실에의 반응에서 분명해지는 것이다.

일상에의 초월적 소망은 시 ②에서도 이어진다. "가고 싶다", "보고 싶다", "춤추고 싶다"는 소망적 표현으로 구성된 이 시에서 자아는 사랑의 고통이 없는 "未明의 땅"을 소원한다. 그러나 소망은 어디까지나 소망일 따름이다. 고통 속에서 사랑하고, 그리고 언젠가 이별하는 아픔을 맛보아야 하는 삶의 굴레에서 인간은 숙명적으로 벗어날 수 없기 때문이다. 현실과 이상, 존재와 소망 사이의 갈등과 모순이 여기서 노정된다면, 그 한가운데 인간적 진실이 숨어 있는 것이다.

신진 시인의 시적 고뇌는 바로 이러한 인간적 진실을 탐구하는 데 있다. 이 인간적 진실은 무엇보다 타성적 관념에 얽매인 인간의 가식과 위선을 벗겨냄으로써 찾아지는 것이다. 그가 '정신의 자유로움'을 통해 일상의 타성적 현실을 뒤집어서 생각하고, 일상적 현실과 소망적 현실 사이에서 갈등했던 까닭도 이런 인간적 진실의 문제에 의문을 던졌기 때문이다. 따라서 그의 시들은 일상의 세계를 벗겨서 뒤집어보고, 일상의 굳은 사고에 도전한다. 미치도록 사랑하면서도 사랑에 침을 뱉고(「사랑이 미치도록」), 사랑하는 마음을 긍정하면서도 이별을 슬퍼하지 않는다거나 미련 없는 이별을 "맑은 선물"로 찬미하며(「애인아,

내 슬픔은」과 「좋은 날」), 어둠을 두렵게 여기면서도 "어둠 속에서" "용기
의 물결"을 보고자(「어둠 보기」) 하는 것들이 그렇다. 이처럼 인간적 진
실에 대한 시적 탐구는 가식과 위성의 얽매임으로부터 가벼워지고 솔
직해지는 것이다. 이는 어쩌면 시인이 그런 자화상에서 가장 진솔하게
성찰되고 있는 것이리라.

누구누구는
서툰 논리 감추려고
말 다듬는 더듬이 교수
서툰 감정 감추려
글 다듬는 뻘게 시인
썩는 놈 빰 한 번 못때리는 대학교수에
도피를 이탈로 초탈하는 시인이다.
돈 벌 궁리하면서
제 부랄 만지는 재미 하나로
큰 방 하나 종일 뭉게는 가장.
누구누구는
누구누구 제일 싫어한다는 最强適者를
제 아들에 바라는 아비여우다.
몇 마디 묵은 말글로
긍지 다는 민주투사
수재의연금, 복지회비, 자선냄비 눈 돌리고
불우노인, 불우이웃, 청소년가장에도 베풀지 않는
어허, 험. 인도주의자.
짚는 쪽쪽 얻는 쪽쪽
면치레 바쁘게 봉창질하는

누구누구는
나다.
―「누구누구는」전문

　이 시는 일상의 그릇된 타성에 젖어 진실을 외면하고 비겁하게 살아
가는 인간상에 대한 냉철한 자아성찰과 자기비판의 시이다. '누구누
구'의 타자로 시작된 이 시의 자아는 위선으로 진실을 감추려는 이중
적 인간상을 드러낸다. 실제로는 서툰 논리의 교수이고, 서툰 감정의
시인인데, 말을 다듬고 글을 다듬어서 교수와 시인 행세를 그럴듯하게
한다. 그리고 용기 없는 지성에 현실도피를 일삼고, 돈 벌 궁리는 하면
서 베푸는 마음이 없으며, 능력은 없으면서 그럴듯한 감투에 체면이나
중시하는 타락한 위선의 인간상을 보여준다. 그런데 이런 타자로서의
자아가 결과적으로 "누구누구는/ 나다"라는 솔직한 자기성찰에 이름
으로써 혐오스런 자신에 대한 반성과 비판을 보여준다. 물론 이 시는
시인의 자기겸양의 언어적 표현으로 이루어져 있다. 따라서 문맥의 액
면대로 시인의 자화상을 그린다는 것은 위험한 발상이다. 그러나 '누
구누구'는 오늘날을 비겁하게 살아가는 우리 자신일 수 있다. 차라리
시인은 현대의 우리들 인간의 자화상을 자신의 것으로 겸허하게 반성
하면서 인간적 진실에 접근해갈 수 있는 것이다. 시인의 냉철한 자아
성찰과 자기비판의 이유가 바로 여기에 있다.
　신진 시인의 인간적 진실에 대한 비판적 성찰은 또한 시의 문체적
특징으로 인해 매우 개성적인 양상으로 나타난다. 대부분의 작품에서
공통적으로 드러나는 열거와 반복의 문체, 그리고 아이러니와 역설을
동반한 일상적인 문투와 상황의 반전에 이르는 표현 등이 시의 풍자
와 비판의 효과를 배가시키고 있다. 예를 들어 다음 작품을 보자.

ⓐ모처럼 편히 공중에 떠서

ⓑ무게없이 잠 좀 자려고 하면

ⓒ서경원이 임수경이 나를 끌어 내리고

ⓓ일로삼김 좌경주자 노투구사 추를 단다.

ⓔ짐승은 원래 옷을 입고 나지만

ⓕ사람은 맨살로 홀가분히 나느니

ⓖ신문으로 얼굴 덮고 잔껍질을 벗노라면

ⓗ내가 목 벤

ⓘ토종닭 여덟마리 모가지가 끄덕끄덕

ⓙ에라, 솟는 핏심으로 깃털되어 뜰 일이다.

ⓚ한 치 더 떠 맨바람 맞고

ⓛ맨살 비 맞으며 천둥을 타고

ⓜ오공식 발상 혁명적 투쟁

ⓝ나도 발상하고 투쟁하러 잠 좀 자자.

ⓞ짐승은 죽을 때 홀가분히 떠나고

ⓟ사람은 죽을 때 세겹 네 겹 입고 가느니

ⓠ올 때 그러하듯 벗고 감이 수월하리.

ⓡ가죽도 이름도 벗어 던지고

ⓢ모처럼 편히 공중에 떠서

ⓣ무게없이 잠 좀 자려 하는데

ⓤ전화가 온다.

ⓥ「난국타개 위해 시국선언합시다」

　－「모처럼 편히 공중에 떠서」(ⓐ－ⓥ의 기호는 필자) 전문

　이 시는 불안한 세태 속에서 이러지도 저러지도 못하고 방황하며 갈
등하는 자아의 허약성을 풍자하고 있는 작품이다. 그런데 이 시의 풍

자적 효과를 문체상의 언어적 표현을 통해 매우 흥미롭게 접하게 된다. 먼저 이 시에서 ⓐ, ⓑ 두 시행의 "모처럼 편히 공중에 떠서/ 무게 없이 잠 좀 자려고 하면"이란 표현은 일종의 역설이다. 공중에 떠서 편히 잠을 잔다는 것 자체가 모순어법으로 이루어진 역설로 불안 속에서 잠을 청하는 시적 자아의 갈등을 효과적으로 드러낸다. 그러면서 ⓓ, ⓘ, ⓜ, ⓝ의 시행에서 보듯, 시류적 속어를 채용한 익살적 표현은 세태에 이끌려 진지하지 못한 자아의 모습을 효과적으로 반영한다. 여기다 ⓤ, ⓥ의 마지막 시행에서 상황의 반전적 표현이 이루어짐으로써 전체적으로 시적 자아가 놓인 상황의 아이러니에 대한 풍자를 매우 공감 있게 받아들일 수 있는 것이다. 신진 시인의 시가 인간적 진실을 투시하고 상황의 모순을 날카로운 풍자하는 지성의 시가 될 수 있는 이유가 여기서 찾아진다.

— 출전: 박경수, 『한국 현대시의 정체성 탐구』, 국학자료원, 2000년.

말의 길, 삶의 길
─ 신진 자연시집 『녹색엽서』

한수영[1]

1.

생태학적 담론이 지배적인 담론으로 부상하기 한참 이전부터, 이미 완숙한 '생태학적 상상력'을 기저로 하여 수많은 자연친화적 시를 써왔던 시인 신진(辛進)의 새 시집이 간행되었다. 시집의 제목인 『녹색엽서』의 '녹색'이 상징하는 바 또한 예의 '생태학적 상상력'과 직접 연결되거니와, 시집에는 인간과 자연 사이의 '친화(親和)와 불화(不和)'의 우여곡절을 가늠하는 많은 시들이 문명론적 사유를 후광으로 하여 다채롭게 펼쳐진다. 시집 말미에 붙은 해설 「자연이라는 거울」에서 비평가 구모룡은 "자연은 그에게 종교처럼 위대한 것인 동시에 그와 더불어 살아가야 할 생활의 원리이다. 또한 이것은 그에게 현실을 고치고 미래로 나아가는 사회적 출구이자 한 존재의 삶을 온당하게 하는 가장 근본적인 에너지"라고 요약함으로써, 시집 전체에서 뿜어 나오는 생태지향적 상상력의 의미연관을 섬세하고 친절하게 분석해주고 있다.

시집 전체를 재독삼독하면서, 나는 이 시집에서 반복되어 등장하는 표상인 '길'에 점점 주목하게 되었다. 그리고 이 '길'이 '자연'과 연관된

---

1) 문학평론가, 연세대학교 교수.

시인의 상상력뿐 아니라, 그것과 연관되면서 또 다른 인식론적 외연으로의 확장을 가져오는, 시인의 독특한 사유의 한 뿌리가 되고 있음을 깨닫게 되었다.

　　지나온 길 멀지만 갈 길 더 멀다.
　　나눈 사랑 가슴 아파도 붓고 가야 할 사랑 길마다 낟가리로 쌓여 있다.
　　　－「산에서 아들에게」 부분

　　산에는 산길 있었네
　　이슬 구르고
　　나뭇잎 구르고
　　빗물 구르고
　　돌이 구르고
　　벌레가 기고
　　벌레 한 마리 기어간 길
　　　－「산길」 부분

　　시장길에서
　　모르는 사람과 어깨 부딪치기
　　즐거운 일이다.
　　　－「시장골목」 부분

　　그런데 그는 어디에 있는가?
　　일 모르고 법 모르고 운전 모르던
　　그 날의 향기로운 나무숲바다,

그리 돌아가는 길은 누가 가르칠 것인가?
　－「배우기」 부분

　조금 과장하여 말하는 것이 허용된다면, 『녹색엽서』를 가로지르는 핵심 화두는 단연 '길'이라고 할 수 있지 않을까 싶다. 시인은 '길' 위에서 세상을 읽고 사람을 만나며, '길'을 통해 온갖 기쁨과 절망, 낙관과 환멸을 경험한다. '길'은 시인에게 곧 '세상'의 환유이면서, 궁극에 가서는 '세상' 자체를 의미하기도 한다. 그리고 시집에는 참으로 다양한 '길'들이 나온다. 세속 저자거리의 훤화(喧譁)가 들끓는 시끄러운 길이 있는가 하면, 적막과 고요로 휩싸인 산속의 인적 드문 길도 있고, 사물의 이치와 요령을 일깨우는 진리로서의 '길'이 보이는가 싶으면, 어느새 '길'은 끊기고 앞이 보이지 않는 암흑과 맞닥뜨린다.
　수십 편의 시가 실려 있는 시집의 제일 앞머리에 「그믐밤 길을 잃고」가 실려 있는 까닭도, 이런 맥락에서 결코 범상한 것이 아님을 알 수 있다.

　　　그믐밤 산에서 길을 잃고
　　　나그네 되니
　　　내딛는 걸음마다
　　　길이로구나.
　　　딱딱새 나무 쪼는 소리에 악의가 없고
　　　밤부엉이 우는 소리 시비(是非) 들 틈이 없네.
　　　대명천지, 길 이르는 이 가득하고
　　　길 고르는 이 많아도
　　　이제보니 세상의 밝은 길이 그믐밤 산길보다 어두웠구나.
　　　길 없이 가는 그믐밤 산길

내딛는 걸음마다 산(算) 놓기 부질없고

세상사 돌이켜 한탄할 까닭이 없네.

매달리지 않는다면 인간사 어두운 숲속에서도

어디를 가나 길은 열리는 것을.

서로 횃불을 끄고 어둠에 구르다보면

마음 이어 함께 가기도 하리.

길 잃은 그믐밤 나그네에게

오오, 그립지 않은 길 없네.

　　　　　－「그믐밤 길을 잃고」 전문

　인용된 시에서 '길'은 다양한 변주를 보여준다. '길'은 그야말로 사람의 발길이 이어지는 현실 속의 '길'이기도 하다가, '대명천지, 길 이르는 이 가득하고/ 길 고르는 이 많아도'의 구절에 이르면, 그 '길'은 '도(道)'나 '진리'로 번역되어야 마땅한 의미의 중층성을 띤다. 시에는 두 개의 대립적인 세계가 뚜렷이 대비되고 있는데, 그것은 곧 '대명천지의 밝은 세상'과 '그믐밤 숲속의 어둠'이며, '밝음과 어두움'으로 표상되는 이러한 대비적인 두 세계는 이면(裏面)에서 그 관계가 전도되어 '밝음의 어두움'과 '어두움의 밝음'이라는 역설적인 의미연관에 닿게 된다. 그것은 곧 대명천지의 밝음 속에서 확인했던 '길'이 결코 '제대로 된 길'이 아니었음을 깨닫는 것, 그리고 어둠 속에서 내딛는 길이 오히려 '활달무애한 자유의 행보'임을 깨닫는 새로운 인식으로 귀결된다. 모든 규범과 질서, 문명적 지표와 금기, 헛된 지식과 정보로 어지럽혀진 '대명천지의 밝은 길'은 그믐밤의 산행(山行)으로 금세 그 허구와 위선이 드러나고야 만다. 화자는 어둠 속에서 내딛는 발걸음 하나하나에 새롭게 길이 만들어지는 것을 경험하며 유사 이래 수없이 많은 현자들에 의해 닦이어 왔던 그 '길'의 미망(迷妄)을 넘어서게 되고, 마침내 "오오, 그립지 않은 길 없네"라고 읊는다.

2.

  시집을 관류하는 다채로운 '길'의 변주 가운데에서도, 시인의 곤혹스러움을 가장 적실하게 드러내는 것은 이른바 '말의 길'이다. 시인이란 운명적으로 '말의 길'을 걷는 사람이다. 그러나 역설적으로 시인은 세상의 누구보다도 이 '말의 길'에 절망하고 '말의 길'을 버리고자 애쓰는 사람이기도 하다. 또한, '말의 길'은 매끄럽게 이어지는 길이 아니라, 수많은 결락(缺落)과 단절이 존재하는 길임을 누구보다 예민하게 느끼는 사람이기도 하다. 이것이 곧 시인의 곤혹스러운 딜레마이며, 시인된 운명의 벗어날 수 없는 굴레이기도 한 것으로, 『녹색엽서』의 시인은 누구보다도 이러한 진퇴양난의 곤혹스러움을 솔직히 드러내는 데 주저함이 없다.

  "딱딱새 나무 쪼는 소리에 악의가 없고/ 밤부엉이 우는 소리 시비(是非) 들 틈이 없네."라는, 「그믐밤 길을 잃고」의 구절에 나오는 '소리'는, '말의 길'을 염두에 둘 때 범상치 않은 의미를 지닌다. 왜 하필 '소리'인가? '소리'는 '말' 이전의 원형이다. 그것은 '말'보다 낮은 차원에 놓이며, 고차원의 의미를 담아내지 못하는, 그야말로 즉자적이고 원초적인 '자연의 음향'에 불과한 것이다. 그런데 이 '소리'에는 '말'에 차고 넘치는 '악의'와 '시비'가 없다. 시인에게 더 큰 울림을 주는 것은, 시인이 운명처럼 짊어지고 가야 하는 '말'이 아니라, 그보다 낮은 차원에 놓이는 짐승들의 '소리'이다. '소리'는 '언어' 이전의 것인데, 그것이 '언어'보다 더 큰 울림을 전해주는 이 역설을 시인은 어찌 감당해야 할까.

  알아듣기 힘이 드네, 사람 말소리.

물 흐르는 소리, 언덕너머서 울어도

손금 보듯 뚜렷한데

사람 말소리는 가까이서 울려도

알아듣기 힘이 드네.

(중략)

아랫마을 개짖는 소리

보름달 뜬 듯 뚜렷한데

알아듣기 힘이 드네, 사람 말소리.

－「알아듣기 힘이 드네」 부분

　시인은 여전히 '말'보다 '소리'를 윗길에 놓는다. "물 흐르는 소리"나 "개 짖는 소리"는 '사람의 말소리'보다 훨씬 뚜렷하다. '말의 길'에 한계를 느끼고 그 길을 넘어서는 초월의 시도는 유구하고 오랜 전통을 자랑하는 동아시아 특유의 사유에 해당한다. '언어도단(言語道斷)'이며 '불립문자(不立文字)', 혹은 '할[喝]'과 같은 것이 모두 '언어'의 경계를 넘어서고자 했던 동아시아적 사유의 전통을 보여주는 증거들이다. 그런 점에서, 시인의 사유는 노장(老莊)에 한끝을 대고 있고, 불가(佛家)에도 사유의 한 자락이 닿아 있다.

　사람의 '말소리'가 개 짖는 소리, 물 흐르는 소리보다도 못한 까닭은 "알아듣기 힘"들기 때문이다. '알아듣기 힘듦'의 속뜻은, 사람의 '말'이 너무 번다(繁多)하고, 꾸밈이 많으며, 때와 장소에 따라 자주 바뀐다는 것이다. 이천 년도 훨씬 이전에 노자가 이르기를, "큰 말은 오히려 어눌해 보이고, 큰 기술은 되려 졸렬해 보인다(大辨若訥 大巧若拙)"고 했는데, '말의 길'에 환멸을 느낀 신진 시인의 시가 꼭 그러해 보이는 것은, 그러므로 지극히 자연스런 귀결이라 하지 않을 수 없다.

　시인은 지나치다 싶을 정도로 수사적인 기교와 언어의 교묘한 배치

(配置)를 물리치고, 소박함과 무기교를 전경화한다. 모호성과 실험성이 '현대시'의 시다움을 보장하는 중요한 표징이라는 오해가 널리 퍼져 있는 오늘, 모호성을 의도적으로 배격한 이 '질박함'은 일종의 유쾌한 반동이자 저항이다. 당연히, 그의 시에는 '알아듣지 못할 말'이 없다. 시란 본디 어렵거나 무거운 것이 아니라, 삼라만상이 저절로 운행하듯 자연스러운 것임을, 시인은 수십 편의 시를 통해 거듭 일깨워주고 있다.

> 구석구석 어둠 찾아 불을 지르는 사람들아, 죽살잇길 죄 풀어서 삼파장 불빛 아래 화안하게 펼쳐 보이는 사람들아, 그대 어둠을 본 적 있는가? 불 없이 어둠을 본 적 있는가? 어둠이 즐거운 어둠, 길이 없어도 왕래하고, 자 없이 저울 없이 나누는 어둠, 흙과 흙을 잇고 바위와 바위를 받치며 그대 불빛의 빛을 빛이게 하는 어둠, 더 낮은 어둠을 찾아 오늘도 어둠을 긁는, 그대 어둠을 만나 보았는가?
> ─「사람들은 세상을 어둡게 본다」 부분

시의 모호성과 수식의 화려함을 버린 그의 시가 끝내 포기하지 않는 것은 '역설'의 힘이다. "어둠이 즐거운 어둠, 길이 없어도 왕래하고, 자 없이 저울 없이 나누는 어둠"이란 구절은 앞에서 익히 보았던, 시인 특유의 '길'에 대한 신념이자 철학에 해당한다. 그와 더불어, "그대 불빛의 빛을 빛이게 하는 어둠, 더 낮은 어둠을 찾아 오늘도 어둠을 긁는"이라는 구절이야말로, 시인의 사유가 뿌리를 기대고 있는 '노장(老莊)'의 핵심에 이어지는 것으로, "무이지위용(無以之爲用)"의 철학을 일깨우고 있다. 그릇이 그릇일 수 있는 소이는 바깥을 둘러싸고 있는 사기(沙器) 때문이 아니라, 그릇 속의 빈 공간으로 말미암는 것이듯, 어둠은 빛이 빛이게끔 만드는 것이며, 무릇 모든 '자연의 존재'는 '문명의 존재'가 존재일 수 있도록 만드는, 존재보다 더 근원적인 '무엇'임을, 이 시는 보여주고 있다.

'말의 길'이 문득 끊어진 데 멈춰 서서, 시인은 더 이상 '말의 길' 찾기를 포기하고, 그 대신 '삶의 길'을 선택한다. 시인은 비록 '말의 길'이 이어나간 곳으로부터 눈길을 거두지만, 진정한 시는 '삶의 길' 위에서 벼려진다는 것을 믿어 의심치 않는다. 그리고 마침내 그의 시에서 '말의 길'과 '삶의 길'은 둘이 아니라 하나임을 우리는 확인하게 되는 것이다.

— 출전:『시문학』, 2003년 5월호

원생태시의 외연 넓히기
― 신진 시집『귀가(歸嫁)』

이상옥[1]

무릇 시인은 시대의 중심 담론을 생산해야 하는 존재가 아닌가 한다. 오늘날 시인은 독자가 시를 읽어주지 않는다고 아우성들인데, 따지고 보면 독자를 탓하기에 앞서 시인 자신이 반성해야 할 대목이 없지 않다. 오늘의 시인은 독자에게 양질의 읽을거리를 제대로 제공하지 못하고 있는 것이 아닌가.

시가 주도하던 시대에는 시인은 시대의 중심 담론을 창출하는 자리에 있었다. 그런데 오늘날 시인은 시대의 중심 담론을 타 장르에게 넘겨준 것처럼 보인다. 따라서 우리 시대에 시인은 무엇을 어떻게 노래해야 하는가에 대해 다시 고심해야 한다.

이런 관점에서 신진 시인의 신작 시집『귀가(歸家)』는 시사하는 바가 크다. 신진 시인은 누구보다 먼저 생태 문제에 관심을 가지고 생태시를 써왔고, 그 결실로써 몇 해 전에 자연시집『녹색엽서』를 출간한 바 있다. 이제는 생태시가 낯선 개념이 아니지만, 신진 시인은 앞서 시대의 중심 담론이 생태 자연임을 감지하고서 70년대 중반부터 생태시를 써왔던 것이다. 주지하듯이 생태시는 90년대 중심 담론으로 부상하였던 바, 신진 시인의 시대를 앞서 읽어내는 예지력은 상찬받을 만

---

1) 시인, 창신대 교수.

하다. 신진 시인이 생태시적 업적으로 제26회 시문학상을 수상한 것도 우연은 아니다.

21세기 지구촌 화두의 하나는 환경오염과 생태파괴, 첨단물질문명의 팽배에 따른 인간성 상실로 집약되는데 이의 복원과 존재론적 정체성 찾기, 자연과의 상생이야말로 인류문명의 핵심과제라 할 수 있다. 이런 맥락에서 패러독스와 아이러니, 풍자 등의 상징적 어법을 즐겨 구사하며 현실 문명 비판과 인간성 회복을 주조로 한 신진 시인의 시세계는 환경 생태시의 중심축에 서 있다.

시문학상 「심사기」에서도 밝힌 바와 같이 생태시의 중심축에 서 있었던 신진 시인이 이번 신간 시집 『귀가(歸家)』에서는 생태시의 외연을 넓혀서 가족의 생태 문제를 주요 이슈로 드러내고 있는 것은 이채롭다.

생태 환경 문제를 넘어서 '가정 해체'라는 사회 생태의 급속한 파괴현상은 우리 시대의 화급한 문제가 아닐 수 없다. 신진 시인은 이번 시집에서 생태시의 연장선상에서 가정 해체 문제를 이슈화하면서 '귀가(歸家)'의 당위성을 부각시키고 있다. 그런 점에서 이 신작 시집은 매우 문제적이고 전략적이다.

가정을 이룰 생각은 없는 사랑에 빠지고 싶어 안달을 하는 것이 세태인 듯하다. 생태적으로도 현실적으로도 모순이 아닐 수 없다. 가정이라는 별을 품지 않은 이라면 사람다운 사랑을 할 수는 아마 없을 터이다. 나아가 사랑의 생태를 잃지 않은 이에게는 우리가 사는 이 험한 세상도 확장된 가정에 다름 아니리라. 따위들이 요즘의 생각이다.

사족을 보탠다면 나에게 이 시집은 '마침내 집에 이르는' 시적 여정을 대체로 역순으로 이우고 있다하겠다.

　－「시인의 변」 부분

「시인의 변」에서 발췌한 위의 글을 통해서도 이 시집의 전략을 읽을 수 있다. 그동안 생태 환경에 천착하면서 드러낸 상상력을 가정과 사회의 문제로까지 확장하고 있음을 알 수 있다. 오늘날 자연 생태 못지않게 가정 생태(그것을 확장한 사회 생태)도 매우 절실한 문제임을 제기한 것이다. 따라서 '귀가(歸家)'는 단순한 개인적 체험의 형상화로 그치는 것이 아니라 이 시대의 중심 담론으로 던져진 중요한 화두이다.

우리 시대의 당위적 담론이 '귀가'임을 구조적으로 형상화한 시집이 바로 『귀가』다. 언술 방식도 "집에 이르는 시적 여정"에 따라 달라지면서 형식이나 구조의 변환을 보인다. 시집 후반부로 갈수록 집을 떠난 자의 불안 의식이 불안정한 형식이나 구조에 투영될 만큼 이번 시집은 매우 정교하게 구조화되어 있는 것이다. 이 글에서는 시집 전체를 관통하는 주요한 상징성을 지닌 시어를 중심으로 이번 시집의 의의를 살펴보기로 한다.

> 무허가 소녀가장의
> 외딴 판잣집
> 벽에서 바람이 새고
> 천장으로 밤이 드나드는 집
> 뒤란에 깜깜 깊은 우물 하나
> 소녀 가장의 어린 남동생
> 땀 뻘뻘 흘리는 두레박 속엔
> 물 대신 별들이 가득합니다.
> ―「별」 전문

이 작품은 시집 제1부 맨 처음에 배치된 시로, 가정의 소중함을 역설적으로 드러내고 있다. 비록, 가장이라고는 '소녀가장'이고, 집이라고는 무허가 판잣집이지만, 이 집은 어린 남매에겐 소중한 가정이다. 그들은 "뒤란에 깜깜 깊은 우물"이 표상하듯 무서운 세상에 방치되어 있다. 하지만 남매는 두렵게 보이는 세상 속에서도 "별"이라는 희망을 건져 올리고 있다. 이렇듯, 온전하지 못하다고 하더라도 가정이라는 둘레에는 언제나 희망은 존재한다. 하물며 온전한 가정임에야 일러 무엇하리.

> 까치산 기슭 품 큰 소나무 밑
> 초여름 밤공기에 몸 맡기고 앉자.
> 강 너머 광역시 아파트의 불빛
> 이국적(異國的)의 유람선처럼 궁금하다.
> 저 불빛 속에
> 장사 나간 어미를 기다리는 아이 둘
> 겉으로 씨름질 하며 밥솥 지키고 있으리라.
> 저 불빛 속에
> 늦게 귀가한 젊은 가장의 부은 발
> 아내는 더운 물에 씻어 주리라.
> 저 불빛 속에
> 아비는 사람 모인 자리서 읽을 한시(漢詩)를 외고
> 아들은 외국가요를 우리말로 적으리라.
> 저 불빛 속에
> (중략)
> 늦은 시간 베란다에 화초를 심으면서
> 나이 든 부부 한 쌍 흙 묻은 손 서로 자랑하리라.
> 그래, 저 불빛 아래
> 조막만 한 어미 고양이 한 마리 새끼들 흩어질까

혓바닥으로 품안에 쓸어 모으리라.
눈썹 사이, 겨드랑이 사이
어둠이 남기고 가는 입김 은근하다.
초여름 밤 어둠의 입자들이
연분홍 꽃눈이 되어 내린다.
　　－「어둠속 불빛」 부분

　인용시는 가정의 소중함, 따스함을 실감나게 형상화하고 있지 않는
가. 이 시에 등장하는 어둠속 '불빛'은 바로 '가정'을 표상한다. 어둠이
라는 이 세태 속에서도 가정이라는 '불빛'이 세상을 밝히는 것이다.
　화자는 그 불빛 하나하나에 감격해하면서 상상의 그림을 그린다.
장사 나간 어미를 기다리는 아이들의 모습－. 어미에게는 그 아이들
때문에 힘겨운 삶이라도 넉넉히 견딜 힘이 솟구칠 것이다. 늦게 귀가
한 젊은 가장의 부은 발을 더운물로 씻어주는 아내가 있기에 젊은 가
장 역시 고단한 삶을 능히 이길 수 있으리라. 한시(漢詩)를 외는 아비
와 외국가요을 우리말로 적는 아들, 두 세대 간에 취향의 차이가 날망
정 부자간 든든한 연대가 돋보이기도 한다. 하물며 평생을 해로한 "나
이 든 부부 한 쌍 흙 묻은 손 서로" 내미는 모습에는 그 유대가 더욱
돈독하다.
　각양각색의 가정의 모습을 병치하고 나서, 조막만한 어미 고양이 한
마리 새끼들 흩어질까 "혓바닥으로 품안에" 쓸어 모으는 모습을 마지
막에 첨부한 것도 예사롭지 않다. 이는 무엇을 의미하는 것인가. 가정
은 사람이든 짐승이든 생명의 소중한 가치를 키우는 공간이다. 이렇게
동물도 자기 가정의 가치를 소중히 여기는데, 우리는 짐승보다 못한
비정한 '가정 해체'를 목격하게 되었다.
　위의 인용시는 두 가지 의미를 동시에 드러내고 있다. 하나는 가정

의 중요성을 제시하면서 짐승만도 못한 오늘의 '가정 해체'에 대한 경고 메시지를 내포하고 있다. 또 하나는 이 시대 어둠의 문제는 '가정'이라는 불빛을 지켜내는 데에서부터 풀어나가야 한다는 점을 암시적으로 드러내고 있다.

인용시 두 편에서 드러나는, 어두운 이 세태를 밝히는 "불빛", "별"은 이번 시집의 지배적 이미지리다. 어두운 세태에서 안식과 희망을 찾을 수 있다면, 그것은 "불빛", "별"의 이미지리가 표상하는 가정에 있음을 강력하게 암시하고 있다.

> 마누라 어디 갔나, 내 새끼들 잘 있나.
> 쫓아다니다 문득 잃어버린
> 우리 집 가는 길.
> 자동차 핸들 잡으면 겨우
> 가물거리는 길.
> 대동면 예안리 가는 강둑길
> 풀빛 푸른데
> 낙동강 어디 갔나, 강둑이 아득하다.
> 길 묻자니
> 전화번호 기억에 없고
> 줄지어 나는 물오리 떼
> 갈매기 아이디 쫓다 깨어진다.
> 아차, 나를 안에 둔 채 문 잠궜구나.
> 본네트 살피고 콘솔박스 뒤지며
> 어디에 있나, 빛나는 나는
> 반나절 뒤져도 뵈지 않는다.
> 날은 저무는데, 열쇠를 잃고

아무도 없이 홀로 집에 드는
의젓한 나를
나는 잃고 왔구나.
우리 집 가는 길, 길이 멀어라.
개 짖는 소리, 분간이 없네.
－「우리 집 가는 길」 전문

  화자는 집으로 가는 길을 잃어버렸다고 고백한다. "쫓아다니다 문
득 잃어버린/ 우리 집 가는 길"이라고 노래하고 있다. 현대인의 비극
은 바쁜 일상 속에서 집으로 돌아가는 길을 잃어버린 데 있다. 그것은
궁극적으로 "나를 안에 둔 채 문 잠궜구나."라는 고백에서 드러나듯이,
자아 감금으로 귀결된다. 흔히들 가정을 떠나면 자유분방해진다고 생
각하지만, 결국 그것은 자아 감금으로 귀결되는 것임을 강력하게 암
시하고 있는 것이다. 집으로 가는 길을 잃어버리면 그것으로 끝나는
것이 아니라 자아도 유폐 상태에 놓이고, 그러다 보면 인간성까지도
상실되는 것이다. 따라서 인용시는 우리 시대의 쓸쓸함이나 비정함 따
위, 그리고 자아 상실의 문제가 넓게는 가정의 해체와 무관치 않음을
표상하고 있다.

  만나야지, 만나야지 하면서 오래 만나지 못했다. 시 쓰는 또래 몇
이서 이제는 날 정해놓고 한 잔씩 나눌 때도 되지 않느냐는 말이 오
가는 중에 전해온 부음— 정영태 시인 별세… 대학병원장례식장… 개
인부조… 깜박 깜박 휴대전화 문자. 늘 웃기를 비웃기 같이 하는 작
은 눈웃음.
  칠팔년 전, 내가 당뇨진단을 받고 내과 의사 시인 정영태 형을 찾
았을 때이다. 그의 진료 테이블 위엔 진료카드 대신 원고지 뭉치가

가득했다. 이미 심각한 당뇨합병증으로 반신이 불편한 당뇨선배 정영태 시인-. 담배부터 끊으이소. 목청도 절반만 남은 그의 충고는 간곡했다. 그런데 점심 먹으러 가다 보니 그는 어느새 담배를 두 대째 피워 무는 것이 아닌가. 하루 열 개비까지는 괜찮아요. 그는 단호했다. 술도 끊으이소. 술 담배 안 끊으면 죽습니다. 내게는 그러면서 그는 아지매 맥주 두 병 주이소. 술 주문을 했다. 반주로 마시는 건 괜찮아요 설명했다. 하얀 살결 군데 군데 심술점 뚝 뚝. 의사로는 도움되지 않는 인품……

시간이 이른 탓인지. 지인들은 보이지 않는다. 미망인과 자제께서도 하루 전까지 이런 일이 있을 줄 몰랐다 한다. 몸이 좀 이상하니 병원 가보자고 스스로 앞장섰다 한다. 부인 몰래 문예지 낸다고 돈쓰고, 술 담배 독인 줄 알면서도 병 몰래 먹고 마시고, 한 잔 걸치고 나면 이 세상의 시인을 모조리 같잖은 조무래기로 보던 정영태 시인. 스스로에게 내린 마지막 진단은 정확했던 의사 시인. 그래도 이 세상에서 시인이 최고인줄 알던 마지막 천재 지방 시인. 빌어먹을 가면서 버린 것이 시인일까, 의사일까. 혼자 아는 천재는 이제 어디다 쓰나?

그의 충고 이후 벼르다 벼르다 끊었던 담배 한 대 2년만에 남몰래 피워 본다. 폼 잡고 앉았던 원고지, 몇 줌 안되는 모발끼리의 산만한 만남. 어지럽다. 한 잔 술 몰래 마시자고 몰래 왔다가 몰래 가버리면 그만인 것인가. 깜박 깜박. 자그만 키가 너무 커서 한 발 한 발이 조심스럽던 걸음걸이. 목숨이란 이와 같은가. 담배 한 대의 연기 바삐 사라진다.

－「고 정영태 시인과 담배 한 대」 전문

이번 시집에는 스승이나 친구 등 지인 간에 느끼는 휴머니티도 풍성하게 드러나 있다. 그 대표적인 작품이 인용시다. 이 작품은 시인과 의

사의 경계에서 고뇌하던 고 정영태 시인의 삶을 통해서 삶의 본질과 휴머니즘의 가치를 되새기게 한다.

정영태 시인은 세속적인 삶의 방식대로 살지 않고 자신이 추구하는 삶의 가치를 향하다가 결국 운명을 달리하였다. 생이란 정녕, "담배 한 대의 연기 바삐 사라"지듯 사라져버리는 것이란 말인가. 시 속의 고 정영태 시인은 삶과 예술, 현실과 이상의 틈새에서 끊임없이 고뇌하다가 운명을 달리하였다. 결국 이 작품은 무엇이 가치로운 삶인가라는 물음을 우리에게 던진다. 그런 점에서 "혼자 아는 천재는 이제 어디다 쓰나?"가 풍기는 뉘앙스는 매우 인상적이다. 가정의 소중한 가치를 깨뜨리고 이루어지는 것이 설령 천재적인 작업이라고 할지라도, 그것이 가정을 등진 것이라면 용인되어서는 안 된다는 관점을 시사하고 있다. 따라서 「고 정영태 시인과 담배 한 대」가 삶의 본질, 휴머니즘을 환기하면서도 궁극적으로는 우리 시대 가정의 의미를 재인식하게 하고, 가정이야말로 삶의 본질적 가치 영역임을 제기한다.

시집 『귀가』는 신진 시인이 그동안 천착해온 생태 환경 문제를 가정을 중심으로 한 사회 구성원 모두의 생태 문제로까지 확장하여 우리 시대의 새로운 시적 담론으로 제기하고 있다. 이 시집은 가정의 문제가 무엇보다 우리 시대의 근본적인 문제이고, 그것을 해결하는 것이 이 시대의 가장 소중한 가치를 지켜내는 길임을 상징적인 언술을 통해 웅변하고 있다.

— 출전:『시문학』, 2005년 12월호.

원융무애(圓融無礙)의 삶
- 신진 시의 의미

김경복[1]

    사람이 사람답다고 말하는 것은 무엇 때문인가? 이 물음에 대한 대답은 사람마다 시대마다 다를 것이다. 그러나 모든 시대와 지역을 막론하고 공통의 대답은 있을 법한데, 그것은 필자가 생각건대 바로 존재론적 문제와 관련된 대답일 것 같다. 즉 인간의 가장 본질적 조건인 생로병사(生老病死)와 관련된 문제에 대한 대답만은 시대와 지역을 넘어 공통된 성격을 띠게 될 것이라고 본다.

    그 중에서도 '죽음'에 대한 문제는 인간 조건의 가장 근원적이고 절대적인 명제인 바 그 문제에 대한 해답을 찾는 과정에서 사람이 사람답게 되는 특성을 드러내게 되는 것이라 할 수 있다. 죽음, 다시 말해 죽음에 대한 의식이야말로 인간을 다른 생물과 구분 짓게 하는 특성이 되어 인간으로 하여금 가장 사람다운 삶을 살게 하는 것이라 볼 수 있는 것이다. 인간은 다른 생물과 달리 죽음에 대한 의식을 가짐으로써 자신의 현재적 삶을 다르게 기획한다. 동물이 죽음에 대한 의식을 갖지 못함으로써 본능적 생활로 죽음에 이른다면 사람은 죽음을 의식하고 이 죽음에 대비하여 여러 정신적 기투행위를 통해 삶을 초월적 문화로 가득 채운다.

---

1) 문학평론가, 경남대학교 교수.

그 초월적 문화의 형태 중 가장 심원한 하나가 예술이고, 예술 중 문학이고, 문학 중 시일 것이다. 시는 사람으로 하여금 사람답게 사는 것이 무엇인지를 탐색하는 고차원적 의식(意識)이자 문화적 의식(儀式)인 것이다. 신진 시인의 시집 『미련』은 이러한 인간의 본질적 문제인 죽음에 대한 의식과 이와 관련된 사람다운 삶이 무엇인지를 곡진하게 펼쳐놓고 있다. 그때 시는 하나의 구도의 장이 된다. 시가 유희의 측면을 벗어나 삶의 본질을 심문하는 자리가 되는 것이다.

1. 생의 반성적 성찰과 존재의 본질 추구

시의 구도성은 아무래도 죽음에 대한 의식이 삶의 본질적 문제로 다가오게 되는 '나이듦'과 관련되어 나타난다. 신진 시인은 그의 나이 이순(耳順), 즉 60이 넘어서면서 시에서 존재론적 문제를 함의하며 생의 전반을 성찰하는 모습을 취한다. 다음 시를 보면 이를 알 수 있다.

　　　외로운 사람 곁에 앉으면
　　　나도 외로운 나이

　　　그리운 사람 곁에 앉으면
　　　나도 말없이 그리운 나이

　　　골목골목 만나는 얼굴들이며
　　　창문마다 출렁대는 이름들이여

　　　바람결에 사람 곁에 앉았노라면
　　　스쳐 지난 사람도 외로운 나이

잊었던 얼굴 그렁그렁한 눈빛
글썽글썽 따라서 목메는 나이
　－「따라하는 나이」 전문

　이 시는 나이 자체를 성찰하고 있다. 그런데 가만히 들여다보면 "외로운 나이", "그리운 나이", "목메는 나이", 또 제목의 "따라하는 나이"로 자신을 표현하는 것으로 볼 때 시적 화자의 태도는 삶의 중심에서 물러나 한편에서 바라보는 듯한 쓸쓸함을 풍기고 있다. 그것은 왕성한 활동을 보여주는 장년의 나이에서 이제 노년의 나이로 접어들고 있음을 어느덧 회한과 반추로 곱씹고 있음을 보여주고 있는 것에 해당한다.
　그러나 다시 이 시를 읽어보면 그런 생의 쓸쓸함보다 지상의 모든 것에 동화하여 순응하는 삶의 자세를 느낄 수 있다. 이 시의 시적 화자는 나이 들수록 '나'라는 존재에 대한 성찰과 사색의 결과 점차 '나' 중심의 삶의 방식에서 벗어나 '너'나 '그' 중심의, 다시 말해 세계 속의 사물 중심의 삶, 보다 더 정확히 말하면 나 이외의 사물과 조화하고 소통하는 삶의 방식에 눈뜨게 되었다는 것을 말하고 있다. 모든 변전하는 사물들과 더불어 '나'도 그 변전하는 삶을 이뤄나가니 생의 나이듦은 세계를 나 중심에서 벗어나 세계 중심의 보다 폭넓은 시선으로 바라보게 하는 역할을 하고 있다. 그 점에서 "따라하는 나이"란 세계의 부름에 '응(應)하는 것'이고, 여기서 한 발 더 나아가 '순리(順理)로 응하는 것', 다시 말해 순응하는 삶의 방식을 터득하게 되었음을 노래하고 있는 시인 것이다.
　그 점에서 이 시는 표면은 삶의 쓸쓸함을 반추하는 듯한 품새를 취하지만 내실은 생의 고차원적 인식의 경지를 열어간 기쁨을 노래하고 있다고 보아도 무방하다. 신진 시인의 시는 그에 따라 일정 부분 득의의 모습을 취한다. 이번 시집 전체를 아우르는 시적 화자의 태도에는 신천지를 열어가는 자의 기쁨이 녹아들어 있다. 그것은 인간 존재로 태어나 한 세계를 살며, 생의 의미를 획득한 자의 자부심과 의연함이 자연스럽게 흘러나오고 있는 흔적이다. 그 경지는 아무나 이르지는 못하리라. 그러나 그 경지에 이르러 노래하는 자의 심리를 따라가며 공감을 할 수는 있을 것이다. 신진 시인의 시를 따라가며 하루는 앉아 읽고, 하루는 서서 읽으며 그 시가 주는 넉넉함과 깊이에 매료되는 것은 우리도 나이 먹으며 삶의 의미를 찾아 헤매는 인간 존재임을 자각하기 때문이다. 그 가운데 따라하는 것에 이렇게 깊은 의미가 있었구나 하는 놀라움도 맛볼 수 있는 것이다.

그렇지만 나이 드는 것은 그렇게 행복한 것은 아닌데 하는 생각으로 주저할 때가 있는 것도 사실이다. 그런 생각으로 다시 시집을 읽으면 시인 역시 나이듦의 고통을 노래하고 있음을 발견한다. 나이듦의 고통을 솔직하게 고백하고 있는 시를 만나면 어쩌면 이것이 더 인간적일지 모른다는 생각을 하게 되는데, 그 시는 이렇다.

생 째 잘려나간 갯장어처럼 버둥대는 시간들
속 구린 얘기 뼈째 두들긴다, 껄껄껄
소주잔 바닥에 꼭꼭 눌러둔다
불가피하여라 나이만큼 두꺼운 애착
안개인지 현기증인지
양심은 바짝 엎드린다
돌아가는 길
눌렀던 소주잔 바닥
옆방의 탬버린 소리처럼 어깨가 들썩거린다

나를 위해서 울지 못하고

남을 위해서 울지 못하고

운다, 조롱에 갇힌 새처럼 운다

(중략)

낙엽 같은 안개에 쌓여

A, B, C 혼자 울며 가고 있을까?

시간이 버리고 간 겨울 똥파리처럼

하나하나 가지면서 몰래 몰래 잃어버린 양심처럼

　　―「결혼기념일을 잃다」부분

코 고는 소리 크고

방귀 잦아졌다

탄산가스 몇 되 보태고 가는 똥자루 하나

꼬끼요―, 수탉 소리 따라 해본다

　　―「꼬끼요―」부분

　두 시 모두 나이든 현재적 자아에 대해 자조적 풍자를 내리고 있다. 「결혼기념일을 잃다」에서 시적 화자는 "나이만큼 두꺼운 애착"으로 "바짝 엎드린" "양심"을 느끼고 있다. 그 형상은 "조롱에 갇힌 새처럼 우"는 것으로 진정성과 정체성을 상실한 채 "시간이 버리고 간 겨울 똥파리처럼" 자기모멸감에 진저리를 치는 모습이다. 물질과 욕망의 포로가 된 채 생의 의미를 찾지 못하고 시간의 흐름에 짓눌려버린 자신을 냉정하게 관찰하여 비판의 칼날로 내리치고 있는 것이다.

　「꼬끼요―」는 더 하다. 육체가 늙어가는 것을 "코 고는 소리 크고/ 방귀 잦아졌다"로 표현하면서 자기 자신을 "탄산가스 몇 되 보태고 가는 똥자루 하나"로 비하한다. 추레한 욕망 덩어리로 자신을 인식함으로써 동물이 된 존재 하나, 즉 '수탉'에 불과한 것이라는 생각에 일부러 "꼬끼요ㅡ"라고 소리도 질러보는 것이다. 삶의 의미를 획득하지 못한 채 거저 나이만 먹거나, 세속적 욕망과 동물적 존재성만으로 생의 나날을 이어갈 때 시인은 이렇게 추락한 자신의 실존성을 자조적 대상으로 비웃고 있다.

이렇게 자신을 타락한 존재로 그리며 자조적으로 비판하고 있는 것은 그 의도가 분명하다. 생의 진정성을 찾지 않고 동물적 본능으로만 살아가는 현실적 자아에 대한 비판에 그 의미가 놓여 있을 것임은 짐작할 수가 있는 것이다. 그 점에서 이 시에서 비웃음 자체가 반성임을 우리는 잘 알고 있다. 그렇지만 이 시들에서 또 다른 점도 엿볼 수 있어 문제성을 지닌다. 즉 시적 화자가 자신의 삶 자체를 자신이 진정으로 원하는 방식으로 추구해도 삶 자체는 자신이 원하는 방식으로만 펼쳐지지 않는다는 점을 자인하는 내용도 이 시들 안에는 있다는 느낌이다. 아무리 몸부림치고 자신을 격발해도 동물적 본능성과 생의 미숙성은 생의 본질적 운명으로 주어져 있는 것이 아닐까 하는 체념의 논리. 그 때문에 이 시들에 보이는 자조는 예리한 비판의 칼날 속에 생의 어찌할 수 없음에 대한 슬픔이 내재해 있다. 시인은 반성과 동시 체념을 내보이는 형국인데, 그 점이 나이듦을 바라보는 시적 화자의 태도를 예사롭지 않게 만들어 시를 보는 독자도 긴장하게 만든다. 도대체 무엇이 시적 진실일 것인가?

사실 시란 것이 모호성과 암시성을 그 장르적 특징으로 갖고 있다지만 신진 시인의 이번 시들에서는 시적 화자의 태도가 모호성을 띰으로써 한층 시 읽기의 재미를 주고 있다고 보아야할 것이다. 다음 시편은 시적 화자의 자신에 대한 성찰을 보다 직접적으로 보여주어 생각할 거리를 많이 제공한다.

땀 훔치고 앉았노라니
맞은편에
말똥구리 한 마리
전생에 내가 저 화상이었나?
나에 대하여
생각에 잠겨 있다
― 「나에 대하여」 전문

이 시는 일상의 모든 행위들이 '나'란 존재에 대한 성찰의 장이 됨을
보여준다. 그리고 그 형식과 내용이 그리 거창하게 전개되지 않고도
바로 문제의 핵심에 직핍해 들어감을 보여준다. 이 시의 감상법은 다
양할 것이다. 그러나 무엇보다 이 시를 감동적으로 읽는 것은 일상 속
의 성찰이란 점의 발견에 있을 것이다. 즉 "땀 훔치고 앉았노라니"에서
시가 시작함으로써 일상의 절대성과 소중함을 충분하게 환기하여 준
다는 점이다. 이 시는 노동하는 존재로서 인간이 노동을 통하여 자신
의 본질적 존재성을 숙고하는 문제를 보여준다. 노동의 동질성이 "말
똥구리"와 나와의 유사성을 발견하게 되고, 전생과 현생, 더 나아가 내
생에 있을 나의 존재성에 대한 직감을 가능케 하고 있다. 이 짤막한 시
는 움직여 노동하는 존재로서 내가 '나'란 존재의 본질임을 발견하였
다는 의미이고, 이 움직여 노동하는 존재로서 본질은 나를 비롯해 말
똥구리로 확장되어 전 우주로 퍼져가게 된다. "나에 대하여/ 생각에
잠겨 있"는 것은 말똥구리나 나나 노동하는 존재성으로 다름없다는
발견에 의해 일어난 현상인데, 이는 존재는 제 주어진 운명 속에서 자
신의 생명이 다하는 그날까지 움직여 수고하는 생명체일 뿐이라는 각
성에 이르렀다는 것을 말해준다. 그것은 나 중심에서 벗어나 나를 있
게 한 토대로서 이 세계를 인정하고 거기에 의미를 부여하는 태도라

할 수 있다.

이러한 인식의 출발은 물론 앞에서 본 '나이듦'의 문제에서 시작된다. 즉 죽음에 대한 의식에서 비롯되는 것이다. 그렇다면 신진 시인에게 죽음은 무엇일 것인가? 사실 죽음은 쉽게 설명되지 않는 내용이다. 그렇지만 시인은 나이 들수록 죽음이 삶의 본질적 문제로 다가옴을 느꼈을 것은 틀림없다. 그리하여 그 죽음의 문제를 해결하지 않고는 자신의 삶의 의미를 정리하기는 힘들다는 것을 깨우치고 이번 시집에 그에 대한 성찰을 펼쳐내고 있는지 모르겠다. 왜냐하면 죽음은 현재적 삶에 대한 의미 탐색이자 부여로서 신진 시인이 이를 모를 리 없을 것이기 때문이다.

2. 안분지족(安分知足)과 삶의 역설적 인식

죽음의 특성은 그것이 주체로서 존재가 마음대로 할 수 없다는 데에 그 본질이 있다. 죽음은 근대적 주체가 갖는 자기중심적 특성을 온전히 배제하는 데에 그 특징이 있다. 이를 구체적으로 언급한 사람이 레비나스다. 레비나스는 『시간과 타자』에서 "죽음이 고통을 통해, 모든 빛의 영역 밖에서, 자신을 예고하는 방식은 주체의 수동성의 경험이다. 지식에서는 모든 수동성이 빛의 매개를 통해서 능동성이 된다. 그런데 죽음은 주체가 그 주인이 될 수 없는 사건, 그것과 관련해서 더 이상 주체가 아닌 그런 사건을 알려 준다."라고 말하고 있다. 이 말의 핵심은 수동성의 경험이 바로 죽음이고, 그리하여 죽음의 고통은 가장 주체가 어찌할 수 없는 고통의 깊이로 다가와 세계에 내던져진 존재의 존재성과 주체성을 진정으로 이해하게 한다는 것이다. 그에 따라 고통 속에서 주체는 가능한 것의 한계에 이르러, 세계와 진정으로 만나게 된다.

신진 시인은 죽음의 이러한 특성을 인지하고 있었을 것이다. 자신의 존재성에 대한 이해와 함께 자신을 둘러싼 세계의 존재성마저 이해하게 된 계기가 나이듦에 의해 탐구되고 있으니 말이다. 그 이해와 탐구의 장이 그에게 시로 주어져 있었다는 것은 천행이다. 죽음을 통해 세계의 본질과 주체의 존재성을 진정하게 이해하게 되었을 때 주체가 내보이는 이 세계에 대한 태도는 종전과는 다를 것이다. 시인의 다음과 같은 시는 바로 전형적으로 이 세계와 자신을 진정으로 이해한 자의 모습을 보여주고 있다.

갈 길 빤히 보이건만
나는 여기서 그만 가련다

참고 오르다 보면
정상에 닿을 수 있으리라
그러나 사고가 날 지 모른다

작게는 무릎통증에 잠 뒤채며
곁엣 사람 괴롭히는 일 있으리

산기슭 오르고 능선을 타고
산재빼기까지 이른 게 어디인가?
이 자리만 해도 도시락 먹고
몸 녹일 볕이 부족하지 않거니

풀더미에 얼굴 가리고 누웠다가
준비된 사람이 정상에 올라 야호!

포효하면, 끼리리리리 끼리리리리
풀벌레 소리로나마 아는 체 답을 하자

내려가는 길에도 그의 뒤를 따르리
날은 저물고
늠름하게 내려가는 그를 따라서
조심조심 앞뒤 재며 나도 내려가리라
－「산행」 전문

　이 시의 특성은 주체의 권위나 권리를 내세우지 않는다는 데에 있
다. 시적 화자의 태도는 "그만 가련다"에서 보듯 족함을 알고 멈추는,
즉 안분지족의 자세다. 주체의 욕심을 접고 "풀벌레 소리로나마 아는
체 답을 하"고 "내려가는 길에도 그의 뒤를 따르"며 "조심조심 앞뒤 재
며" 사는 삶을 택하겠다는 것이다. 이는 겸허와 중용의 삶의 태도다.
그리고 이는 "몸 녹일 볕이 부족하지 않거니// 풀더미에 얼굴 가리고
누웠다가"에서 볼 수 있듯 자연친화적인 태도라 할 수 있다. 자신을
풀더미 속에 놓음으로써 자연적 존재로 회귀한 의미를 얻고 있는 것이
다. 전체적으로 전통적 시에서 볼 수 있는 자연합일의 시적 경지를 은
연중 보여주고 있다.
　이러한 시적 인식과 태도는 무엇을 말하는가? 그것은 나이듦과 관
련해 세계를 새롭게 바라보게 되었다는 의미를 가리킨다. 즉 죽음이
갖는 어찌할 수 없음의 내면화에 따른 생의 처연하고도 성숙한 인식
을 하게 되었다는 의미일 것이다. 시적 화자의 겸허하고 소박한 태도
에 우리 역시 소탈한 삶을 사는 기쁨을 맛보게 된다. 그러면서 또 한
편 생의 본질에 부딪혀 기가 꺾인 삶의 처연함을 역설적으로 느끼게
되는 애잔함 또한 어쩔 수 없는 감상으로 갖게 되는 것이다.

이 시에 와서 신진 시인의 시는 생활을 구도의 장으로 활용하고 있음을 자연스럽게 보여준다. 시를 쓰는 행위에서 언어를 고르고, 언어를 배열하고, 행과 연을 갈고 닦는 것에서 자신의 현실적 삶과 자아를 성찰하고 도리에 순종해가는 삶이 무엇인지를 탐구하고 있다고 보아도 무방하니까 말이다. 따라서 이때의 시 쓰기 행위는 참으로 세계와 내가 소통하는 행위이자 나의 의미를 세계에 새기고, 세계의 의미를 내 안에 받아들여 나를 고양시키는 수행의 장이 된다. 다음 시가 이를 잘 보여준다.

나무의 이름은
봄볕
숲 해설사는 생강나무와 산수유나무의
가지의 결과 꽃잎의 수를 구분하고
탐방객들은 좌뇌 깊이
종과 목과 이름 새기고 갈 길 가는데
그래도 내 이름은 봄볕
어깨에 손등에 사타구니에
나무는 아른 아른 제 이름을 새긴다

나무의 이름은
바람소리
굴참나무 갈참나무 졸참나무 상수리나무
탐방객들은 대뇌피질 타전 후 지나가는데
새순 오물오물 나무는 나긋나긋 손을 흔들며
내 이름은 바람소리
입술로 손으로 사타구니로

제 이름을 말한다

다른 음역(音域)에서 빛나는
나무의 이름
별의 주문(呪文)이다가 바람의 유혹이다가
그늘의 서늘함이자 뜨거운 함성

나무의 이름을 찾아
탐방객들은 나무의 곁을 떠나가는데
나무는 시시각각 탈바꿈하는
제 이름을 읊조린다
　　－「나무의 이름」전문

　참으로 아름다운 시다. 세계의 접점을 진정으로 이해하게 되었을 때 새로운 눈으로 바라보게 된 사물은 놀라운 현상 그 자체일 것이다. 이 시에서 나무의 이름으로 제시된 자연 현상은 존재의 본질을 진정으로 이해하게 된 자의 입장에서 볼 때는 나무 그 자체로만 이루어져 있지 않고, "나무의 이름은/ 봄볕", "나무의 이름은/ 바람소리", "나무의 이름/ 별의 주문(呪文)이다가 바람의 유혹이다가/ 그늘의 서늘함이자 뜨거운 함성" 등으로 다양하게 변주된다. 즉 나무의 이름은 나무를 있게 한 '봄볕', '바람소리', '그늘의 서늘함' 등으로 개방되고 호환돼 모든 천지만물과 동기감응(同氣感應)으로 연결되어가는 것이다. 이것은 생명의 본질을 하나의 주체의 입장에서만 바라보는 것이 아니라, 그 주체를 있게 한 토대와 관계 속에서 주체의 본질을 숙고하는 것에 해당한다. 이는 생명과 존재에 대한 생태주의적 인식이며, 범신론적 자연주의의 입장이다.

신진 시인은 존재의 본질에 대한 성찰을 궁리할수록 생명의 본질은 상호 연관되고 보다 큰 틀에서 하나의 체계로 이어져 있음을 알게 되었다고 고백하고 있는 셈이다. 여기서 보다 더 큰 의미는 이러한 깨달음을 시인으로 분명하게 자각하고 있음을 보여주는 것이다. 즉 시에서 "나무는 아른 아른 제 이름을 새긴다", "입술로 손으로 사타구니로/ 제 이름을 말한다", "나무는 시시각각 탈바꿈하는/ 제 이름을 읊조린다"로 표현함으로써 나무를 시적 대상으로 취한 시인이 정작 보고 싶고 듣고 싶었던 것이 '새기고', '말하고', '읊조리'는 데에 있음을 여실히 드러내고 있다. 새기고, 말하고, 읊조리는 것은 이 무의미한 세계에 일정한 형상을 새기고 드러내고 부여하는 예술적 기투행위를 암시한다. 즉 나무라는 이름으로 이 지상에 시 쓰기의 예술적 행위를 은연중에 담아내고 있는 것이다. 그것은 시인으로 이 지상에서 살아있다는 의미의 발견이자 의미 부여인 것으로 시인 제 자신의 천명(闡明)이다. 그 점에서 이 시는 "나무의 이름"을 통해 시의 본질과 기능, 그리고 시인에게 그것이 갖는 효용 등을 맛보게 하고 있다. 문제적 작품인 셈이다.

때문에 이와 같은 시적 경향이나 경지에 왔을 때 시인의 인식은 일면적이고 단편적 인식에서 벗어나 총체적이고 다층적 인식으로 확장되어 갈 것은 불문가지다. 흔히 말하는 세속적 삶에서 구분하는 경계나 금기 등이 이러한 시적 화자에겐 전혀 의미가 없어지거나 다른 관점에서 바라보게 되었음을 가리킨다. 가령 다음과 같은 시들이 그와 같은 경향을 잘 보여준다고 말할 수 있을 것이다.

내 남아도
오래 남지 않을 겁니다
저녁 먼저 들고 계시오

이내 뒤따를 터이니

　　－「망자(亡者)에게」전문

강가에서 산골로 이사를 한다

말이 강이고 산이지

거기서 거기 지척간이다

이삿짐을 싸는 데도 마찬가지

버릴 것 남길 것 말로는 한참 달라도

거기서 거기 지척간이다

　　－「거기서 거기」전문

　큰 틀의 시선으로 보면 세상의 자질구레한 분쟁도 사실은 거기서 거기인 문제일 뿐이다. 이는 죽음과 삶의 문제도 마찬가지다. 이 두 편의 시는 삶과 죽음의 경계를 초월하고, 산과 강의 구분이 필요 없는 상태를 드러내고 있다. 생각해보면 산이 강이 될 리 없고, 강이 산이 될 리 없다. 그러나 사는 입장에서 본다면 산에서 사나 강에서 사나 사는 것 자체는 크게 차이 나지 않게 살 수 있음을 깨닫는 순간이 있다. 그때는 굳이 삶의 문제에 산이나 강이나 하는 문제를 따질 필요를 느끼기 않게 되는데, 이 시들은 바로 그와 같은 심적 경지에 도달한 상태를 보여주고 있는 것이다. 사물의 본질을 구분 못하는 것이 아니라 사물의 본질을 내 편견으로 묶어두지 않으려는 개방된 삶의 자세인 것이다. 따라서 이러한 삶의 자세는 구분과 차별이 의미 없어지는 경지, 삶과 죽음이 같아지는 경지, 현대의 과학적 세계관을 지닌 사람으로서는 좀처럼 이해할 수 없는 일원적 사유와 세계관을 반영한다.

　좀 더 이해하기 쉽게 설명해보면 일정 부분 세속적 삶을 살면서 세속적 욕망으로부터 초연하게 된 상태의 경지를 이 시들은 보여준다고 할 수 있을 것이다. 사실 이 부분은 말로 설명하기 어려운 부분이 있다. 세속적 삶을 살면서 세속적 삶의 욕망을 비워냈다는 것은 역설적 내용이기 쉽기 때문이다. 그러나 바로 그 점에 이 시들의 매력이 있고, 신진 시인의 의식적 지향이 놓여 있다. 그의 시는 지금 역설을 추구하고 역설적 삶을 살려고 하고 있는 것이다. 역설은 세상의 일반적 이치를 허무는 것이자 보편적 가치를 뛰어넘으려는 행위이니까 말이다. 그리하여 그의 시는 다음과 같이 매우 놀라운 내용을 놀라운 어조로 거침없이 말할 수 있게 된다.

길지 않다 죽살이길
잠이 오면 잠자고 가자

잠들지 않으면
동서남북 쏘다니며 하얗게 밤새우자

재미없으면
삼이웃 성가시게 떠들다 가자

일거리 없을 땐
얻어먹다 가자
ㅡ「배짱」전문

참으로 두둑한 배짱을 보여주는 시적 화자다. 삶의 행로가 거침없이 펼쳐지고 있다. 세상의 보편적 삶의 형태나 자세로 볼 때 이 시의 시적 화자는 별종이거나 무례한 사람이기 십상이다. 그러나 신진 시인의 시적 궤도를 같이 해 온 사람이라면 이 시의 시적 화자야말로 천지 자연에 동화되어 자유자재로 살 수 있는 존재, 세계와 소통하며 막힘없이 자신의 삶의 의미를 확장해갈 수 있는 존재임을 알게 된다. 편견과 구분, 차별에 눈멀어 사물의 본질에 눈뜨지 못한 사람들에게 한 마디 일갈(一喝)하는 소리일지 모른다.

이 시 속의 화자는 겁이 없고 철이 없는 것으로 배짱이 두둑한 존재가 아니다. 세계의 양면성과 총체성에 눈뜨게 된 자로서 사물의 본질이 부르는 데로 응하여 순리로 살아갈 수 있게 된 존재다. 이 시가 갖고 있는 청유형 어미는 깨우친 자의 게송(偈頌)과 같은 것으로 모든 존재들의 참여를 바라는 권유다. 즉 원융무애(圓融無礙)한 삶을 살게 된 자의 노래와 같은 것이라고 할까. 원융무애는 불교에서 말하는 것으로 모든 법의 이치가 골고루 융통하여 막힘이 없음을 뜻한다. 세속적 눈치를 보지 않고 하고 싶은 대로 하는 것이다. 이는 공자가 60이 넘어 '이순(耳順)', 즉 듣는 것이 모두 순리에 닿고, 70이 넘어 '종심소욕 불유구(從心所欲 不踰矩)'라 할 때, 즉 하고 싶은 대로 하여도 법도에 어긋나지 않았다는 정신적 경지와 같은 내용이라 할 만하다.

자유롭고 거침없으면서 세상의 법도에 어긋남이 없다면 그런 삶 그자체는 자연이라 칭할 수 있다. 자연과 인위의 구별이 없는 삶이 시인이 추구하는 삶일지 모르겠다. 이러한 경지의 시는 이번 시집에서 "눕는 데가 그의 집이다"로 표현된 「눕는 데가 집이다」 등에서도 잘 나타난다. 이러한 시들은 인위를 초탈한 경지를 계시하여 줌으로써 새로운 가치와 질서에 대해 우리로 하여금 눈뜨게 하고 있다. 세속의 인간적 질서가 삶의 가치의 전부가 아님을 일깨워주고 있는 것이다.

따라서 신진 시인의 시에서 역설은 그의 현재적 인식이나 지향을 드러내는 대표적 시적 방법론이 된다. 역설의 형태가 보다 응축되고 세속적 교훈의 의미를 지니게 되면 경구나 격언이 된다. 신진 시인의 이번 시집들의 일부 시들은 이와 같은 성격을 분명히 가지고 있다. 가령 다음과 같은 시가 그와 같은 것일 것이다.

> 짧게 쓸 시간이 없을 때에는
> 길게 늘여 씁니다
>
> 바쁘시면 긴 시를 읽고
> 한가로운 때
> 짧은 시를 읽어주세요
> ─「시를 권하며」 전문

　길고 짧음의 문제, 바쁨과 한가로움의 문제가 우리가 생각하는 것
과는 다르게 표현되어 있다. 시에서 이러한 문제의 성찰은 일상적 생
활의 문제를 역설적으로 바라볼 것을 주문하고 있다. 생각해보면 "짧
게 쓸 시간이 없을 때에는/ 길게 늘여 씁니다"는 문제의 본질을 정확
히 찌르고 있는 말일지 모른다. 이 구절에서 "짧게 쓸 시간이 없"다는
것은 문제의 정곡을 정확히 알지 못할 때를 가리킨다는 것, 그때 우리
는 "길게 늘여 쓰"는 경우가 많다. 본질에 육박하지 못한 언어들은 길
다. 따라서 긴 언어는 아직 육화되지 못한 언어나 인식이기 쉽다. 시인
은 이러한 점을 말했을 수도 있다. 그렇게 형식적 모순을 내용적 진실
로 풀이해도 이 구절의 의미는 다 밝혀지지 않는다. 그 밝혀지지 않는
미결정의 자리가 시의 특성을 드러내는 자리임에 틀림없지만 시인은
그 신비 자체가 우리가 머물러야 할 자리임을 말하고 있는 듯도 싶다.
삶의 본질은 쉽게 그 뜻이 드러나지 않고 많이 곱씹을수록 새로운 맛
들이 우러나게 된다는 것을 이 시를 감상하는 것으로 권하고 있는 셈
이다. 때문에 "바쁘시면 긴 시를 읽고/ 한가로운 때/ 짧은 시를 읽어주
세요"라는 놀라운 경구를 만나게 되는 것은 자연스럽다 못해 당연한

것이다. 우리들 인식의 바쁨과 한가로움을 여지없이 깨뜨려주는 이 구절은 바쁨과 한가로움으로 우리 삶을 재단하는 습관마저 다시 생각하게 한다. 그 점에서 역설은 삶의 단면적 인식에 대한 반성이자 자신에 대한 다면적 총체적 인식의 출발이다.

이러한 역설적 인식에 서게 되었을 때 "눈을 감고서야 나는 내 눈앞을 보았어요, 온갖 그림 온갖 말/ 눈 뜬 당신, 캄캄하다고요?"(「소경의 눈」)라거나 "비뚤어지지 않으려고 흩어지지 않으려고 악을 쓰는 동안/ 피 흘리는 허공이 비뚤어지랴?/ 비뚤어진 것은 비뚤어지지 않으려고 비뚤어진 거로구나 짐작한다"(「바른 것과 뇌성마비」)고 하여 현실적 삶에서의 편견이나 잘못된 인식을 바로 잡는다. 존재의 고차원적 진실을 찾는 방법적 물음으로 역설적 의문을 던지는 것이다. 따라서 역설은 편견으로 협소해진 눈으로 세상을 보는 것이 아니라 편견 없는 마음으로 세상을 보는 것이고, 단편적 인식에서 벗어나 총체적 인식으로 나아감을 보여주는 것이다.

이는 신진 시인에게 시 쓰기 행위나 시인의 모습에 그 의미가 투사된다. 시인 랭보가 시인을 '견자(見者)'라 부르고 현상 너머를 보는 자라고 말했을 때, 이는 바로 현상을 넘어 본질을 보는 존재로서 시인을 칭하는 것이자 단면적이고 일면적 인식에서 벗어나 다층적이고 총체적 인식의 소유자로서 시인을 일컫는 것이었다. 그 점에 비추어본다면 신진 시인이 노래하는 역설적 인식의 방법과 그를 통한 진리의 추구는 랭보의 견자와 다름없어 보인다. 역설로 세상의 이치를 탐구하고 있는 신진 시인의 시들은 바로 현상 너머로 사물의 본질, 세계의 본질을 꿰뚫어보려는 노력이기 때문이다.

그런 점에서 볼 때 다음과 같은 시는 참으로 두텁고 웅숭깊은 진리의 내용을 시로 드러낸 것이라 하지 않을 수 없다. 이 시에 왔을 때 시는 하나의 도를 실현하는 상징이 된다.

경사(傾斜)를 잊을 때
물은 물이다

경사를 따르기 시작하면
물은 속도가 되고
사건이 되고 미련이 된다

차를 타고 출근할 때
일어나 집으로 돌아갈 때
나는 고통이거나 욕망이거나
미끄러지는
타인의 사건이 된다

소맷자락 탈탈 털어내어도
나는 용의선상에 있다
버린 욕망이거나 사소한 사건
작은 알리바이에 지나지 않다

흐르는 물가에 숨죽이고 엎드려
흐르지 않는 나를 찾는다
돌을 든다
경사를 누르고 있던 미련들
가재꼬리처럼 버둥거린다

돌밑에서도 경사에 뒹구는 나는

용의선상에 있다
그래도 사건이 되기 전에
경사를 잊고 정지했던 적이 있었다
미끌어지 않을 때 흐르지 않아도
냄새가 났다, 나.
　－「나는 남의 일이다」 전문

　이 시의 그 정신적 깊이를 말로 다 설명할 수는 없을 것 같다. 다만
"경사(傾斜)를 잊을 때/ 물은 물이다"에서 무엇인가 추구되는 바가 느
껴진다. 물의 본질은 그 놓여진 환경이나 제도에 따라 결정되는 것은
아니라는 것, 제도나 환경으로부터 초월하여 제 자신의 본성에 충실
할 때 그 자신이 된다는 것 정도가 감지된다. 그런 물과 같은 본질적
존재로서 나도 "그래도 사건이 되기 전에/ 경사를 잊고 정지했던 적이
있었다/ 미끄러지지 않을 때 흐르지 않아도/ 냄새가 났다, 나"의 본래
성이 있었음을 시적 화자는 자각하고 있다. 비록 현재의 나는 경사에
현혹되어 "사건이 되고 미련이 되"어 흘러가는 가변적 존재가 되어 있
지만 본질의 나, 본래의 나를 찾아 갈 수 있음을 이 시는 암시하고 있
는 것이다. 그 길은 육체적 수행과 함께 깊은 정신적 자기단련 끝에 오
게 될 것이다.
　마치 노자의 도를 연상케 하고, 또 도를 표상하는 물을 연상케 하는
이 시는 치열한 정신적 고투(苦鬪)의 흔적을 보여준다. 현실적 삶에 적
당히 타협하고, 또 적당히 깨달은 체하여 원만한 삶을 살고자 하는 가
식을 최소한 이 시는 배제하고 있다. 무엇인가 다는 알 수 없지만 자신
의 삶을 진지하게 바라보고 그것에서 진실하게 추구해야 할 것이 무
엇인가를 찾는 구도의 냄새가 짙게 배여 있는 것이다. 그 점에서 신진
시인의 이번 시집의 시들은 자기 성찰의 관점에서 존재의 궁극에 대

한 관심과 함께 진정한 삶이 무엇인지를 끊임없이 묻고 답하는 자기 구도의 장이다. 나이듦의 문제가 단순한 긴장 이완과 슬픔으로 흐르지 않고, 존재의 본질을 성찰함으로써 자기 염결이나 자기 응축의 내적 힘을 갖추는 것이라면 참으로 볼 만하지 아니한가. 신진 시인의 이번 시집의 시들을 주목하는 까닭은 바로 이와 같은 인간 존재의 본질적 문제를 파노라마 같은 극적 형식으로 제 존재성을 다해 펼쳐 보여주는 데에 있지 않은가 한다.

— 출전: 신진, 『미련』, 시산맥사, 2014.

자생시학의 모색과 에코토피아 지향의식
- 2011년 〈부산시문화상〉 수상 특별대담

정훈[1]

"요즘 시인들, 언어 학대부터 멈추어야 합니다."

올해 부산시 문화상을 수상한 신진 교수(시인, 동아대 문예창작과)는 대담자가 다음 질문을 꺼내기도 전에 거침없이 속을 열어보였다. 시인으로서, 그리고 학생들에게 이론과 창작을 가르치는 연구자로서도 활발하게 활동해온 자신의 문학 세계뿐만 아니라 지역 문단에 대해서도 솔직한 마음을 털어놓기를 주저하지 않았다.

가을 냄새 물씬 풍기는 토요일 오후 3시 부산 예총 사무실에서 행한 인터뷰는 1시간 30분을 넘겨서야 끝을 맺었다. 인터뷰 전날 마침 〈부산시문화상〉 수상식이 있었던 터라 자연스럽게 수상 소감을 여쮀더니 "빚지는 느낌입니다." "뜻밖의 수상을 하게 되어서 얼떨떨합니다." 정도. 으레 듣게 되는 수상자의 소감이 나왔다. 그런데 문득 정말로 그는 그런 마음인 듯 생각되었다. 짜여진 형식과 격식을 싫어하는 그의 수상 소감이 그대로 소박하고 진실한 답변으로 들린 것이다. 부산 범천동에서 태어나서 성장했고, 1986년 김해로 거주지를 옮기긴 했지만, 줄곧 부산 중심의 생활권에서 살아왔다. 1974년 『시문학』지에서 김남조, 이원섭 시인으로부터 첫 추천을 받았고, 만 31세 젊은 나이

---

1) 문학평론가, 부산외국어대학교 강사.

에 국문학과 전임교수가 되었다.

신진 교수에 대한 인상에서 특별했던 점은 그 연배의 문인이나 교수가 지닐 법한 엄숙함이나 격식에서 생기는 거리감이 없다는 것이다. "학창시절부터 문명의 이기에 대한 회의가 깊었던 셈입니다. 1970~80년대 이데올로기의 질풍노도 시절에 이념이나 사상, 지성인으로서의 태도를 강요받기는 했지만 이들이 결국은 인간 욕망의 위장(僞裝)이요, 이기적 편당 짓기의 눈속임이라 생각했습니다." '문단' 또한 마찬가지였다. 1986년부터는 아예 경향의 문단에 참여치 않거나 물러나 끼어들지를 않았다. 문학을 위한 것이 아니라, 편당 짓기와 명리주의에 의해 좌지우지되는 것이 문단이라 생각했고, 그럴 바에야 차라리 정치를 하든지, 장사를 하든지 하지 왜 나서서 문단을 장악하고 행세하려 하는지 지금도 분개할 일이라 했다. 그의 말을 듣는 동안, 문학행사에 여기저기 다니면서 얼굴을 내비쳤던 내 자신이 부끄러워지기도 했다.

시에 대한 질문을 하니 마치 기다렸다는 듯이 오랫동안 말씀하신다. 그는 생태 문제에 일관된 관심을 보여왔고 일찍부터 실천해온 시인이다. 연구자로서도 한국 자생시학의 가능성을 탐문하고 이를 발전시키는 연구 작업을 진행하는 중이기도 하다. 예컨대 생태시의 자생시학은 사회학적 생태의식과 에코토피아 지향의 심층생태의식을 축으로 전개되어 왔다고 한다.

문학 입문 초기에는 신화의 세계에 몰입하였는데, 신화의 세계에서 주체의 절대 자유와 공동체의 절대 연대성이 숨쉬는 세계를 발견하고 정신적 위안을 얻고자 했다. 인간과 우주의 세계가 하나의 생명으로 어우러지는 신화의 세계에서 자연스럽게 그는 '생태'의 형이상학을 찾아낸 듯하다. 하지만, 생태시가 이미 낯익은 유행이 된 요즘 시인들이 인터넷에 의존한 지식 나열의 생태시를 쓰는 현상을 그는 신랄하게 비판한다. 이것은 너무 쉽게 시를 쓰는 시인들에 대한 비판과도 이어지는데 "주체적 맥락을 잃은 언어유희는 '순수시'와 거리가 멉니다. 이는 인위적으로 언어를 시험관에 넣고 흔들어대다가 시체를 두고 언어의 결정체라 합리화하는 꼴입니다. 자기애에 빠진, 안일한 손장난이지요. 기의 없는 기표로 원래의 생명을 탐구한다는 변명을 늘어놓는 시인도 있는데 '기의' 없는 '기표'란 있을 수 없습니다. 언어는 기표와 기의의 연대에서 생명을 얻습니다. 기의 없는 기표, 기표 없는 기의가 어디 있습니까? 언어부터 살려야 합니다. 말의 생명과 몫을 찾아야 합니다. 언어를 죽이고, 공생의 연대성을 해치면서 생태시를 쓴다는 것은 명백한 이율배반입니다."

그는 고등학교 시절, 문명을 떨치던 문학도였다. 소설을 써서 전국 규모의 문예콩쿨에 입상하기도 했다. 60~70년대 부산문단의 기반이 되던 '전원문학회'는 그의 손으로 결성되었다 해도 과언이 아니다. 대학 때부터 본격적으로 시를 쓰기 시작했고 1970년대 후반부터 '목마' 동인으로 20년, 2천년대 들어 '얼토시' 동인으로도 3년간 참여했다. 대학 시절 고(故) 구연식 시인으로부터 '무의식'과 '초현실주의' 수업을 들으면서 이를 비판적으로 수용하고자 했다. 그의 비판력과 창의력이 도달한 시공이 진정한 자유와 평등이 공존하는 신화의 세계요, 70~80년대에는 이를 토양으로 하여 구체적인 인간사회의 생태를 파괴하는 절대 권력을 신랄하게 풍자했다. 동시에 체험적인 문명 비판적 생태시를 선도적으로 제작하게 되었고, 모든 존재가 서로의 숨결을 나누고 덮히는 심층 생태의 세계로 나아가게도 된 것이다.

"문학행위의 근저에는 원천적으로 '에코토피아 지향의식'이 내재합니다."

신진 교수님과 대담하는 사이 많은 것을 배우고 느낄 수 있었다. 나 스스로도 문학을 하는 처지이기에 그의 말 한마디 한마디가 예사롭지 않았다. 이것이 생생한 공부가 아니겠는가. 마지막으로 지역 문단에 대해 한 말씀 부탁하자 조금은 망설이면서도 조심스럽게 의중을 꺼내 놓았다. '지역' 문인들이 여러모로 생각할 거리들을 던져주었다. 결국에는 '권력'을 좇지 말고 '창작'에 매진해야 하지 않겠느냐는 말인데도, 왜 이다지 우리 부산 문단의 앞날이 뿌연 안개처럼, 화창하게 개일 조짐이 더딘 것인지 나로서도 모르겠다. '문단'의 문제는 마침내 우리 '사회'의 문제에 직결된다는 한마디에 공감했다. 내년쯤으로 잡고 있다는 그의 '계획'이 순조롭기만을 바라는 마음으로 대담을 마무리 지으며, 마침 예술회관 4층에 마련된 '예문비' 출판기념회 장소로 우리는 발걸음을 옮겼다.

— 출전:『예술부산』, 2011년 12월호.

시적 애니메이션 감성과 상징 언어로 피어난 주체의 사회학

― 신진 시인의 동화 『낙타가시꽃의 탈출』을 읽고[1]

권대근[2]

1. 로그인

1) 주변부 타자의 삶에 주목하다

예로부터 문재를 타고난 사람에게는 스스로도 주체하기 힘든 광기가 있다. 신진 시인에게서는 언제나 아름다움이 넘친다. 당연히 그는 문학작품으로서의 완성도와 작가정신을 중시한다. 여기서 알 수 있듯이 신진 시인은 '지금 여기'라는 기득권 세상의 주체보다는 주변부 타자에 더 눈길을 두고 있다. 타자의 삶을 그려냄으로써 당당하게 작가는 사회의식을 가져야 한다고 말한다. 이런 타자의 사회학에 공감이 가는 것은 세상을 바꾸어야 한다는 시인의 생각이 설득적이기 때문이다. 무엇보다도 이 동화가 재미있는 것은 철저하게 문학적으로 접근하고 있다는 점이다. 상징은 사람을 감동시키는 힘이 있다. 사람의 마

---

1) 2015년 여름 시인의 첫 창작동화 『낙타가시꽃의 탈출』(물망초)이 출판되었고, 이 동화집은 '세종도서 문학나눔 도서'로 선정되었다. 대담에서 소개되었듯이 시인은 동화 창작에 대한 열의도 보이고 있다. 그동안 시인이 시에서 모색해온 주제의 하나인 '참다운 인간성 추구'는 이 창작동화에서도 지속되고 있다. 이런 측면에서 동화역시 시인의 시세계의 연장선상에서 살필 수 있다. 그래서 『낙타가시꽃의 탈출』을 조명한 원고를 이 책에 수록하게 되었다.

2) 문학평론가, 대신대학원대학교 교수.

음을 움직이는 세 가지, 언어, 리듬, 색깔 중에서, 언어는 어느 것보다 강력하다. 특히 상징이 들어있는 언어는 더욱 그렇다. 신간서평은 새로운 장르에 도전한 시인에 대한 기대로부터 시작한다.

생태, 자유, 평화, 인권 등은 21세기 우리가 추구해야 할 가치 덕목이다. 자유와 평화라는 가치는 분단국가에서 결코 소홀히 할 수 없다. 이런 차원에서 신진 교수의 주제 선택은 지성적이라 할 수 있다. 지성은 세상을 바꾸려는 의식이 없으면 붙일 수 없다. 삶의 근거가 왜곡되고 모순되어 있다는 것을 이들이 깨닫지 않았다면, 어찌 이런 주변부 타자들의 삶에 주목했겠는가. 그것은 지식인이 가야 할 길이고, 동화를 통해 앙가주망을 실천하려 하고 있다는 점에서 그는 훌륭한 작가다. 현실적 삶과 진실 속의 딜레마를 극복하는 방법의 하나로서 참여, 그 중에서도 동화 장르를 통해 시인은 사회적 모순을 타파하고자 한다. 필자는 박수를 보낸다. 고장 난 사회를 정조준함으로써 그 모순을 바로잡고, 지식인의 자기 분열을 극복하면서 삶의 진정한 의미를 찾아가는 길, 이것이 싸르트르가 말하는 지식인관이 아니고 무엇이겠는가.

2. 문제의식과 목적의식

1) 신진의 생태적 감수성과 주인공이 바라는 삶

살아가는 데는 무언가를 달성하려는 목적의식과 목적의식을 더 뜨겁게 달구는 문제의식이 필요하다. 특히 작가에게는 이런 의식이 더 크게 요구된다. 작가정신이란 변혁을 위한 자세다. 들뢰즈의 말대로 문학은 주변부 타자들의 담론이다. 차이를 가치화하려는 저항담론을 만들고, 새로운 윤리적 임무를 지속적으로 부과하는 탈근대담론으로 문학의 장을 이끌어가야 하는 목적의식이 아마도 이 신진 시인에게 있어서 새로운 장르를 선택하도록 하지 않았을까 하는 생각을 먼저 해본다. 낙동강 강변에 살면서 생태적 감수성을 키워온 식물성적인 시인이 왜 동화라는 장르를 빌어 아동의 의식을 고양시키고 아동의 마음 밭에 사회적 참여의 씨앗을 뿌리려는 시도를 했을까? 송두리째 인권을 빼앗기고 멧돼지로 살던 현실에서 탈출, 용기와 협동심 그리고 사랑의 마음을 기르며 무지개 마을로의 탈출을 감행하는 주인공 바래치의 자유를 향한 간절한 소망을 보면서, 필자는 인간은 순진무구냐 폭력이냐를 선택하는 것이 아니라 인간은 폭력의 종류를 선택할 뿐이라고 말한 메들로 퐁티를 생각하지 않을 수 없었다. 신체를 가질 수 있는 한 인간은 폭력적일 수밖에 없다는 퐁티의 말을 전제로 하면, 이 세상은 분명 고장 난 것이 분명하다. 신진의 문제의식은 생태적 합리성을 고취하는 데 있다.

이 동화는 신진 시인의 문제의식과 주인공 바래치의 목적의식이 융합되어서 생성된 작품이라고 할 수 있겠다. 이 동화의 주인공 바래치는 목적의식이 분명한 소년이다. 바래치는 이정우의 말을 빌리면, 하나의 무위인이다. 타자-되기를 통해 우리-되기를 목적하는 저항 주체다. 세상을 바꾸려는 시련과 역경에도 포기하지 않는 배경에는 불굴의 의지가 있었다는 것이다. 시인 또한 문제의식이 분명한 지성인이다. 국문학 대학 교수로서 그는 늘 불완전한 문학에 대해, 고장 난 세상에 대해, 부조리한 현실에 대해 언제나 저술을 통해, 그리고 작품을 통해, 비판적 견해를 술잔에 담아 담론을 쏟아내곤 했다. 이전과 다른 방법으로 세상을 바라보고 색다른 가능성을 발견하려는 탐구심의 발로가 시를 주로 써온 시인에게 탈장르의 길로 걸어가게 하지 않았겠나 하는 추측을 해본다. 바래치의 목적의식과 작가의 문제의식이 만나, 전자는 결과를 아름답게 만들고, 후자는 과정을 아름답게 만든 것이다. 우리가 살아가는 이 상징계적 삶에는 목적도 중요하지만 목적에 이르는 과정이나 방법 또는 수단도 중요하다. 과정의 아름다움이 결과의 정당성을 가져다 줄 수 있듯이 작가의 문제의식이 치열하였기에, 바래치라는 상징의 주인공과 그 정신의 치열함을 불러오지 않았을까 하는 추측을 해본다.

3. 작가의 앙가주망, 주인공의 저항정신

1) 무지개 마을과 시인의 윤리학

무지개마을과 대립항에 놓인 멧돼지 공화국, 승냥이나라 등에서는 모든 생명들을 근대적 권력에 순종하는 인간을 만들거나 목적 달성의 수단으로 삼는다. 이 동화의 주 공간은 원형감옥 파놉티콘을 연상하게 한다. 푸코의 주장이자 메시지 일망감시장치(panopticon)는 바로 권력의 미시적 작용을 보여주는 대표 사례다. 이 사례로 감시당하는 사람은 감시하는 사람을 볼 수 없다. 불안과 공포가 스스로를 감시하게 한다. 획일성에 길들여질수록 인간은 그 규율을 내면화하게 되고, 이는 부르주아 지배를 정당화하는 수단이 되는 것이다. 생산 및 재생산하는 기법, 전략들을 능동적으로 스스로 감시하고 내면화함으로써 권력의 효과가 최대치로 올라가는 곳이 승냥이나라의 통치방식이다. 우리는 푸코가 전달하고자 하는 근대사회의 다른 면인 이 감옥체제가 작동하는 시스템의 획일 사회를 이 동화의 주요 배경으로 놓은 신진 교수의 사상에 주목할 필요가 있겠다.

자신뿐 아니라 모두의 간절한 소망인 자유와 사랑의 사회로 나아가기 위해 작중 인물인 바래치는 어려움을 넘어서는 용기와 유혹에 휩쓸리지 않는 지혜를 발휘한다. 서사에서 가장 중요한 것은 인물의 창조다. 부조리한 현실을 타파하려는 의지의 주인공을 탄생시킨 배경에는 동화 장르의 특징상, 사건보다 인물이 더 중요하기 때문이다. 시적 애니메이션의 감성으로 동화를 처음 발표한 노 교수이자, 생태 시인 신진은, 삼십여 년 동안 강변과 산골에서 거주해오면서 생활인의 자세보다는 생태적인 합리성으로 사람 사는 세상의 모델을 작품 속에 담아왔다. 그가 꿈꾸어온 합리성의 세계, 중용의 세계가 바로 무지개 마을이 아닐까. 그는 동화를 통해서 그 동네로 가는 길을 안내하고 있다. 꿈꾸는 사람은 언제나 심장이 뛰고 눈빛은 광채가 난다. 그래서일까? 정년을 앞둔 노 교수의 얼굴은 언제 보아도 청년이다. 동안이다. 부르주아 집안의 아들로 태어났지만, 그는 태생적으로 그런 부의 권위가 싫어 넥타이를 매지 않고, 트럭을 타고 다니며, 밀짚모자를 쓰고 다니길 좋아한다. 깔끔하고 깨끗한 식당보다는 가난한 아지매가 운영하는 시장통의 허름한 식당을 즐겨 찾는 사람, 평자가 아는 신진은 적어도 서민적으로 살아가려고 애써 노력하는 순수를 머금은 사람이다.

나쁜 총독이 다스리던 나라의 멧돼지 가족이 불의에 타협하지 않고, 희망을 잃지 않고, 모두가 제 빛깔로 빛나면서 함께 어우러지는 무지개 마을로 탈출해가는 이 동화를 통해 보여주려는 작가의 메시지는 분명해 보인다. '함께 더불어 같이 가자'는 슬로건이다. 탈근대적 성찰을 통해 새로운 삶의 윤리학을 꿈꾸는 신진 교수에게 시련과 역경은 걸림돌이 아니라 디딤돌이다. 이런 특이한 삶의 방식이나 인식은 작중 인물 바래치에게 그대로 전이된다. 등장인물의 이름은 성격묘사는 물론 플롯의 암시에도 중요한 구실을 한다. 등장인물에 이름이 없다면 그 인물을 개성 있는 인물로 부각시키는 데 어려울 수밖에 없다. 그렇기 때문에 등장인물의 이름을 지을 때에는 보다 신중해야 한다. 이름을 지을 때는 암시성과 상징성에도 유의해야 하지만 암시나 상징이 지나치면 인물의 성격과 행동을 제한할 우려가 있다. 그렇다고 너무 튀는 특이한 이름을 지으려고 애쓸 필요는 없다. 평범하고 기억하기 좋으면서도 부르기에 편한 이름이 바람직하다.

아마도 바래치는 우리가 바라는 가치의 준말이 아닐까. 상징 연구로 박사학위를 취득한 신 교수의 '바래치' 네이밍에는 분명 상징이 있을 것이다. '바래치'는 바람직한 삶의 원형이자, 그런 가치가 함축된 말일 것이다. 평등과 자유의 가치가 빛나는 정의로운 커뮤니티가 무지개 마을이며, 무지개 마을은 그 자체가 다양성이 모여 하나로 잘 융합된 민주사회의 상징이라 하겠다. 상징과 비유에 관한, 우리나라 최고의 전문가다. 그는 시론에서 우리나라 최초로 '차유'라는 개념을 생성, 남다른 언어의 비유로 문학의 품격과 풍격을 높이려고 하고 있는 학자다. 그가 언어로 그린 애니메이션이 바로 이 동화다. 신진 교수는 아마도 시보다는 산문 장르가 더 강한 메시지를 전달할 수 있다는 데 인식을 같이하고, 자신이 꿈꾸어온 세상의 모델을 무지개마을로 설정하고, 바래치의 의협심과 정의로움을 지켜보면서 우리나라의 아동들도 의식이 살아 있어야 한다는 것과 지상의 모든 가족들이 재미있고 진지하게 상징의 언어를 함께 풀어나가며, 동화문학이 주는 촉촉한 감동을 기대한다.

4. 줄거리

줄거리는 겉으로는 멧돼지들을 위한 나라라고 하지만 실상은 권력을 쥔 인간들이 획일적인 복종만을 강요하는 멧돼지 공화국. 아빠 멧돼지가 잡혀가자 소년 멧돼지 바래치는 댕경이 아저씨의 도움을 받아 엄마와 함께 무지개 마을을 향해 탈출한다. 탈출은 멧돼지 공화국을 탈출한 후에도 계속된다. 돈이 인간을 다스리는 승냥이나라를 탈출하고, 사막에서 손쉬운 유혹에 목숨을 잃을 뻔하기도 하며, 낙타가시풀을 먹으며 희망을 잃지 않고 스스로 노력하는 삶의 가치를 배우게도 된다. 무지개 마을에 이르러서도 자칫 한 눈을 팔면 기계적으로 생명을 다스리는 기계괴물의 함정에 빠질 수 있다는 사실을 깨닫게 된다.

엄마와 함께 목숨을 건 사랑과 희망의 실천으로 기어이 무지개 마을에 도착한 바래치, 마침내 죽은 줄 알았던 아빠 멧돼지와 동생도 만나게 되고 함께 인간으로 변신하기에 이른다. 이 동화는 심리묘사가 돋보이고 동화가 지향해야 할 덕목인 희망의 메시지가 담겨 있어 성공적이었다는 평가를 받을 만하다.

5. 작품 분석

1) 폭력 앞에서의 한 줌 오만

동화에 있어서 중요한 것 중 하나는 판타지요, 다른 하나는 리얼리티다. 동화는 환상과 현실을 자유롭게 넘나들 수 있다는 데 있어서 여타 다른 산문과 다르다. 어린이를 대상으로 하는 문학의 특성 때문이다. 어린이는 변화무쌍한 이야기에 흥미를 느끼며, 무한한 상상력을 촉매제로 한 이야기에 깊은 관심을 기울이기 때문이다. 그렇다고 동화가 허무맹랑한 이야기가 되어서는 안 된다. 우선 재미있어야 하지만 우화적이어도 사실적이어야 하고, 맑고, 순수함을 잃어서는 안 된다. 왜냐하면 독자들이 아직 가치관이 형성되지 않은 미성숙한 아동들이기 때문이다.

동화 창작 시에 주의할 것은 주제 설정 및 소재 선택이다. 요즈음처럼 각박해져가는 시대를 살면서 점점 나약해지고 정의로움이 엷어져 가는 세상에 끌려 다니며 살고 있는 어린이에게 정의로움을 전해주면서 정신적으로 강인한 마음을 가지게 해야 하는 책임을 동화작가는 가져야 한다. 바로 작가정신이다. 그런 뜻에서 볼 때, 신진 교수는 어린 독자에게는 재미는 물론 무한한 꿈과 희망을 주며, 성인 독자에게는 잃었던 동심을 회복하게 하면서 잔잔한 감동을 줄 수 있는 이야기를 환상적 기법과 우화적 소재로 잘 풀어냈다고 하겠다.

동화 작가는 이야기꾼의 재질을 갖추는 것이 우선이다. 필자는 이 동화를 읽으면서 원숙한 작가일수록 독자를 자신의 작품 속으로 흡입시킬 수 있는 노하우를 쌓아 가는 것이 아닐까 하는 느낌을 받았다. 그만큼 신진 교수는 지금까지 한국에 있었던 여타 다른 동화와는 다르게 이야기를 전개시킨다. 착하고 아름다운 대한 어린이가 아니라 강하고 정의로운 주인공이 부조리에 저항한다는 이야기를 통해서, 부모의 리모컨으로 조종되는 나약한 아이들에게 강한 정신력을 키워주고자 한다는 점에서 이 동화는 힘을 발휘하고 있다.

현대문화의 핵심은 '생태'다. 피도 눈물도 없는 샤일록 경제 사회에서 생명 파괴에 대한 영성적 지각은 미학적 지각과 관련이 있다. 천체 물리학자, 닐스 보아는 대립적인 것은 상호보완적이라고 했다. 이 작품이 무대 공간을 동물과 사람이 조화롭게 살아가는 곳, 무지개마을로 설정한 데에는 이런 작가의 에코필리아적 사상이 녹아 있다고 하겠다. 앞서가는 것은 '진보', 뒤처지는 것은 '야만'이란 등식을 깨는 것이 느림의 미학이다. 이 동화는 신진 교수의 녹색사상이 작가정신과 만나 농경과 유목이 결합하는 원형을 보여주고 있다. 이 작품 속에는 음이면서 양이고 양이면서 음인 태극사상뿐만 아니라, 요즘 뜨고 있는 켄 윌버의 '통합이론정신'도 녹아 있다. 반대되면서도 같이 물고 돌아가는 김지하의 어불성설 논리도 포함되어 있다. 자본주의의 형식논리와 사회주의의 변증논리를 극복하고자 하는 작가정신의 결정체라고 봐도 무리가 없을 듯하다.

멧돼지가 좋은 일을 하고 사람이 되는 설정은 독자를 흥미롭게 한다. 재미는 동화의 생명이다. 들어도 들어도 지루하지 않고 오히려 통쾌함이 느껴지는 것이 바로 악당을 물리치는 이야기가 아닌가. 아빠 멧돼지가 자식을 위해서 죽음을 무릅쓴다는 설정 또한 이 이야기가 전개될수록 재미를 더해준다. 그것은 어쩌면 이야기꾼 신진의 작가적

역량이다. 이야기가 판타지의 기법으로 전개되고 있어 더욱 흥미롭고, 멧돼지라는 동물을 주인공으로 설정하여 어린이의 기대심을 충족시킨 점이 돋보인다. 불의에 저항하며 못된 인간을 무찌르는 데 대해 아동의 호기심이 발동되지 않을 수 없다. 이 작품은 우선 재미가 있고, 발상이 특이하다는 데서 관심을 끈다. 상대적으로 이 동화의 환상성과 우화적 특성은 재미 면에서 독자의 발목을 붙잡고 있어 주목을 받을 수밖에 없겠다.

인간이나 동물이나 편리에 물들기 시작하면서 편안하게 죽어간다. 편리에 익숙해질수록 사람의 몸은 편암함의 늪에 빠져 살아간다. 자본주의라는 욕망기계에 자발적으로 종속되어 살아가는 오늘날의 사람들에게 또 다른 삶의 영감을 줄 수 있는 동화가 바로 이런 동화가 아닐까. 문학이 세상을 바꾸는 기제로 작동할 때만이, 진정한 문학이 된다. 동화가 이렇게 힘을 가질 수 있는 근저에는 저항정신이 있기 때문이 아니겠는가.

　　바래치는 옳지 않은 일에 굴복하지 않은 소년입니다. 자신뿐 아니라 가족과 이웃의 간절한 바람과 소망을 간직한 소년이에요. 나쁜 욕심과 음흉한 꾀를 알아채는 지혜와, 그것을 극복해 내는 용기는 바래치만이 아니라 누구에게나 필요한 것이겠지요.(4~5쪽)

작가의 말이다. 작가가 아동문학에 관심을 갖고 동화와 동시를 쓰고 있던 차에 도서출판 물망초의 권유로 가족동화 기획에 참여하게 되면서 이 작품이 빛을 봤다고 한다.

이 작품에서 스토리를 이끌어가는 문제제기에 해당하는 것이

　　빨강기념일에는 개도, 멧돼지도 빨간 입김을 뿜어야 해요. 손뼉을

처도 빨간 소리가 나도록 짝짝! 맑은 눈물을 조록조록 흘렸다간 벌
을 받아요.

　빨간 입김, 빨간 소리를 내려면 열흘이고 한 달이고 빨간 먹이만
먹어야 해요."(14쪽)

　라는 대목이다. 여기서 '빨강'이나 '빨간'은 실존적 개인의 선택이나
개성이 전혀 없는 무시되는 현실을 나타낸다. 획일이라는 전체주의는
스스로 살아갈 수 있는 힘을 박탈하는 악의 장막이기도 하다. 세상의
모든 개체는 자기만의 고유한 가치가 있다. 빨강기념일이 있는 이 동
화의 공간은 복잡계의 다양성이 인정되지 않는 세계다. 남과 똑같이
해서는 남과 다른 결과를 만날 수 없다는 것은 당연하다. 얼마나 폐
쇄적인 사회냐 하면, '맑은 눈물을 조록조록 흘렸다간 벌을 받는' 그
런 곳이다. 상상계적 세계에서 욕망의 존재로 자유롭게 자신의 욕구와
욕망을 거침없이 쏟아내는 획일적인 억압은 어린이에게 매우 스트레
스를 주는 게 분명하다. 이 동화는 스토리 전개의 인과성을 배경에 두
고 전개된다.

　그러는 새 아빠 멧돼지는 밖으로 뛰쳐나가 감독관 인간 둘과 맞
닥뜨렸어요. 인간들은 총을 들었어요. 아빠 멧돼지가 바래치와 치치
노를 보호하기 위해 점박이와 인간들 쪽으로 자신의 몸을 던진 거예
요.(29쪽)

　라는 대목에서는 아빠 멧돼지와 인간과의 맞대결에서부터 불공정
하게 설정되어 있다. 또 하나 눈여겨볼 설정은 동물과 인간의 대결이
다. 일종의 낯설게 하기다. 다시 보기 또는 새롭게 보기다. 그런데 작
가는 철저히 동물 편이다. 약자에 서는 게 정의다. 게임 자체가 불공정

이다. 숫자에서 동물이 밀리고, 연장 면에서는 더욱 불리하다. 일대 이에 총까지 들었다. 총은 살상무기다. 대체적으로 우리 인간은 특별한 신념이 있는 경우를 제외하고, 총칼 앞에서는 무력화되기 십상이 아닌가. 그럼에도 불구하고 작가는 자식을 보호하기 위해 자신의 몸을 던지는 아빠 멧돼지를 통해 진정한 사랑이 무엇인지를 보여주고자 한다. 위대한 사랑은 자신이 사랑하는 자를 지키는 행위다. 아빠 멧돼지가 자식을 지키고자 하는 강렬한 열망이 있다는 것은 지키고 싶은 대상을 지극히 사랑한다는 뜻이다. 혈연의 연대보다 강한 것은 없다. 재벌가의 가족, 형제간 분쟁과 반목이 어린이들 눈에 어떻게 비칠까. 이런 설정은 오늘날의 가족 위기를 비판적 눈으로 보고 있는 작가의 인식이 작용했다고 보겠다.

> 아빠 멧돼지는 누렁이에게 잠시 혼자 두고 자리를 떠났다가 콩팥
> 노루발 열매와 떡갈나무 이파리를 물고 왔어요. 피를 멎게 하고 상처
> 를 치료하는 데 그만이거든요. 그런 뒤 다시 달려가서 이삭여뀌, 구릿
> 대, 범꼬리 등을 구해왔어요. 독을 빼고 통증을 멎게 하는 약초들이
> 지요. 오물오물 입으로 짓찧은 약초를 누렁이의 입에 넣어 주고는 또
> 한 번 달려갔답니다. 이번 참에는 칡뿌리와 만삼뿌리를 한 입 가득
> 물어왔어요.(52~54쪽)

라는 대목에서 작가는 한 생명을 살리기 위해 헌신하는 동물의 행위를 통해 진정한 생태적 연대감을 나타내려 한다. 개인주의에 물들어 자신만이 소중하다고 생각하는 요즘 아이들에게 주는 정신훈화이기도 하다. 상처 때문에 아픈 것이 아니라 상처 덕분에 아름다운 것이다. 천영희 시인은 아름다움이란 '상처가 피워낸 꽃'이라 했다. 상처를 다스리려는 사람만이 아름다움을 꽃피울 수 있다. 산속에 집을 짓고 초

록 생물과 함께한 시인의 생태적 삶이 이런 장면을 만들고, 치료제로 쓰이는 풀을 활용할 수 있었으리라.

> "승냥이나라를 지나 남쪽으로 가고 또 가면 무지개마을이 나타난 대. 언젠가 아빠도 주목 숲이 속삭이는 소리를 들었다고 했어. 무지개마을에서는 인간과 개와 멧돼지가 서로서로 도우며 산다는구나." (56쪽)

와 같이 인간과 개와 멧돼지가 서로서로 도우며 산다는 무지개마을의 설정은 작가의 신념이기도 한 생태적 연대성의 세계관이자, 궁극적으로는 우리가 사람다울 수 있는 자세다. 무지개란 일곱 색깔은 각자 다른 개체일지라도 생명은 모두 소중하다는 생명존중 정신의 피력이다. 이는 21세기가 에코필리아, 바이오필리아로 가야 한다는 작가의 신념이 녹아든 것이라 하겠다.

> 왼쪽 길을 가리키면 왼쪽 길만 가야 했던 나라⋯⋯. 오른쪽 길을 가리키면 오른쪽 길만 가야 했던 나라⋯⋯. 이제 '안녕'입니다.
> 해서는 안 될 말과 불러서는 안 되는 노래가 많았던 나라⋯⋯. 이제 '안녕'입니다.
> 고픈 배를 움킨 채 울음을 삼켜야 했던 나라⋯⋯. 이제 '안녕'입니다.(64쪽)

인용한 부분에서 우리가 유념해야 할 것은 어둠을 이겨내야 얻음이 있다는 것이다. 무엇인가를 얻기 위해서는 어두운 과거를 체험해야 한다. '해서는 안 될' 금기와 제약과 '불러서는 안 될 노래'가 많았던 독재와 권위가 판을 치던 나라와의 이별을 통해 희망의 새벽을 여는 구성이 안도의 힐링을 준다. 떠나야 만날 수 있는 것이다. 떠남은 새로운 만남인 것이다. 여기서 '안녕'은 인사가 아니다. 절연과 단절을 의미한다. 어둠과의, 독재주의 전제주의와의 이별을 나타낸다. 우리가 당연하다고 하는 것이 잘못된 경우는 수도 없이 많다. 왼쪽 길을 가리키면, 왼쪽으로 가야 한다는 것이 당연하다고 배워왔고, 이런 사회화 과정을 통해 인간은 점점 조직문화에 익숙해지면서 로봇화가 되는 게 현실이다. 이런 설정은 뼈아픈 우리나라의 유신시대나 일제 식민지시대를 떠오르게 한다. 시인 고은은 두려워하지 말고 낯선 곳으로 떠나라고 한다. '단 한 번도 용서할 수 없는 습관'은 바로 언로가 차단된 세계다. 사물은 나름의 방식으로 자기 존재를 드러낸다. 장미는 가시로, 태양은 뜨거움으로, 그러나 인간이나 동물은 표현함으로써 자기의 존재를 드러낸다. 그러나 승냥이나라는 이런 자유가 없는 나라다. 우리 역사를 통시적으로 바로 볼 수 있도록 시대의 밑그림을 관통하고 있는 이 동화가 주는 맛은 바로 이런 깨어 있는 의식을 일깨워주는 데 있다.

"에헤헤헤, 가소로운 것. 그래봤자 너희들은 우리 뜻대로 조종될 뿐이야. 우린 보이지 않는 곳에서 보이는 세상을 지배하는 제왕들이라고. 아무도 우릴 거역하진 못해."(91쪽)

이 세상을 조종하는 건 바로 그들 괴물들이란 말이었어요. 세상은 정말 그들이 곳곳에 숨어서 먹잇감을 올려놓은 식단에 지나지 않는 걸까요?

푸코가 말하는 어쩌면, 이곳은 원형감옥인지도 모른다. 공리주의자 제레미 벤담이 고안한 파놉티콘이 갖는 특징은, 감금된 사람의 경우 감시인을 볼 수 없지만 감시인은 감금자를 볼 수 있다는 데 있다. 온

몸을 감싼 미시권력의 망 속에서도, 이미 존재할 이유가 없는 화석화된 관습과 도덕의 폭력 앞에서 한 줌의 오만함을 갖는 건 얼마든지 가능하지 않는가. 사회학적으로 권력이란, 베버에 따르면, 타자의 의지에도 불구하고 자기의 의지를 관철시킬 수 있는 힘이다. 이러한 힘이 작동하고 있는 곳으로 공간을 설정한 데는 그 이유가 있을 것이다. 푸코는 이러한 권력에 대한 고전적 이론을 넘어서 권력의 미시적 차원을 주목한다.

당연하다고, 자명하다고 생각하는 것에 대한 문제의식을 제기하는 것이 창작의도다. 작가는 이런 푸코의 문제의식, 즉 잘못된 것일 수 있다는 것을 이 동화를 통해서 심어주고자 한다. 근본적인 문제제기, 승냥이나라는 철저히 이분법이 통용되는 나라다. 우월한 위치에 있는 이성에 대한 믿음을 강조하기 위해 상대적으로 다른 것, 즉 열등한 위치에 있는 것, 억압 상대를 타자화하여 주체의 우월성이 확보되는, 그리하여 억압과 차별이 존재하는 것이 당연시되는 것은 이성중심주의에서 비롯된다. 이렇게 이분법은 사람이 가지고 있는 저마다의 개성을 인정하지 않는다. 결국 이분법은 편견과 고정관념을 갖게 한다. 그것은 편견의 대상을 고통에 빠뜨린다. 작가는 편견을 낳고, 편견은 억압과 탄압을 낳는다는 이분법의 폐해를 지적하고 있는 것이다.

> "여기는 차별 없는 세상이야. 총독도 없고, 당하기만 하는 멧돼지도 없어. 남의 목숨을 빼앗아서라도 제 이익만 챙기는 승냥이도 없고, 거짓말로 남의 것을 훔치는 짐승도 없어. 세상을 제멋대로 조종하는 괴물 기계들도 없단다. 밤하늘의 별들처럼 제각각 빛나면서 서로서로를 비추는 마을이지."(98쪽)

비는 반드시 그치게 되어 있고, 모든 눈은 반드시 녹게 되어 있다.

인간답게 사는 세상은 차별이 없는 공정한 사회다. 승냥이도 짐승도 없는 세상이야말로 다양성이 존중되는 세상이라는 작가의 메시지가 무지개마을이라는 상징에 나타나 있다. 상징연구의 전문가답게 이름 하나하나에 함축된 의미를 두고, 문장 하나하나에 철학을 담아, 구체적 행동 목표까지 다다르게 하는 이런 힘의 동화를 읽고 나면, 어떤 변화가 올까. 문학은 인식구조로서 교훈성을 반드시 지녀야 한다면, 이 동화는 확실히 그 교훈을 준다. 나약한 아이, 어른이 시키는 대로 일찍 자고 일찍 일어나는 마마보이가 아니라, 작가는 신념이 있는 정의롭고 강한 아이가 미래의 주역이 되기를 바란다.

"나 자신의 삶은 다른 사람의 삶을 삶답게 만들기 위해 끊임없이 정성을 다하고 마음을 다하는 것처럼 아름다운 것은 없다." 톨스토이의 말이다. 아름다움은 사람다움에서 비롯된다. 사람다움은 사람답게 사는 것이다. 사람답게 사는 것은 곧 사람이 마땅히 해야 할 도리를 다하면서 살아가는 것이다. "밤하늘의 별처럼 제각각 빛나면서 서로서로를 비추는 마을"이 진짜 사람답게 사는 마을일 것이다. 푸코는, 글쓰기란 곧 복합적인 힘을 창조하는 행위이고, 텍스트란 곧 이 복합적인 힘들이 권력 투쟁을 벌이는 장소라고 생각했다. 따라서 그는 텍스트는 결코 그것을 산출한 역사적, 사회적 요인들로부터 고립되어 혼자 존재할 수 없으며, 저자 역시 단순히 글을 쓰는 개인이 아닌 당대의 언술행위에 동참하는 사회적, 정치적 존재라고 생각했다. 이리하여 푸코는 지식이 어떻게 당대 이데올로기와 결탁하고, 그런 다음에 어떻게 스스로를 합법화시켜나가며 언술의 힘을 행사했던가를 주목했던 사람이다. 신진 교수도 같은 맥락으로 이런 동화를 집필하지 않았을까.

6. 로그아웃

이 동화 『낙타가시꽃의 탈출』은 자유가 박탈되고, 불평등이 강요되는 사회에서 절대적인 자유와 평등이 실현되는 사회로 나아가기 위해서는 낙타가시풀과도 같이, 스스로 어려움을 극복하는 강인한 정신력과 실천력, 희망을 함께하는 협동, 그리고 자신만의 이익과 일시적인 유혹을 뿌리칠 수 있는 용기가 필요하다는 사실이 흥미진진하게 전개하고 있다. 고치를 통해 나오는 아픔을 견뎌낸 나비만이 무한 자유를 얻어 하늘은 날 수 있다. 시련과 역경을 혼자 견뎌내고 아름다운 저항과 투쟁 경력을 만든 사람만이 자기의 존재이유, 즉 자유를 누릴 수 있는 사람으로 성장할 수 있다는 교훈을 주기에, 이 동화는 문학의 목적이기도 한 교훈성에 도착하여, 감동을 준다.

누군가를 도와준다는 명목으로 나비의 고치를 대신 찢어주면 나비는 나오자마자 죽는다. 스스로 알을 깨고 나오는 아픔이 없이는 성장도 생존도 없는 것이다. 불평등이 강요되는 획일 사회, 기득권의 억압이 정당화되고 당연시되는 사회에서의 안주는 곧 죽음이나 마찬가지다. 살아도 사는 게 아닐 것이다. 스스로 어둠의 알을 깨고 나오는 아픔 없이는 성장도 생존도 없는 것이다. 편리를 추구하려는 인간의 무비판주의가 결국 삶의 조건을 불리하게 만들 수 있다는 것이다.

그 어떤 가치보다 선행하는 것이 민주주의이며, 그 민주주의의 중핵이 인간의 권리라고 한다면, 자유는 인간 권리의 출발점이다. 이 동화는 사회적 약자를 위한 인권의 정치에 새로운 출발점을 제공하는 이론적 접근에만 그치는 것이 아니라 푸코의 사상을 이해하는 데 주요 단서가 될 승냥이나라의 상징이 곁들여지면서 재미를 더해준다. 신진 교수의 사상을 따라가 보면 그가 권력 메커니즘에 특히 집중하고 있다는 것을 알 수 있다. 그에 의하면 우리는 미처 인식하지 못하는 사이

권력관계의 포로가 되어 있다. 그렇다면 여기에서 해방될 수는 없는 것일까? 나의 주체를 찾기 위해서는 어떻게 투쟁하여야 하는 걸까? 푸코와 신진 교수는 동시에 말한다, "권력관계의 포로로부터 벗어나라!"

우리가 지배관계와 권력관계의 포로이고, 지식과 편견의 포로일 수 있다는 것은 거의 확실하다. 그러나 『주체의 해석학』에서 푸코는 우리가 우리 자신으로부터 해방될 여지가 아직도 있다고 말하는 것 같다. 이 동화의 메시지도 똑같다. 이 동화는 스스로 깨뜨리지 않으면 깨진다. 깨지지 않으려면 먼저 나 자신의 타성부터 깨부숴야 한다는 점을 말해준다. 우리가 당연시여기는 자본주의 질서를 한번쯤 의심해보는 계기가 이 동화를 읽음으로써 가능할 것 같다. 거듭되는 역전과 반전, 상징적인 언어와 애니메이션적 환상은 가족이 함께 읽는 동화의 새로운 긴장과 재미를 선물한다. 여러분의 일독을 권한다.

— 출전: 『에세이문예』, 2015년 가을호.

3부

────────────

시인의 시에 관한 산문

나의 애장시
— 전제(專制)나 전제(前提)가 없는 '공동주체'의 언어

신진

1. 희미한 내 시의 자취

애당초 내 시 쓰기에는 정해둔 입장이 별로 없었다. 40여 년 동안 문예지에 시를 발표해왔으니 이제 시 쓰기의 표적이랄까, 손에 익은 방도가 있을 만도 한데, 지금도 그런 게 또렷하진 않다. 초창기부터 현실풍자시, 초현실주의적인 시, 개인 서정시, 자연시, 도시시 등등의 시들을 썼는가 하면, 단시(短詩), 장시, 자유시, 산문시, 형태 실험적인 시등 형태도 가지가지였다. 하지만 내 시가 걸어온 길을 되돌아보면 영가시넝쿨로 얽힌 잡목 밭인 것만도 아니다. 무심히 디딘 발자국이나마한 발 한 발 밟아 온 자취를 따르면 희미하나마 길 모양이 나 있기도한 것이다. 내 삶 자체 그렇고 그랬던 것이리라.

내 시적 자취의 하나는 시는 언어적 목표 달성을 위한 손재주가 아니라 나름의 삶을 지향하는 실제에 있다는 데 있는 듯하다. 나로서는자본이 지배하는 사회의 합리화 기제들, 약육강식의 윤리와 기능주의즉, 비인간·반인간의 현실을 박차는 시공이자 무한한 자유와 질서를동시에 담보하는 삶의 과정이다.

나는 이런 시적 체험들이 삶의 강물을 따라 마음껏 유영하도록 버려두고자 하고, 가능한 한 일상의 언어로 구현되도록 노력한다. 버릇된 수사(修辭)와 잔머리가 작동하여 이를 거스를 때도 없지 않다. 그역시 강압적으로 막지 않은 것은 그 역시 숨기지 못할 내 삶의 한 지점이라는 생각에서이다. 가능한, 시 쓰기에 어떤 전제(前提)도 전제(專制)도 두지 않으려한 것이다.

내 문학적 원천이라면, 선친의 개인주의적 낭만성과 몸에 밴 장손(長孫)의 윤리, 고등학교 때 받았던 민족주의 교육에 당대의 사실주의 소설가 김정한과 의지적 서정시인 유치환(두 분은 내 고교 선배들이기도 하다)의 영향. 고등학교 시절 만났던, 종씨 시인 신석정의 전통 선비다운 탐구력, 그리고 대학시절에 맞은 조향, 구연식 등의 초현실주의 등에서 찾을 수 있을 것이다. 심취했던 휴머니즘, 실존주의, 불교와 노장사상, 분석심리학, 세계의 신화 등등도 한몫하였을 것이다.

세월이 지나다 보니 내 시의 핵심 전략도 드러났다. 알레고리, 아이러니적 장치, 극적 전개방식 등. 이는 쉬운 일상어로 새로운 발견을 이루려는 생각에서 터득된 것이 아니었나 한다. 개발제일주의와 이기적 소비문화를 비판하면서, 작고 소박한 삶의 소중함을 곱씹게 되면서 몸에 밴 의장들이다.

시단의 한켠에는 백 년 전 서양의 전위시 흉내에 바쁜 이들이 있어 왔다. 무의식, 탈구조, 무의미, 차연, 해체, 미래, 환상, 노마드 따위 전제적 논리가 부산을 떨었지만, 내게는 겉만 번지르르한 허영이요, 언어적 과소비에 지나지 않았다. 시란 현재적 상황에 대한 새로운 비전, 고정화한 양식에 대한 본질의 개방성 발견에서 출발하는 것일진대, 어찌 한낱 작은 인간의 신경증을 합리화하는 수단이나 어줍잖은 지식으로 명리를 탐할 것인가? 허영을 참으로 둔갑시키는 모순에 동조하는 짓을 한단 말인가!

내 시 중에는 에코토피아, 본래적 생태의 연대성이 우리네 일상에서 꿈꾸어지고 현실화되기를 바라는 시가 다수인 것이 사실이다. 에코토피아—생태 유토피아를 동경하고 그를 그리워하는 작은 삶, 사물과 인간, 인간과 인간 사이의 연대감에 이르는 온기와 갈망이다. 크고 높고 많은 것을 좇는 데서 반목과 갈등이 생긴다면, 서로 작고 낮고 적은 것이 되어 어울리는 데서 반목과 갈등에서 벗어나는 화해도 열리게 되리라.

문명의 인간은 소유의 논리와 그 계몽을 명분 삼아 살아왔다. 매사에 이름을 붙이고 스스로 각인할 뿐더러 남에게 강요한다. 이에 비해 자연의 삶은 자유와 나눔을 공유하는 본성의 삶이다. 그곳에서는 고정적인 이름도 소속도 없다. 서로 어울리기 위한 개체들의 끈끈하면서도 자유로운, 순리의 아름다움이 있다.

굳이 생태주의를 전제하는 건 아니다. 어떤 주제든 어떤 언어든 참 인간의 본모습, 자연의 본질, 공동주체로 마주하는 체험이 내게는 가장 감동을 일으키는 시공일 뿐이다. 형식도 더 이상 형식이 아니라 내용과 함께하는 내용형식이요, 형식내용이 된다. 시적 에코토피아. 그곳에서는 서로를 비추는 개체들의 갱신이 거듭되고, 모든 존재는 공동체적 역동에서 무궁한 자아가 된다. 이(理)와 기의 통합이나 음과 양의 화해, 자연의 본성이 안팎에서 구현되기를 바라는 마음이라 할까? 그것이 나로서는 현실을 버티는, 내 내면의 순수한 기원인 것이다.

우리의 참삶이란 공동체적 주체, '공동주체'로서의 본성을 발견하고 실천하는, 생활의 순간순간에서 발견되는 것이 아닌가 한다. 그것은 소박한 삶, 배려의 삶을 향할 때 언뜻언뜻 그 이마를 드러내 보인다. 상호 공동주체의 아름다움에 이르는 자유와 평화의 기운이다.

언어예술인 이상 순수시(pure poem)가 시의 본질이라는 견해에 대한 공감대도 없지는 않다. 색채로 회화를, 음(音)으로 음악을 창작하듯 시는 언어를 예술적으로 다듬는 작업이라는 것이 입장이다. 그러나 언어는 색채나 음표 등 물리적이고 감각적인 소재와는 다른, 생명활동의 표현이요, 의사소통 매체가 그 본성이다. 언어의 생명, 언어적 순수성은 여기에 있다. 따라서 관념을 털어낸 언어적 순수주의란 오히려 비순수의 작위라는 것이 나의 생각이고 그 기계적 언어주의를 넘어설 때 언어의 순수, 인간의 의미화 본성을 찾게 된다고 생각한다.

시를 쓰는 동안 나는 시적 순간의 체험들이 가능한 한 정확히 복원되기를 노력하는데, 시가 언어예술임을 내가 믿는 까닭은 바로 여기, 시적 체험 복원을 위한 적확한 표현을 얻는 데에 있다. 시적인 순간의 삶이 가장 적확한 언어로, 풍요롭고 새로운 언어로 드러나고 조직될 때 진정한 언어예술로서의 시가 되지 않겠는가 하는 것이다.

2. 시 쓰기의 계기와 첫 추천작 「유혹」

고등학교 시절, 나는 문예반장도 하고, 학교의 백일장 선수노릇도 하고, 전국적인 현상모집에서 상을 타기도 했지만 고2~3 때의 담임선생님은 정치가나 언론사 기자가 될 것을 권했다. 그 이유는 따로 이해되는 부분이 없진 않았지만 나는 일단 소설가가 되려고 마음먹었다. 세상을 바로 잡으려면 우선 사회를 잘 알아야 하니 일단 소설가가 되어 세상 구석구석 돌아보고 철학을 돈독히 한 후에 정계로 나서거나 언론일도 할 수 있지 않겠느냐 하는, 좀 분에 넘는 계획을 세운 것이다. 정작 그 준비는 게을리 한 채.

대학시절은 바빴다. 나는 배회 끝에 학보사 기자 노릇을 했고, '학교 공원화 반대 및 유신 음모 분쇄'란 취지의 데모 주동자 노릇도 했고 대학신문의 취재와 편집 전 과정을 감당해야 하는 편집국장 일도 보아야 했다. 소설 쓰고 있을 시간이 없었다. 그러다 군대로 불려가 의병제대를 한 후, 졸업반 시절 1974년 봄 『시문학』지에 처음이자 마지막으로 등단을 위한 시를 투고했다. 『시문학』지였던 이유는 단순하다.

당시 주간교수였던 시인 구연식 교수께서 자신의 논문이 연재되고 있던 『시문학』지를 편집실에 비치해두고 있었기 때문이었다. 그 밖의 문예지는 읽을 겨를도 없이 생활하던 때였다. 두어 달 지났을까?

"국장님, 한국일보 보세요. 국장님 시가 추천되었어요!"

후배 홍기자의 전화를 받게 되었다. 초회 추천은 당사자에게 미리 연락을 하지도 않는 모양이었다. 그 당시 몇몇 문예지는 매호 발간 즉시 일간 신문에다 광고를 하고 있었기에 나보다 그 후배가 먼저 알 수 있었던 것이다. 그 초회 추천 시「유혹」의 전문인즉

이젠
오너라.

잠시 의자를 밀어놓고
이름 있는 것들의 낭하를 건너
이젠 오너라.

올 때는 아무도 더하지 말고
강(江)만 보면서
오너라.

박달나무 방금 그른 산물을
산 채 마시고
한 열흘
나뭇잎처럼
흥청거리기도 하면서
기침하고 싶은 간장(肝臟)

바람 쏘이고 가거라.

열여섯 살 바람이 사는 골짜기
둥지마다 황금빛 날짐승 알이
동굴에는 김현랑의 어진 아이가
햇볕 쪼이고 있단다.
햇볕
쪼이고
있단다.

예서 한 열흘
음악이 되어서 놀다 가거라.

이름 있는 것들의 낭하를 건너
이젠
오너라.

* 김현랑은 삼국유사 김현감호 편에서 인간으로 분신한 여인을 사랑하
  였으나 현세에선 사랑을 이루지 못한 비극의 주인공.

　74년 7월 이원섭, 김남조 두 분이 "근래에 보기 드문 수작(秀作)"이
라는 추천사를 써준 「유혹」 —. 나를 유혹한 세계는 당시 당국의 불순
분자 리스트에 올라 있던 나로서는 언감생심 유혹에 지나지 않는, 편
안하고 안락한 시공이었다. 현실세계는 '이름'과 '의자'로 표상되는 기
계적 의무의 세계. 동시에 내장을 씻을 수는 없는 타락한 문명세계였
다. 자연(강)을 따라 가서 만나는 세계, 그곳에는 살아 있는 물이 있고,

호흡(바람)과 흥이 있으며 사람과 호랑이가 아름다운 사랑을 이루기도 하는, 절대 자유와 평등이 함께하는 시공, 맑은 바람과 햇볕과 음악이 있는 에코토피아, 신화적 생태의 세계였다.

첫 추천 후 추천완료까지 걸린 기간은 남보다 긴 편이었다. 내가 다른 문예지나 신문의 신춘문예에 시를 더 투고하지도 않고, 나를 추천해준 심사위원이나 출판사에 인사를 드리지도 않고, 남달리 긴 추천기간을 보낸 건 '시인'이란 것이 영예를 다투는 감투가 아니라, 형극의 길을 가는 희생양 같은 직분이라 믿었기 때문이었다. 추천이란 작품뿐 아니라 인격적인 면에서도 심사자들의 인정을 받아야 하는 제도라는 말을 듣고 상경할 계획을 세우지 않은 것도 아니었지만, 내 순결한(?) 고집은 추천완료 후까지 상경을 가로막아내었다.

삶의 가치라거나 행복이라거나 정의라거나 그런 것들은 어차피 고통과 양보를 동반할 수밖에 없는 거라는 생각에 사로잡혀 지내던 시절이었다. 1976년의 천료작 두 편 중「멀리 계시는 하느님」은 내가 현실적 절망과 회의에서 찾았던 교회와 성당에서의 기도 결과, 서구 종교와의 결별을 고하기로 한 결단의 시이자, 종교에 대한 실존적 포기의 절규였다. 「장미원」은 본래의 아름다운 색과 향이 있는 시공은 부단히 가슴 찔리는 선택과 희생의 용기가 없으면 닿을 수 없다는, 당대에 대한 미학적 충돌이었다.

내 등단 시절의 시적 체험은 그 후로도 나 자신과 이웃들에 대한 성찰과 이해의 눈이 되기도 하고, 적들을 향한 대응과 용서의 용기가 되기도 하는 버팀목이 되어왔다. 오늘에 와서는 정치가나 언론인이 부럽지 않은 현실 적응력이 되기도 했다. 그 유혹의 색과 향기 또한 날이 갈수록 더 그윽하고 편안하다. 내 등단시절이 내 인생의 표지판이 되었던 셈이다.

생태주의의 지향점으로 논의되는 생태적 유토피아, 에코토피아의 세계를 초현실적 세계에서 구축하여 현실적 고통과 고뇌에서 위안받고자 했던 내 젊은 날의 꿈은 조금씩 구체화되고 강화되기도 하면서 소수의 비평가들로부터 생태시인이란 말을 듣게 된 계기도 내 등단 시절부터 배태된 것이라 할 것이다.[1]

— 출전:『문학도시』, 2015년 11월호.

---

1) 「현실로 살아나기를! 내게 시적 유혹이었던 서낙동강」(문예지 『님』, 2008년)에서는 강을 제재로 한 자작시 해설을, 「나의 등단기-현실의 가시에 찔리며 신화적 시공을 꿈꾸던」(『수필시대』, 2014년 가을호)에서는 「유혹」을 소개하는 등, 등단작 해설은 여러 차례 씌어졌다.

내 삶과 문학, 그리고 순수의 축이 되어주신 스승들
― 신석정 시인, 김정한, 구연식 교수

신진

  별 볼일 없이 어영부영 살아왔다. 이 엄혹한 세월에 요만큼이나마 살아남은 것도 순전 남의 덕인 듯하다.

  집 밖 출입이 엄격히 통제되던, 겉모양뿐인 종가의 맏이로 자랐다. 그러나 중3 때부터는 고삐 풀린 말처럼 돌아다녔다. 친구들과 어울려 술 담배를 배우고, 글쓰기와 웅변 선수 노릇을 하는가 하면, 싸움질 하고 몰매 맞고 다니기도 했다. 예서 나를 잡아준 것은 고교 담임교사 도종익의 신뢰 훈육과 문학, 특히 고등학생 때 만난 문학인 신석정, 김정한, 구연식. 이 세 분이 내 삶과 문학의 버팀목이자 지향점이 되지 않았나 한다.

  석정(夕汀) 신석정 시인(1907~1974)은 고2 때 전북대학교 교정에서 만났다. 그는 당시 한국 문인 중 유일한 종씨[辛씨] 유명 시인. 나는 전북대신문사 주최 고교생 문예콩쿨에 소설이 입상하여 시상식 참석차 갔었고 시인은 시 부문 심사위원이었다.

  내가 석정 선생님에 대한 궁금증을 보인 까닭인지 주최 측 기자가 "저기 석정 선생님 오시네."라며 턱으로 가리켜주었다. 그 순간, 나는 식장으로 걸어오는 예닐곱 분의 심사위원 저명 시인, 소설가 중에서 신석정 시인을 대번 알아보았다. 그의 대표작 몇 편에서 받았던 에티몬(etymon)―. 치열한 명상과 평화의 기운이 확 끼쳐오면서 전신에 전율이 일었다. 그와 나눈 말이래야 한두 마디 수인사. 그 후로는 만나지 못했다. 하지만 나는 대학 입학소감을 쓰는 자리에서도 그를 닮고 싶다고 고백할 정도로 마음에 품게 되었다. 정의와 평화를 향한 부단한 탐색, 불의에 저항하면서 자연의 생명성에서 도를 구하는 그의 시는 입때까지 내 순수와 시의 내적 길라잡이가 되었으리라.

고3 때 나는 전원문학회의 중심 멤버로 몇 차례 문학의 밤을 개최했다. 이때 초청 강연자로 모신 분이 소설가 김정한과 구연식 시인. 두 분이 재직 중이던 부산대학교와 동아대학교로 찾아가 섭외하면서 만난 두 분에게서 대학 진학 후에도 소설과 시를 배우게 되었고, 그 배움은 두 분이 이승을 뜨는 날까지 이어졌다.

요산(樂山) 김정한은 알려진 대로 사회-역사의식이 투철한 소설가였다. 내가 대학시절 시위 주동자가 되어 방황할 때도 유일한 위안이 되어주었다. 나는 그를 따라 자유실천문인협회, 민족문학작가회의 등의 시국선언, 창립선언 등에 이름으로나마 참여했다. 그것만도 당시 대부분 기성문인들은 적극 회피하던 일이었다.

내가 라디오 방송을 오가며 심야 인기 프로그램의 진행 역까지 했던 때가 있었다. 인사차 들렀던 내게 요산께서는 출연료를 얼마 받느냐고 물었다. 내가 사실대로 고하자 그가 말했다. "신 교수가 그걸 받고 계속 출연한다면 후배들은 어디에 가 설까?"

그는 '나를 내세우는 일을 자제할 줄 알아야 한다.'고 가르치고 있었다. 그 시국에 차비나 될까말까한 돈을 받고 제 이름이나 내는 짓이 부끄럽지 않느냐는 것이다. 내 방송 출연은 거기서 그쳤다. 용기란 때로 명리를 포기하는 데 있다는 생각, 마땅한 자리가 아니면 사양하는 버릇을 몸에 다지는 계기였다. 내가 딛고 있는 구체적인 삶의 소중함과, 공동체의식만이 인간을 인간답게 한다는 공동체적 휴머니즘은 요산이 심어준 소중한 양심의 축이 되었다 할 것이다.

송낭(松郎) 구연식 시인(1925~2009). 그는 요산과는 정반대. 사회적

이기보다 개인적이고, 사실적이기보다 감각적이고, 민중적이기보다 귀족적인 성향의 멋쟁이 은사였다. 교수이던 당신이 별 목적도 없이 학생인 나와 밤새워 배갈을 마실 정도로 편애(?)해주셨던 이유는 아마도 그의 자유주의적 기질과 내게 있던, 어른들 서슬에 눌려 산 흔적들ㅡ. 비교적 윤리적이고 어리숙한 구석들 때문이 아니었던가 한다.

정작은 당신이야말로 누구보다 솔직하고 순진한 분이었다. 수습기자 시험은 치렀지만 입사는 않겠다는 나에게 굳이 학보사 기자를 하게 했고, 공부하지 않겠다는 나를 굳이 석사과정에 입학하도록 이끈 것도 그였다. 대학교수 못하겠다는 나에게 공개채용이니 원서를 내라고 막말까지 해대며 다잡은 분도 그였다. 반면에 많은 사람들 앞에서 내 멱살을 잡아채며 데모 선동자라느니, 당신의 뜻에 반하는 시를 쓴다거나 당신의 부산문협 회장 연임을 반대한다고 해서 배반자라고 고함치고 욕설을 퍼붓기도 했다.

나는 그의 자존심이던 초현실과 언어감각, 심한 타협이나 타락을 차단해내던 선량함, 오랜 세월 암과 싸우면서도 당당한 자세를 잃지 않았던 무욕의 멋을 사무치게 그리워한다. 그의 인정과 솔직함과 당당함은 내가 질곡의 길을 넘는 동력이 되었으리라.

한결같이 순수한 자존감을 실천하신 분들이다. 석정은 멀리서나마 궁극의 본질과 지향의 축을, 요산은 현실적 거대 담론을, 송낭은 담백한 일상적 삶의 축을 놓아주고 떠난 셈이다.

내세울 것 없는 작은 삶에서도 알게 모르게 길목마다 숱한 안내자와 은인들을 만나게 된다. 누군들 그렇지 않으랴. 남의 빛을 쬐며 살아가는 것이 나를 가장 나답게 드러내는 일이기도 하지 않을까?

— 출전: [내인생의 멘토-시인 신진 편]

신석정 시인, 김정한 · 구연식 교수, 『부산일보』, 2015년 6월 17일.

나의 시론
— 시의 인간

신진

> 만일 새들이 세계에 대한 본능적인 신뢰감을
> 갖고 있지 않았다면 그들의 보금자리를 지었을까?
>
> — 가스똥 바슐라르

1. 버려진 존재

한 치 눈앞을 볼 수 없는 캄캄한 그믐날 밤의 들길에 혼자 남아 본 사람은 버려진 인간의 고독과 불안을 경험한다. 주변의 사물이 깡그리 공포의 대상으로 다가오고, 나뭇가지 서걱이는 소리가 마치 야수의 입속에 드는 듯한 불안과 공포를 자아내고, 얼굴에 스치는 검은 바람 한 올 한 올이 복면괴한의 비수만 같다.

실제의 어둠에 갇혀 보지 않아도 좋다. 하얗게 불을 켜고 안락의자에 앉아 있더라도 조용히 제 마음속에 대고 '양심'이라 속삭여보고 '진정'인가 물어보며 '주체성'이라 찾아보면 어느덧 주위가 두려워지고 원망스러워지고 자신은 얼마나 비열하고 왜소하며 고독한 존재인가 느끼게 된다.

자신의 의지와는 관계없이 살아남기 위하여, 욕 듣지 않기 위하여, 그럴 듯하게 보이기 위하여 억지로 웃고 손뼉 치며 해야 할 말을 하지 못하고 듣지 않아야 할 말 들으며, 가지 않아야 할 길을 아등바등 걸고 있는 자신을 보게 되는 것이다. 이때는 주위가 온통 적(敵)으로 느껴질 뿐 아니라, 스스로 나 자신이 누구인지 어디 있는지 확인할 수도 없고 아예 확인할 엄두조차 내지 못하기도 한다.

키에르케고르는 숫제 원인이나 근거를 명확히 끄집어낼 수도 없는 인간 존재를 '불안' 그 자체라 인식하고, 인간다울수록 더욱 불안할 수밖에 없다고 하면서 인간적 한계에 대한 처절한 절망감을 보여주었다.

정신적으로도 육체적으로도 일정한 뿌리를 갖지 못하고 주체 없이 유랑하는 오늘의 인간 존재를 하이데거는 '던져진 존재'라 부르고 그 존재양식을 무연감(無緣感)이라 불렀다. 사르트르는 그를 세계 내에서 과잉된 '잉여의 존재'라 부르면서 권태와 구토가 던져진 인간 존재의 특징적 감정일 수밖에 없다고 절규했다.

산업문명사회에서 요구하는 인간이란 이끄는 대로 이끌리고, 지시한 대로 움직이는 기능을 가진 자동인형이며, 개인별로 고립된 수동적 인간이다. 개인의 정체(正體)나 생명력이 끼어들 자리를 주지 않고 인간적 관계도 허용하지 않는다. 단지 기능적 예속을 강요할 뿐이다. 기꺼이 조작되고 타산적으로 결합하며, 몰염치하고 기능적인 기계의 부속품이 되기 위해 스스로 발버둥치는 지경에까지 이르렀다. 스스로를 상품화하고 상품을 무작정 소비함으로서 만족하는 배설기가 되기를 주저하지 않는 것이다. 살아남기 위하여 적자(適者)로 생존하기 위해서, 생물 관찰의 다윈이즘을 인간 사회학으로 오도한 스펜서(Herbert Spencer)의 말을 빌자면 무적자(無適者)가 되기 위해서 말이다. 끝내 혼자 살아남기 위해 산다는 것이 홀로 버려지기 위한 악순환의 고리일 뿐인데도 말이다. 그리하여 서로가 서로를 기만하고 기만당하며, 죽이고 죽임 당한다. 개인적으로 버리고 버림받을 뿐 아니라, 국가적으로 민족적으로 착취당하고 착취하면서 거짓웃음, 거짓정의, 거짓평화로 분칠한다.

아시아, 아프리카, 라틴아메리카의 소위 제3세계 국가 국민들의 소외감과 분노는 더욱 심하다. 산업발달이 늦은 죄로 오랫동안 국가적인 수탈을 당했을 뿐 아니라, 국내의 매판 독점자본가와 군부독재정권에 의해 주체적 인권을 유린당했으며, 말하고 사고할 자유조차 누리지 못했다. 국민 상호 간에도 서로 이간하고 협잡하는 술책만 팽배하게 됐다. 일확천금을 꿈꾸고 일도양단적 혁명을 기대하고, 그러나 뜻을 이루지도 못한 민중들의 고독은 차라리 분노라 할 지경이다. 국가 안위를 빙자한 군벌정치가 깨끗이 청산된다 하더라도 간교한 억압과 무자비한 권모술수에 깊이 멍든 가슴은 오랫동안 치유되지 않을 것이다. 더욱이 부지중에 얻은 민족분단이란 현실에서만도 그 비극성이 단숨에 드러나는 우리민족 사회에 있어 팽배한 불신감과 적대감은 오랫동안 우리 각자의 내면을 캄캄한 어둠 속에 헤매게 할 것이다. 도대체 대한민국은 민주공화국이라 하는 헌법 첫 조항부터가 얼마나 우스꽝스럽고 불손스러운 세월을 우리는 가슴 졸이며 살아왔던가?

일찍이 순자(荀子)가 전제했던 대로 인간본성은 원래가 이기적이며 악한 것일까. 마키아벨리(Machiavelli)에서처럼 인간이란 원래가 반동적이며 비협조적 기질을 타고나는 것일까. 무의식의 탐구자 프로이트도 인간의 본성으로 화해의 본능 에로스(Eros) 외에 파괴의 본능 타나토스(Thanatos)를 인정하고 본능적 충동은 끝내 제어되지 못하며 인간은 본질적으론 자멸할 운명에 있지 않은가 우려한 것으로 생각된다.

정말 인간이란 기계처럼 작동하면서 짐승처럼 서로에게 이빨과 발톱을 들이대고 저 혼자 살아남으려는 본능을 가진 존재일까? 아니다! 우리의 답은 아니다일 것이다. 최소한 아니어야 한다고 생각할 것이다. 아니어야 한다는 것이 인간적 소망일 때 그것은 바로 '아니다'란 대답이 된다.

기능적 기계나 이기적 짐승은 인간의 본성이 아니라 산업사회의 제도적 환경이 만든 퇴폐적인 발명품일 뿐이다. 다윈과 스펜서는 당시 초기 자본주의 사회의 구조를 정리하기 위해, 순자는 초기 유자(儒者)로서의 계층보존을 위해, 마키아벨리는 군주통치의 합리화를 위해, 프로이트는 세계대전의 와중에서 겪은 개인적 사회적 비극을 보상받기 위해, 저마다 본능이란 주소에서 온 위문품을 끌러 자기 합리화를 꾀해 보았을 뿐이다. 그들은 인간의 현실을 즉물적으로 관찰하였지, 주체적 창의성과 화해를 향한 의지의 역동적 가치의식을 실천하지 않았던 것이다.

인간은 물(物)이 아니다. 인간은 가치의식을 갖지만 물(物)은 스스로의 가치 판단력이 없다. 물(物)은 인간에게 봉사하는 기능적 존재이지만 인간은 스스로 생각하고 일하며 상호 협력하는 존재이다. 또한 동물은 본능적인 무기를 본능적으로 사용하면서, 자동적으로 환경에 적응하지만, 그래서 저도 모르게 자연적으로 진화하기도 하지만, 인간에겐 일정한 방향을 주체적으로 판단하며, 때에 따라 환경을 개선하고 창조하는 동물 아닌 유일한 동물이다. 동양 전통사상의 천인합일물아일체관(天人合一物我一體觀)도 인간과 물질을 동일시하는 사상이 아니라, 자연과 같은 절대자유와 절대조화의 세계를 향한 권고와 소망을 표현함이다. 그나마 조선조의 실학자들은 인간이 자연에서 독립된 자율적 존재임을 자각하여, 인간은 물(物)과 달리 자율적 능력(自律的 能力), 자작이자주장(自作以自主張)을 발휘하여 생활하는 존재임을 분명히 하려 했다.

인간은 누구도 수동적인 기능만을 제공하거나 사리사욕을 위해 공격을 일삼을 수는 없다. 그것은 스스로를 메말리고 해치는 길이기 때문이다. 인간의 삶은 어떠한 정해진 논리에 갇힐 수도 타율적 목적에 봉사할 수도 없는 것이다. 그는 홀로이면서도 여럿이기를 원하며, 모순되면서도 모순되지 않고, 절망하면서도 희망을 지향하는 모순율을

밟는다. 인간 외에 인간과 같은 존재는 없다. 그 모순율은 신성불가침의 신(神)에서부터 하찮은 자연물에까지 왕래한다.

에리히 프롬(Erich Fromm)은 19세기의 문제가 신이 죽었다는 데 있었다면 20세기의 문제는 인간이 죽었다는데 있다고 진단한다. 정말 인간은 죽은 것일까? 인간은 어두운 지하에 깊이 빠질수록 밝은 천상을 보고, 고독과 불안이 깊을수록 화해와 안정을 꿈꾸게 된다.

2. 절망과 희망 사이

인간에게 있어 불안의 경험은 불안으로 그치지 않고 사람답게 살기 위한 의지를 일으킨다. 불안은 극도의 고독과 함께 오고, 불안과 고독은 깊은 절망의 수렁으로 빠져들게 한다. 절망의 바닥에서 사람은 저마다 헤어날 길을 심각하게 모색한다. 사람의 절망이란 희망의 표면이요, 사람의 고독이란 화해의 표면인 것이다. 키에르케고르나 하이데거가 인간이란 인간다울수록 더욱 불안해진다고 하는 것도 바로 자유로 나아가는 길목으로서의 불안인 것이다.

고독하고 불안하고 절망하는 것은 인간만의 숙명인 동시에 인간만의 특권이기도 한 셈이다. 그것은 신(神)도 누릴 수 없고 동물도 사물도 누릴 수 없는 인간만의 고귀한 모순율이다.

절망하지 않은 자는 정직한 사람이 아니다. 그는 가면을 쓰고 있다. 절망할 수 없는 자는 사람이기를 거부하는 자이다. 사람은 불안과 고독과 반성과 절망 속에서, 자유를 갈망하며 화해를 갈망한다. 화해를 갈망하지 않는 자는 거짓되다. 그는 그의 먹이만을 노리고 있다. 뒷날까지 인류에게 그의 지혜를 남긴 사람들은 이 절망의 사슬에 옭매였던 사람들이다. 어떻게 고독과 불안에서 벗어나 절망을 걷어낼 것인가 하는 것이 그들의 과제였다.

마키아벨리나 홉스(Thomas Hobbes)는 이기적이고 공격적인 인간으로부터 인간사회의 안녕을 지키기 위해서는 그 수단이 비록 강제적이고 비윤리적일지라도, 강력한 중앙통치권력이 있어야 한다고 했고, 개인적 존엄성과 공공이익을 동시에 보장받는 사회를 향한 야심을 심리공학적으로 설명했던 와트슨이나 스키너(B. F. Skinner)의 행동주의 심리학도 조건반사식 자극을 통한 행동수정론으로 인간을 표본적 인형에 맞추어 진흙처럼 주물려고 들었다. 이 역시 인간을 물질적 차원으로 동물의 수준으로 수동적 기계로 타락시켜 그의 불안과 고독을 강화할 책략에 지나지 않을 것이다. 금세기의 과학적 조직관리 운동가들, 이를테면 테일러(Frederick. W. Taylor), 막스 베버(Max Weber) 같은 이들은 자본주의의 발전을 위해 개인주의 사회에는 상명하달식의 통치체제가 확립돼야 한다고 보고, 산업체에서는 종업원이 지켜야 할 사항을 면밀하게 규정하여, 그 저항을 극소화하기 위한 관료적 계층조직을 고수해야 한다고 역설했다.

이들의 위험성은 기계적 균일화, 획일화를 화해로운 공동체적 삶과 동일시한 데에 있었다. 인간은 스스로 생명이 없는 기능적 단위가 될 수 없다. 기계는 스스로 고독할 수 없고 자유로울 수 없기 때문이다. 그들의 처방도 역시 군주론이나 사회계약론과 같은 반인간적 우상을 숭배하는 데 지나지 않는 것이다.

인간을 정신적으로 더욱 교묘하고 완벽하게 획일화하려는 의도는 종교적 차원에서 볼 수 있다. 신(神)을 믿으라. 우주를 창조하시고 너희를 창조하시고 전지전능하시니라. 너희는 일찍이 죄를 지었고 악의 길을 택하였으니 오직 그를 믿고 사랑하고 따름이 너희 삶의 목적이니라.

그리하여 인간은 오랫동안 그가 생산한 신(神)이란 이름 아래, 모든 우상을 파괴하라는 신(神)의 무릎 아래 머리를 조아리면서 기적이 일어나기를 기대했다. 사랑의 기적은 일어나지 않았다. 기적을 일으킬 수 없었기에 신(神)의 제작자들은 인간에게 영원한 원죄마저 덮어씌워 놓은 것일까?

니체는 이 세상을 넘은 저편에 영원한 낙원이 있다는 세계 2원설을 믿는 신자들을 일괄 배후세계론자라 규정했다. 신(神)은 인간의 망념이었다고 하고 모든 신은 죽었다고, 이제 우리는 초인(超人)이 살아오기를 원한다고 선언했다. 신(神)은 죽은 것도 아니다. 애초부터 인간이 그의 내면에 스스로 창조해 온 소망의 발자국일 뿐. 니체가 신의 죽음을 선언한 것은 신의 죽음이 아니라 인간의 상황 초월 의지, 언제나 미정(未定) 상태에서 서성거리는 최후적 인간의 인간에로의 도약의지인 것이다. 그의 초인은 인간답게 사는 인간, 과거에서 온 부조리의 오늘을 극복하여 미래를 창조함으로써 부단히 강해지는 인간이다.

그런데 니체의 초인은 끝내 이웃과의 사랑을 모르는 개인적 초극 의지에 머물고 만다. 존재의식의 추적에 몰두한 하이데거나 무한정의 운명적 자유에 몸서리쳤던 사르트르의 경우에도 개인과 보편, 자아와 타아가 서로 존중하고 화해하면서 창조적 실천을 향하는 공동체적 삶의 의식은 결여되어 있지 않은가. 이는 운명적으로 인간이 버림받고 고독하고 방황하는 단독자라는 존재론에 기인할 것이다.

인간은 협동을 통해 서로 밀착하려는 애정의 존재이기도 해서 스스로 자제력을 발휘하며, 평등하고 유기적인 질서를 원하기도 한다. 인간의 목표는 천부적 자질에 달린 것이 아니라(천부적 자질이란 것도 어떤 가능성 그 자체일 뿐이지만) 개인 상호 간의 관계에서 추구되며, 그것은 부단하게 공평성과 안정성을 지향한다. 이러한 지향성으로 하여 인간은 한때 기능적으로 완벽한 통치제도를 생각하기도 하고, 종교적 차원을 설정하기도 했던 것이다.

마르크스도 이런 차원에서 공산사회란 유토피아를 제시했다. 마르크스는 육체를 가진 인간은 자신에 결여된 것을 채우기 위해 외부에 작용을 가함으로써, 그것을 다시 자신에게 거두어들이는 자연의 존재라 파악한다. 따라서 사람의 노동생산물은 노동주체인 노동자를 만족하게 해야 한다. 그러나 현실은 그렇지 않았다. 노동자가 노동을 할수록 노동의 가치는 떨어지고, 질 좋은 생산물을 만들수록 자기 자신은 빈곤해지고 소외되는 악순환의 연속이었다. 그리하여 그는 모든 물질을 공동소유로 하며 능력껏 일하고 필요한 만큼 가지는 사회, 모든 대립이 해결되는 자유롭고 평등한 사회를 설정하였고, 그를 위한 혁명기로서 사회주의란 길목까지 트게 되었다. 그러나 오늘날의 소비에트 사회주의사회에서는 나날이 엄격한 중앙집권적 관리조직이 강화되고, 노동자의 소외문제도 개선되지는 않았다. 마르크스는 유례없이 인간적인 논리로 그의 유토피아를 건설했지만 그 지반이 되는 유물론적 존재론 자체가 비인간적인 획일적 인간 기능적 인간을 요구하기 때문이다. 그것이 아무리 이상사회현실을 위한 과정일 뿐이라 하더라도 인간에겐 그의 목적과 수단, 목표와 과정이 자로 잰 듯 쇠붙이를 만지듯 논리적 감각적으로 구분될 수도 없을 뿐더러 인간은 획일적 유(類)의 존재가 아니라 자신의 자율성에 의한 유의 구성인이자 애정과 연민의 존재자이며, 아무런 물질적 보상이 없는 헌신에서도, 활동 그 자체에서 만족감을 느낄 줄 아는 형이상학적 주체이기도 한 것이다. 인간은 건전한 노동구조의 회복만으론 인간이 될 수도 없을 뿐더러 그 과정의 조직적 혁명단계란 것도 더욱 경직된 과학적 조직 관리책을 강요하는 배후세계론에서 벗어나지 못한다.

그러면 우리는 어떻게 해야 할 것인가? 기존의 모든 도덕과 제도와 문화와 문명을 버리고 무위자연(無爲自然)으로 돌아가 약하고 고요하게 자연의 순리에 몸을 내맡기는 노장(老莊)이 될 것인가? 이 세상의 애증과 의욕과 번뇌가 한낱 부질없음을 깨닫고 불고(不苦) 불락(不樂)

의 중도를 행하며, 주체라거나 실체라 하는 한낱 착각과 망상을 멸절(滅絶)하여 부처가 될 것인가. 그리하여 마음의 평온을 찾을 것인가? 어떤 의미에서는 역시 그렇다. 우리는 기존의 모든 제도와 문화와 문명을 근본적으로 비판하고 반성하지 않으면 안 될 만큼 외롭고 불안하다. 그러나 우리의 절망감은 우리 각자가 하나의 주체요 또한 우리 모두가 하나의 주체적 실체가 되고자하는 데에 기인한다. 우리는 서로 가까우려 하고 각자가 의욕적인 작용을 하려 하는 인간존재인 것이다. 도교나 불교는 궁극적으로 패배주의적이고 개인주의적인 발생론적 배경을 가지고 있을 뿐더러 그런 의식을 바탕으로 한 인식론적 범주를 벗지 못한다. 그것은 인간이기보다는 식물적 사유양식이다. 우리는 인간역사의 희생자나 관찰자가 아니라 그 적극적 참여자이며, 저마다 신념에 찬 행위를 소망하는 주체자이다. 인간은 불확실하게 떠돌고 두려움에 떠는 속성을 지님에도 불구하고 언제나 현실에 있어 자신의 행동을 창조하고자 한다. 과거도 미래도 창조적 현재에 응집시킨다. 인간은 던져진 존재이지만 던져지기 전에 이미 인간이다. 인간으로서 던져진 것이다. 인간이 인간인 이상 물질처럼 고정되지 않고 기계적인 반복을 거듭하지 않고 동물처럼 파괴적인 사투를 일삼지 않는다. 자유를 향해 있기에 인간은 불안하고, 불안에서 헤어나고자 화해를 꿈꾸고, 창조를 실천한다. 베르그송의 '지속(持續)'은 이러한 인간의 부단한 창조의지를 강조한 말이다. 인간 생명은 행동의 주체로서 부단히 유동―변화하는 창조적 정신이요, 자유로운 존재인 것이다.

3. 시적 체험의 인간

존 로크(Johon Locke)는 그의 「정치론 Ⅱ」에서 이상적 존재인 인간에 있어 기본적인 잠재능력은 바로 협동체제를 확립하는 것이라 했고, 몬

터규(Ashley Montagu)는 『진보의 인간』에서 인간이란 경쟁보다 협동을 통해 생존하기를 원하는 존재라 하고, 협동은 가장 우수하고 소중한 생물학적 원리라 했다. 유년시절부터 타인에 의존해 살지 않는 사람은 있을 수 없는 것이다.

인간은 누구나 스스로 자기통제를 가하면서까지 결합하려는 존재이다. 사람과 다른 동물의 수준차이란 타아(他我)에의 이해도와 관심도 차이라 할 수 있다. 사람은 누구나 다른 사람을 사랑하고자 하고 이해하고자 하며, 또 그것이 사람으로서의 기본적 윤리이기도 하다. 헤겔은 내적 자아가 사회적 현실로부터 소외되는 상태를 초극하여, 조화를 성취하고자 하는 것이 인간정신의 가장 고귀한 능력이라고 파악했다. 톨스토이는 사랑은 인간의 유일한 이성이라고까지 극언한다. 인생이란 개체성과 사회성이란 상반된 개념을 구체적으로 종합하는 실재인 것이다. 공자의 인(仁)이나 석가의 자비(慈悲), 기독교의 박애(博愛)가 모두 인간화해의 정신을 표상한다.

참으로 사랑이란 인간만의 이성이다. 다른 동물도 사랑을 하지만 본능적이고 감각적인 행동에 지나지 않는다. 사람은 거기에 정서적이고 창조적이며 이성적인 차원을 함께 부여한다. 사랑으로부터 이탈할 때 인간은 인간을 배반하게 되고 자아를 배반하며 뿌리를 잃게 된다.

감각적 본능적 사랑을 에로스, 인격적 이성적 사랑을 필리아, 신적(神的)인 절대의 은총을 아가페라 하여 사랑의 단계를 구분하기도 한다. 인간의 이미지로서의 아가페란 인간이 예술적이거나 철학적인 사유에서 만나게 되는 절대자유와 절대사랑이 공존하는 주객일체적 사랑의 배후론적 변형일 것이다.

아무튼 인간에게는 이러한 사랑이 단계적으로가 아니라 통합적으로 동시에 체험되기도 하고 체험되기를 원하는 속성이 있다. 사랑은 논리를 초월하며 이기심과 편파됨을 거부하는 화해의 정신인 것이다.

사랑의 정신은 인간을 아름답게 한다. 인간은 논리에 따라 존재할 수는 없다. 논리가 골격이라면 미(美)는 살(肉)이다. 사랑으로 하여 인생은 윤택해진다. 그뿐 아니라 사랑으로 하여 논리는 논리가 되어진다. 우리가 믿는 진리나 정의도 사랑의 정신을 떠나서 성립되지는 않는다. 에리히 프롬은 인간이란 가장 물질적인 차원에서 시작하여 사랑, 정의, 진리 등의 가치가 참으로 자신의 궁극적 관심이 되는 수준에 이를 때 '생산적인 삶'을 살게 된다고 거듭 당부한다. 새로운 창조도 정의로운 주의주장도 진리추구와 비판도 사랑의 정신을 떠나면 위험하게 된다. 사람에게는 사랑의 진리, 사랑의 정의, 사랑의 시간을 원하는 속성이 있다.

사랑은 이성인 동시에 감정이다. 그것은 인간사회의 기본윤리이지 진선미애(眞善美愛) 등 모든 가치의 뿌리이다. 그것은 고독한 인간이 화해를 갈망하는 기원이자 창조의 동인(動因)이다. 인간은 던져지기 전에 이미 창조적이고 역동적이며 유기적인 질서를 원하는 존재로 던져졌다. 사랑은 공동체적 삶에의 영원한 지향성이며 자연과 맹목에 대한 인간적 도전이다.

시적 체험은 사랑의 체험이다. 그것은 완전한 질서의 체험이자 완전한 주체적 삶을 향한 염원이다. 공동체적 삶의 체험이 시적 체험의 근간이 되고 지향점이 되는 것이다. 그것은 기계적 구조의 차원도 대결적 구조의 수준도 뛰어넘는다. 그것은 정해진 범위 속에서 경직된 '닫힌 윤리'가 아니라, 베르그송의 말을 빌면 자유와 화해와 창조를 향한 '열린 윤리'이다. 그것은 불안한 존재와도 버려진 존재자와도 화해하고, 화해함으로써 만상만물에 주체성을 부여하고 소여(所與)되며 합체적 흐름에 놓이게 되는 체험이다. 변증법적 과정이라는 것도 논리적 순서를 정해 두고 있다. 그러나 인간적 진실은 그런 서술적 차원보다 훨씬 더 복합적이며 극적인 것이라고 사르트르가 지적한 바 있다.

사랑의 정신은 결코 획일의 논리가 아니다. 모든 존재자가 일정한 조직의 수단으로 작동하는 균일의 프로그램이 아니다. 모든 존재가 가치를 갖고 주체적으로 화합하는 정신이다. 개인이란 항상 주관적 자기세계와 객관적 사실세계 속에 사는 외로운 상황적 존재라 한 하이데거나 사르트르에 의하면 인간은 불안 속에서도 스스로 현실과 대결함으로써 자신을 '세계내 존재'로 구현하며, 이때 필연적으로 자유가 요구되게 된다. 그래서 인간은 싫든 좋든 자유의 존재인 것이다. 결국 이들의 실존적 존재는 상황과의 대결을 통한 개인적 주체의 획득에 기울고 말게 되지만 또한 시(詩)의 의의를 강조하게도 된다. 대다수의 인간은 운명적으로 소외되어 살아가지만 시적 사고를 체득한 소수의 인간들은 가장 진실하고 알차게 생존해 나가리라는 고백과 암시가 그것이다. 아니 현상학적 인식이란 그들의 철학하는 태도 자체가 그들이 소망하는 시적 체험에의 여행이 아니었던가 한다.

시적 체험에서의 모든 개체는 이해와 명리와 논리를 떠난 순수한 의식에 의해 그 존재의의가 부여되고 상호교류하며 화합한다. 개체가 이해되고 존중되는 동시에 전체가 완전한 화합을 이루는 세계, 역동적인 활력과 지속적인 창조가 있는 화합의 세계를 지향하는 것은 누구에게나 가장 순수하고 아름다운 소망이요 시적 체험에서 극명한 상징으로 드러나는 인간의 은폐된 실재인 것이다.

개인의 주체성이 부단히 신장되어 갈 길을 막는 화합은 화합이 아니라 자연적인 상호 객체의 고립 세계이다. 그런 세계를 조장하는 논리의 저변에는 언제나 이기적인 독선과 약육강식의 야수성이 도사리고 있다. 인간세계와 동물세계와 식물세계의 차이는 개체의 주체성이 서로에게 얼마나 이해되고 존중되며 각각의 주체가 얼마나 객체를 사랑하는가에 달려 있다. 헤겔(Hegel)은 어떠한 보편성도 개별성과 결부될 때라야 현실성을 획득한다고 하고, 개별성을 인정하지 않는 보편성은 도덕적인 기사(騎士)의 추상론에 불과한 것이라 경고했다. 개별성을 인정하지 않는 도덕이란 도덕이 아니라 도취적인 자기 망상이라고나 할 것이다.

카시러는 인간이란 한낱 물리적 우주에 사는 것이 아니라 상징적인 우주에 산다고 하고, 동물은 실제적인 상상력과 지성을 가진 반면 인간만은 하나의 새로운 양식, 즉 상징적인 상상력과 지성을 발전시킨다고 했다. 그의 상징적 양식론은 시적 체험에 가까이 있다. 필립 휠라이트(Philip Wheel-wright)도 인간적 차원의 행위란 상징의 행위라 전제하고 그의 은유론을 전개한다. 시적 체험은 인간의 주체성과 창의력을 무한히 신장시키는 상징적인 사랑의 양식이다. 카시러는 모든 위대한 예술작품은 심오한 구조와 구조적 조화를 향한 투쟁을 보여준다고 간파하고 있다. 딜타이(Dilthey)는 인간의 삶이란 본질적으로 쉴 새 없는 변화요, 건설이며 창조라 일깨웠다. 시적 체험의 탐구자 에리히 프롬은 자신이 스스로 주체라는 사실을 경험하면서, 인간적 사랑과 연대감 속에 생산적 생활에 임할 것을 간곡히 당부한다.

시적 체험은 제작자에게나 수용자에게나 완벽한 사랑의 세계 공동체적 삶을 향한 변화무쌍한 창의력과 끊임없는 절망과 부단한 응전력을 갖는다. 모든 획일화된 제도나 힘으로부터 스스로 해방되며, 사람을 해방시킨다. 그것은 고독한 자를 더 고독하게 하고 불안한 자 더 불안하게 하여 깊은 절망에 빠뜨리기도 하고, 그 절망의 바닥에서 순간적으로나마 인간적 진실을 만나게도 한다. 그것이 만상과 아름다운 정신으로 관계하고자 하는 인간의 미덕이다. 아름다운 색을 입은 공작이나 맵시대회서 1등을 한 애견(愛犬)도 백목련과 거문고좌의 아름다운 의미를 생각하진 않는다.

창조적 사랑의 세계를 향해 발돋움하는 동안 인간은 정체성(identity) 확립을 위한 솔직하고 냉혹한 자기비판과 현실적 상황과의 변증법적 대결을 감행해야 하기에 더욱 절망하게 되며, 주위의 만상에 유기적 질서를 부여하기에 아름답고 풍부해지기도 하는 것이다.

시인에게 있어 이러한 체험은 순간적으로, 혹은 무시간적(無時間的)으로 획득된다. 한순간에 도전하고 화해하며 대결하여 온 전 삶이 시적 대상과 교류하게 되며 통합적으로 응집된다. 시를 쓰는 행위란 이러한 한 순간의 체험, 영감(inspiration)을 탐색하고 여행하며 복원하는 작업에 바쳐진다. 이때 그의 형식과 내용이 갖추어진다. 따라서 시적 체험은 논리를 초월한다. 한 순간이 아니라 지속적인 시간으로 생각되기도 하는 것은 마치 점(點)이 서로 맞닿지 않고도 선(線)이 되듯 시적 체험의 순간은 창의적이고 활성적이어서 그와 통합될 수 있는 순간과 화해하기도 하고 반복적 리듬 속에서 현실적 상황과도 관계하려 들기 때문이다. 그러나 그 역시 순간적일 수밖에 없다. 시적 체험은 그 한순간에 개인과 사회, 주체와 객체, 현실과 이상의 세계를 쉬임없이 왕래하며 통합하는 실재이다. 그래서 시란 모든 반인간적 음모에 대결하고 초월하는 부단한 혁명인 동시에 창조이며 대결인 것이다. 대결은 물론 대결을 위한 대결이 아니라 화해를 위한 안팎의 장애요인들과의 대결이며 쉬임없이 현재를 갱신하는 시간이다.

의미를 배제한 형식이 있을 수 없고 형식을 배제한 의미가 달리 있을 수 없다. 의미를 배제한 형식 창조의 시가 있다면 그건 발견이 아니라 관찰이며, 창조가 아니라 작업이다. 자기도취적인 조작이다.

형식을 배제한 의미의 시가 있다면 그건 응축적이면서 활성적인 감동이 아니라, 교양강좌에서나 듣는 서술적 공감이거나, 자기변명과 책임전가가 주는 자기방어의 안도감일 것이다. 논리도 인간을 향상시키고 야수성도 인간의 생산성을 향상시킨다. 그러나 자연도 논리도 시적 체험에 의해 발전되고 심화된 결과로 존재하며 시는 언제나 또다시 그러한 현재적 수준을 뛰어넘는 창의성을 갖는다.

명징한 이미지, 반짝이는 감각만이 시의 본령일 수도 없다. 그것이 아무리 개인적인 동시에 보편적인 감각과 영상을 제시한다 해도 감각적 이미지에의 경사(傾斜)는 끝내 현재를 모방하거나 모사하는 차원에 머물게 된다. 반성에 인색하고 미래에 안일한 현실안주자의 함정이다.

본능적 무의식의 세계를 탐구한다는 시론은 인간의 운명적 고독과 불안을 웅변하는 데가 있다. 그러나 인간의 삶은 무의식에 머물지 않고 의식을 바탕으로 보다 인간적인 미래를 지향하는 총체적 존재이다. 무의식세계라는 것도 자동이란 이름의 수동이며 도피적인 의식이기 십상이다. 그것은 사람을 논리의 수음(手淫)에 머물게 할 위험이 있다.

색다르다거나 유별난 것이 독특하게 보일는지는 몰라도 그것은 창조라거나 생산적이라거나 새롭다는 말과는 사뭇 다른 데가 있다. 후자의 개념들은 현재적 상황의 극복을 위한 인간적 삶과 그 의지의 표현이다.

그러나 이 땅의 시인이여, 웃거나 화낼 필요는 없다. 나는 그대의 시를 험담하고 있지 않다. 나는 그보다 시적 체험은 현실이나 논리의 차원이 아니며, 그 차원에서 완벽히 해석되거나 평가될 수 없고, 즉자적(卽自的) 개인이나 획일적 보편으로 체험되는 것도 아닌 통합적 삶의 양식이란 점을 강조하고 싶을 뿐이다. 그것은 고독하고 불안한 자의 희망이며 안정된 자의 또 다른 창조적 불안이다. 끊임없이 창조적 변화를 감행하는 한 순간에 획득되는 응축적 체험이다. 실존은 언제나 규정되지 않고 끊임없이 추구하고 추구되어야 할 과제일 뿐이다. 그것은 시적 체험에서 상징적인 형태로 나타난다. 파우스트에서 괴테는 모든 논리는 회색이지만 삶의 황금나무는 푸른빛이라 했다. 그렇다. 삶은 자유와 건강과 신비와 희망의 푸른빛으로 차 있어야 할 의무마저 지닌 인간은 자유롭게 창조하고 사랑하는 가장 적극적이며 아름다운 동물이다. 두 발로 서서 연장을 쓸 수 있기 때문에 인간이 아니라 그

전에 홀로 서려 하고 화해하려 하고 창조하기를 꿈꾸는, 그래서 아름다운 시적 인간이었다.

나는 시적 체험이 현실에 보다 가까이 구현되어 갈 수 있는 실마리로서, 과거는 그 자체가 합리화되거나 오늘에 보상받기 위해서가 아니라 미래를 위한 선택적 근거로서 의의를 지닌다는 인도주의적 역사가들과, 인간을 모든 행위의 주역으로 보고 현실의 불확실성과 두려움을 인간이 반드시 자유롭고 창조적인 능력으로 개선해나갈 것이란 신뢰감과 책임감을 사회 사상가들의 의지에서 본다. 또한 민중의 자기혁신을 통한 자발성을 바탕으로 공동체적 삶을 구현하기 위하여 계속적인 혁신을 강조하는 중국대륙의 문화혁명론이나, 권력의 중앙 집중과 관료체제를 탈피하여, 종사자 가치관리제도 아래 국가는 사회의 하인이 되어야 한다는 유고슬라비아의 자치관리제도에서도 실천 가능한 발상을 본다. 물론 그 계급론의 한계나 사회경영자의 전문화에 관한 문제, 정신근로자의 상대적인 창의성 감소와 같은 숙제가 남긴 하지만.

그렇더라도 인간의 땅에 완벽한 인간주의가 실현될 날은 아마 없을 것이다. 절망은 현실과 이상의 간극 정도에 따르기도 하지만 주체의 충실도에 의한 것이기도 하기 때문이다. 그리고 인간은 시시각각 가장 하찮은 자연물에서부터 가장 이상적인 조화의 세계에 걸쳐 부단히 여행하는 존재인 까닭이기도 하다.

어쩌면 시의 인간이란 또 하나의 비현실적 배후세계를 향한 세이렌으로 여겨질지도 모른다. 시는 어느 시대에도 완벽한 현실의 초상화일 수는 없는, 그 나름의 지향성을 갖는 양식이기 때문이다. 그러나 그곳은 가지 못할 현실이 아니다. 시의 의의는 거기에 있다. 시는 어느 때고 인간 내부에 있으면서 현실을 인간답게 이끄는 또 하나 실제적 사실이다. 시적 체험은 인간에게 언제나 아직 오지 않은 현실이지만, 이

미 와 있는 실재이기도 한 것이다. 그것은 인간에게 인간됨의 증거이
기도 하다. 잉가르텐(Roman Ingarden)을 빌자면 존재의 '근원정서'를 일
깨우는 주관적 보편성의 세계이며 이상적 실재의 세계이다. 만물이 개
방되어 대결하고 화합하는 기(氣)의 조화력(造化力)이다. 그것은 언제
나 평행을 긋고 말 이상과 현실이 통합적으로 만나는 삶의 양식이다.
그것은 시라는 형식이 원래 갖고 있는 힘이 아니다. 우리 각자의 밑바
닥에 있는 생득적인 힘이 아니다. 시적 체험의 한순간을 계기로 응집
되어 뚜렷하고 힘차게 살아 나오는 은폐된 인간의 호흡이다.

1986. 8. 예삿내에서

— 출전: 신진, 『멀리뛰기』, 민음사, 1986.

나의 시와 시론
– 현실에 맞서는 '공동주체'의 체험적 언어

신진

1. 희미한 내 시의 자취

창작의 관점에서, 나는 시인을 세 부류로 나누곤 한다. 먼저 시적 체험을 바탕으로 영감을 얻고 이를 복원하는 이들과, 언어예술로서의 시를 다듬는 이들, 사상이나 철학 등 사조적(思潮的) 이데올로기를 좇는 이들 등 셋이다. 시적 체험을 바탕으로 하는 이들은 의식의 개방성, 창의성이 작동하는 순간을 언어로 복원하고, 언어예술을 지향하는 이들은 언어에서 힌트를 얻어 특별한 수사(修辭), 유희성, 환상적인 분위기 연출에 몰두한다. 그리고 시적 이데올로기를 중시하는 이들은 사회문화적 시대성을 좇거나 문예사적 가치를 우선시한다.

내 시의 중심은 맨 앞의 입장을 기반으로 한다 할 수 있다. 그 과정에 두 번째, 세 번째 유형의 자질도 개입되긴 하지만, 개별적이면서도 공동체적인 삶, 절대적 자유와 평등이 공존하는 시공을 지향하는 열의가 충만할 때 시적 체험을 만난다. 사소한 일상에서도 본래의 자연, 본래의 삶, 본래적 존재를 만날 수 있다. 그 체험은 언어와 함께 오지만 적확한 복원을 위한 노력은 더해져야 한다. 내 시가 숱한 외모로 나타나는 것은 갖가지 발상과 복원의 과정에 여러 창작 자질들과 온갖 가치들이 길항하는 까닭일 것이다.

시는 특정의 언어적 목표 달성을 위한 집착이 아니다. 나름 지향하는 삶의 발돋움이다. 나로서는 자본이 지배하는 사회의 합리화 기재들, 약육강식의 윤리와 기능주의 즉, 비인간·반인간의 현실을 박차는 시공이요, 무한한 자유와 질서를 동시에 담보하는 삶의 지향이자 그 표현이다. 이는 비단 나만의 시 창작론도 아닐 것이다. 일견 두루뭉술할 뿐인 내 창작의 논리인 셈이다. 게다가 나는 내 시적 체험, 영감들이 삶의 강물을 따라 마음껏 유영하도록 버려두고자 하고, 가능한 한 일상의 언어로 담백하게 구현되도록 노력한다. 버릇된 수사(修辭)와 잔머리가 작동하여 이를 그슬릴 때도 없지 않았다. 걷던 길이 아니더라도 그 길 역시 억지로 막지는 않았다. 그 역시 내 삶의 표출이리라. 나는 가능한, 시 쓰기에 전제(專制)를 두지 않으려 했다.

2. 화해의 꿈, 적과의 동침

내 문학적 원천이라면, 선친의 개인주의적 낭만성과 몸에 밴 장손(長孫)의 윤리, 고등학교 때 받았던 민족주의 교육에 당대의 사실주의 소설가 김정한과 의지적 서정시인 유치환(두 분은 내 고교 선배들이기도 하다)의 영향. 그리고 대학시절에 맞은 조향, 구연식 등의 초현실주의 등에서 찾을 수 있을 것이다. 심취했던 휴머니즘, 실존주의, 불교와 노장사상, 분석심리학, 세계의 신화 등등도 한몫 작동했을 것이다.

소 한 마리 달려 나온다
그 목소리 길게 눕는다

성냥을 그으면
손뼉치는 소리 들린다

소 한 마리 달려 나온다
무너지는 복숭아밭 그 아득히

갈매기
자전거 탄다
─「바다 B─목적(木笛) 있는 풍경」 전문

　나름 초현실주의라는 시적 환경에 적응한 시였다. 음양조화의 절대
이미지, 존재와 존재, 시간과 공간의 비과학적인 동시공존, 심층적 성
(性)에너지, 각 개체가 유기적으로 화해하는 집단 무의식, 신화적 심층
의 세계였다. 지금 보면 극히 추상적인 모습이지만 현실의 모순에 충
격을 받고 겁을 먹고 있던 나로서는 실재에 가까운 유혹이었다. 하지
만 이런 추상이 70년대 내 시의 중심은 아니었다. 그 한 축은 당대적
외상(外傷)과 갈증이 현실적 언어로 구현된 시, 수적으로는 이쪽이 더
많았다. 그중 하나가 「엿장수」.

정그렁 정그렁
고열에 구운 자기(瓷器)처럼
금이 가는 하늘
시루떡 시루처럼 매달린
판잣동네 엿장수 하나
지적도에도 없는 언덕 위에서
제 긴 그림자를 자르고 있다.
정그렁정그렁 가위소리에
어둠의 기왓장 하나씩 떨어지고

잘린 어둠 다시 잘려

산업은행 십층과 동방생명 십팔층 새에

대추나무 감나무로 서기도 하고

시루떡 시루 백떡 망개떡

좌판째 지워 뭉개기도 하고

작은 방 큰 방 차례로 불을 단다.

정그렁정그렁 가위질 따라

크고 작은 불마다 이음 이어 속삭이는

고물삽니다―

망가진 냄비, 부숴진 우산

종이 휴지 신문지,

쓰고 남은 약속이나 신조같은 것

다 삽니다.

판잣동네 엿장수 하나

지적도에도 없는 언덕 위에서

제 그림자 자르고 있다.

― 「엿장수」 전문

　어린 시절부터 보고 듣고 겪은 견문―대왕고릴라만큼 크고 검은 미군 병사와 졸졸 따라다니던 양색시, 주제문 "각하 시원하시겠습니다." 가 제유하던 이승만 권력에 대한 의혹, 그리고 '한국적 민주주의', '총통제 음모', '운명적으로 주어진 대통령 자리' 등등의 군사 권력과 그 결탁세력에 대한 분노와 연민―은 내 시의 주요 주제였다. 어린 시절, 미군이 먹다 남긴 음식쓰레기―꿀꿀이죽을 기다리며 새벽 줄을 서야 했고, 고된 일자리가 주는 최소한의 안락에 길들여져야 했던 산동네의 이웃들(내가 어린 시절을 보낸 동네는 피란민들로 형성된 동네였다), 내게는 체면상 그 속에 함께 줄 서지도 못하고 배를 곯아야 하는 이율배반의 기억이 채워져 있었다.

인간의 삶을 옭죄고 왜곡하는 힘은 현실에서 상존한다. 우리네 불행은 현실적 독점 권력과 계몽 시스템에 편입되어 살아갈 수밖에 없는 구조적인 데에 연유한다. 그들은 법과 제도, 논리와 윤리의 탈을 쓰고 시시각각 인간다운 삶을 왜곡하고 참모습을 파괴한다. 나는 그 적을 분명히 인식하고 있었지만 온몸을 바쳐 맞서지는 못했다. 황당하게도 내 시는 신에 가까운 아량으로 적들을 용서하고 화해하고자 했다. 적들마저 세상의 가여운 피해자에 불과하며 함께 가야 할 이웃이라는 비현실적인 타협점을 견지했다. 그것은 선민의식으로 감싼 부친의 무능에 대한 연민, 신화세계의 무궁한 소통과 연대감에 대한 동경, 그보다 당대 문인의 중심, 우파 문인들의 추상적인 휴머니즘에 계몽당한 덕분이었을 것이다.

3. 적과의 싸움, 에코토피아를 향하여

1970년대 말부터 내 시는 적을 향해 본격적인 싸움에 나서게 된다. 어떤 모임에서건 "쉿, 누가 들을라."하고 주위부터 살피던 살얼음판. 나는 70년대 초 대학시절에 데모 주동자가 되어 쫓기기도 하고 피신한 절간에서 수개월 도우미 노릇도 한 바 있던 터였다.

시에서의 직접적인 의지 노출을 금기시해온 나는 알레고리적 상황을 설정, 거의 직접적인 풍자와 비판에 나서게 된다. 80년대 중반 부산에서 발간된 『토박이』, 내가 가담해 있던 『목마』 동인지 등이 나의 발표작을 주요 이유로 배포 중지, 회수 처리되기도 했다.

어느 교사의 혀 끝

어느 기자의 펜 끝
어느 병정의 총 끝
복골부인(福骨婦人)의 코 끝
어느 법관의 방망이 끝
어느 국회의원의 손끝처럼 눈치 빠른
강구의 촉수여.
(중략)
이 밤에도 불 끈
우리 침소 머리맡에
둘 둘 셋 넷 모여드는
매우 쳐라, 저놈의
바퀴벌레.
― 「바퀴벌레」 부분

군인은 물론 정치가도 기자도 교육자도 권력의 눈치나 살피며 돈
벌기, 출세하기에나 연연하던 시절. 독점 권력과 명리 추구의 이기적
문화는 내 시의 구체적인 적이 되었다. 날이 갈수록 사회적 통제는 강
화되었고, 내 시는 화해를 포기했다. 적들의 인간성을 포기하기에 이
른 것이다.

재직 중이던 대학 캠퍼스는 정치적 책략과 편당 가르기에 몸살을 앓
고 있었다. 학생들의 열정은 위안이기도 했지만 그들의 전략성과 패권
주의는 또 다른 슬픔이기도 했다.

어릴 적부터 애착을 가져온 산, 내, 들을 향한 동경과 신통치 않던
경제사정을 핑계로 김해군 가락면 서낙동강 옛날 나루터 마흔 평을
구해 이주하기로 한다.

1987년 이른바 전두환의 호헌조치와 노태우의 항복 선언이 이어지

던 시기. 나를 불온시 하던 선배 교수들과 몸 사리던 교수들과 패권주의에 빠진 학생들—. 민주화 물결이 걷잡을 수 없게 되자 모두가 재빨리 민주투사로 변장을 했다. 나로서는 주체할 수 없는 회의와 절망이었다.

강의가 없는 시간이면 집에서 짐승들 기르고, 나무 심고 가꾸는 일에 몰두했다. 와중에 시는 팽개치다시피 했다. 강물에 새끼오리 놓아 기르고, 산통을 겪는 강아지 새끼를 받아주는 일이 어찌 시 나부랭이에 못 미치랴, 이런 생각이었다.

그러나 우리 집 마당에 닿아 있던 서낙동강은 이미 새들의 놀이터가 못 되었고 시간을 흐르는 본성조차 잃고 있었다. 폐기물 처리장으로 전락한 강은 푸우, 푸우! 끓어오르는 분노와 절규를 토하고 있었다. 강, 그의 죽음 이후의 비극이 연상되었다.

노인 둘이서
땅을 파고 있다.
시멘트 포장을 뜯고
아스팔트를 찢는다
말라붙은 비닐용기, 스티로폼 조각
떡이 된 땅을 판다.
조각난 유리, 플라스틱 터진 살이
탄광처럼 엉켜 있다.
치익 칙 독한 냄새가 솟고
드디어 가스가 터져 나온다.
시꺼먼 기름 거품을 숨가쁘게 뱉는다.
쓰러진 노인이
버즘투성이 다른 노인에게 말했다.

—여기……, 여기……, 강이 있던 곳이야.

—「강—땅 파기」전문

　내 시의 핵심 전략이 되어온 알레고리, 아이러니적 장치, 극적 전개 방식은 사회적 부조리 비판 시에서도 생태 비판의 시에서도 핵심 전략이 되었다. 개발제일주의와 이기적 소비문화를 비판하면서, 작고 소박한 삶의 소중함을 곱씹게 되었다. 조금 더 적게 가지고, 조금 더 마음 열자고 타이르는 강의 신음소리를 들었다. 그 전에도 환경비판 내지 생태주의적인 시를 쓰지 않은 건 아니지만 강을 통해 생태 파괴의 현장을 조석으로 체험한 이후, 생태 에코토피아를 향한 도정은 내 시의 기반으로 자리 잡게 되었다 할 것이다.

　우리 시단의 중심은 백 년 전 서양의 전위시 흉내에 바빴다. 차연, 해체, 노마드 따위 전제적 논리에 부산을 떨고 있었지만, 내게는 겉만 번지르르한 허영이요, 언어 과소비에 지나지 않았다. 시란 현재적 상황에 대한 새로운 비전, 고정화한 양식에 대한 본질의 재발견에서 출발하는 것일진대, 어찌 한낱 작은 인간의 신경증을 합리화하는 수단이 될 것이며, 명리를 탐하고, 허영을 참으로 둔갑시키는 모순구조를 부추기는 짓을 한단 말인가!

　인근 김해지역 공단의 폐수처리에 주민의 관심이 쏟아지면서 서낙동강은 다시 살아나는 듯했다. 전국적으로 환경 재앙에 대한 생태복원 운동, 생명 공동체 운동이 본격화한 덕분이기도 했다. 하지만 이내 한반도 대운하니 4대강 살리기니 뭐니 하는 말들이 시끄럽더니 근래 낙동강은 다시 신음소리를 높이게 되었다. 맹목과 탐욕의 변명은 언제, 어디까지 계속될 것인가.

4. 본래적 삶, 에코토피아를 향하여

내 시 중에 정통 생태주의 시라 할 만한 것이 그리 많지는 않다. 인간의 개발욕망, 인위의 논리와 계몽성을 비판하고, 생태의 복원을 갈구하기도 하지만 그보다 내 시 중에는 에코토피아, 본래적 생태의 연대성이 나에게서나 사회에서, 특히 우리네 일상에서 꿈꾸어지고 현실화되기를 바라는 시가 더 많다. 에코토피아, 생태 유토피아를 동경하고 그를 그리워하는 작은 삶, 사물과 인간, 인간과 인간 사이의 연대감에 이르는 온기와 갈망이 시가 되었다. 크고 높고 많은 것을 좇는 데서 반목과 갈등이 생긴다면, 서로 나누면서 작고 낮고 적은 것이 되어 어울린다면 반목과 갈등에서 벗어나는 길도 열리리라.

> 박 선생님 가족이랑 평상에서 삼겹살 구워 먹는데 장닭이 알고 암닭들을 불러 모은다. 귀한 고기이니 지가 먹겠지 하고 여나믄 점 던져주었더니 장닭은 한 조각 예외 없이 암컷들에게 양보한다. 암탉이 먹을 동안 자랑스럽게 갈기를 흔들면서 루우 루우 유성음의 노래마저 보탠다. 암탉들은 낼름낼름 받아먹기만 한다. 장닭은 땅에 부리를 박고 원을 그리며 러시아 민속춤을 덤으로 선사한다. 암탉들을 가두고 장닭만 불러 몇점 따로 주었더니 이번에는 한 점 한 점 물고 가서 던져주고 달려온다.
> 저 바보, 저 바보!
> 아내는 수탉이 바보라서 그런다 한다. 내가 귀한 음식 먹지 않고 저를 줄까 지레 겁을 내는 것이리라.
> 그래도 뒤통수 털이 다 빠져버린 암탉을 보면 마냥 주고 싶은 것이 해묵은 수컷의 심사가 아닐까 한다.
> ―「장닭」 전문

이 시를 읽은 이는 닭들의 생리가 정말 그런가 하는 질문부터 했다. 닭들이 알 낳고 고기 주는 도구로만 여겨지는 세태이니 나무랄 일도 아니다. 어쨌든 우리가 자연에 대해 무식한 건 사실이다. 닭에 대해서라면 맛이 있는 부위, 콜라겐이 많은 부위, 살 안찌고 단백질 섭취하기 좋은 부위, 달걀의 영양가 따위는 잘 알아도 닭들의 특성, 닭들의 삶에 대해서는 신경을 쓰지 않는다. 물리적 욕망이 우선하는 탓이다. 물론 닭고기나 달걀을 먹지 말자는 얘기는 아니다. 자연을 이해하면 생명 존중의 경외감을 즐기면서 탐욕을 줄이게 되고, 인간사를 맑히고, 따뜻이 포용하는 품을 얻는 데까지 이르게 된다. 서로 이해하고 연대하는 '공동주체'로서의 청정과 다정을 품게 된다.

우리가 사는 현실에서는 불과 몇 십 년 전의 인간도 상상하지 못했을 범죄와 패륜이 자행되고 있다. 더욱이 최고의 자살율과 인명 사고율, 불행지수, 빈부격차, 음주량 등등을 기록하고 있는 나라, 명품 브랜드 선호도 1위에 신혼여행을 가장 멀리까지 가는 나라, 과소비와 허영의 왕국, 대한민국. '자기가 원하는 대로 살기'가 최고의 명분이 되고, 자식들에게도 그렇게 가르치는 것을 덕목으로 삼는 이기(利己)의 지금 여기.

도대체 자기가 있기나 한 것일까? 존재는 타자와의 연계에서 비로소 생명을 얻는다. 자기가 있다면 그건 물질적 욕망을 채우는 가상의 그릇일 뿐이다. 공동체를 지운 자기란 반목을 조장하고, 불안의 칼로 스스로를 파괴하는 흉기일 뿐이다. 지식의 가면을 쓰고 쇼윈도 행복으로 스스로를 위장하는 불행의 에스컬레이터일 것이다.

내 시는 일사불란한 공동체를 강요하던 독재와 개발제일주의라는 적에서 어느덧 탐욕의 명분과 위선의 전략들에 맞서는 형국이 되었다. 참삶, 이상의 삶은 공동체적 주체, '공동주체'로서의 본성을 발견하고 실천하는, 생활의 순간순간에서 발견된다. 그것은 소박한 삶, 배려의 삶을 향할 때 언뜻언뜻 그 이마를 드러내 보인다. 상호 공동주체의 아름다움에 이르는 자유와 평화의 기운이다.

나무의 이름은
봄볕
숲 해설사는 생강나무와 산수유나무의
가지의 결과 꽃잎의 수를 구분하고
탐방객들은 좌뇌 깊이
종과 목과 이름 새기고 갈 길 가는데
그래도 내 이름은 봄볕
어깨에 손등에 사타구니에
나무는 아른 아른 제 이름을 새긴다

나무의 이름은
바람소리
굴참나무 갈참나무 졸참나무 상수리나무
탐방객들은 대뇌피질 타전 후 지나가는데
새순 오물오물 나무는 나긋나긋 손을 흔들며
내 이름은 바람소리
입술로 손으로 사타구니로
제 이름을 말한다

다른 음역(音域)에서 빛나는
나무의 이름
볕의 주문(呪文)이다가 바람의 유혹이다가

그늘의 서늘함이자 뜨거운 함성

나무의 이름을 찾아
탐방객들은 나무의 곁을 떠나가는데
나무는 시시각각 탈바꿈하는
제 이름을 읊조린다
— 「나무의 이름」 전문

문명의 인간은 소유의 논리와 그 계몽에 기대어 살아왔다. 매사에
이름을 붙이고 스스로 각인할 뿐더러 남에게 강요한다. 이에 비해 자
연의 삶은 자유와 나눔을 공유하는 본성의 삶이다. 그곳에서는 고정
적인 이름도 소속도 없다. 서로 어울리기 위한 개체들의 끈끈하면서도
자유로운, 순리의 아름다움이 있다.

내 시는 굳이 생태주의를 전제하지는 않는다. 어떤 주제든 어떤 언
어든 하나의 '공동주체'로 포용될 뿐이다. 형식도 더 이상 형식이 아
니라 내용과 함께하는 내용형식이요, 형식내용이 된다. 시적 에코토피
아ㅡ. 그곳에서는 서로를 비추는 개체들의 갱신이 거듭되고, 모든 존
재는 공동체적 역동에서 무궁한 자아가 된다.

5. 현재를 넘는 차유의 언어

언어예술인 이상 순수시(pure poem)가 시의 본질이라는 견해도 없지
않다. 색채로 회화를, 음(音)으로 음악을 창작하듯 시는 언어를 예술적
으로 만드는 작업이다. 그러나 언어는 색채나 음표 등 물리적이고 감
각적인 소재와는 다른, 생명활동의 표현이요, 의사소통 매체가 그 본
성이다. 언어의 생명, 언어적 순수성은 여기에 있다. 따라서 관념을 털

어낸 언어적 순수주의란 오히려 비순수의 작위라는 것이 나의 생각이고 그 기계적 언어주의를 넘어설 때 언어의 순수, 인간의 의미화 본성을 찾게 된다고 생각한다.

내 시적 자아는 자그마하다. 소박한 생활의 주변이나 살피는 근시안이다. 하찮기에 현실의 부조리와 모순에 쉬이 절망하고 전전긍긍한다. 하지만 작은 것이기에 크고 높은 근원에 배어들기가 가능할 수 있다고 생각한다.

시를 쓰는 동안 나는 시적 순간의 체험들이 가능한 한 정확히 복원되기를 노력한다. 시가 언어예술임을 내가 믿는 까닭은 바로 여기, 복원을 위한 적확한 표현을 얻는 데에 있다. 시적인 순간의 삶이 가장 섬세한 언어로, 그에 합당한 새로운 언어로 드러나고 조직되는 것이 진정한 언어예술로서의 시가 아니겠는가 한다.

> 외로운 사람 곁에 앉으면
> 나도 외로운 나이
>
> 그리운 사람 곁에 앉으면
> 나도 말없이 그리운 나이
>
> 골목골목 만나는 얼굴들이며
> 창문마다 출렁대는 이름들이여
>
> 바람결에 사람 곁에 앉았노라면
> 스쳐 지난 사람도 외로운 나이
>
> 잊었던 얼굴 그렁그렁한 눈빛

글썽글썽 따라서 목메는 나이

　－「따라하는 나이」 전문

　나의 외로움이나 그리움은 내가 나이면서 남인 순간, 일반의 감상(感傷)에 떨어지지 않고 시를 맞는다. 외로움이나 그리움이란 일견 개인적이고 사소한 일이겠지만 그것이 타자들과 공유되는 공동의 인식으로 확장될 때 일반과는 다른, '공동주체' 지향의 더 큰 서정이 되리라. 일반의 서정이 아니기에 조금은 정상문법에서 벗어나기도 하고, 운율과 이미지를 빌기도 하며 형상화된다.

　나는 이렇게 특정의 정서나 인식이 구체화되는 과정의 언어를 '상징의 시론'(『우리시의 상징성 연구』, 1994)과 '차유(transphor)의 시학'(『한국시의 이론』, 2012) 등으로 표현한 바 있다. 시는 인간의 특성, 즉 독창성과 사회성을 구현하는 것이기에 시 텍스트의 모든 언어는 특정의 새로운 의미를 환기하는 상징성을 지니게 된다는 논리였고, 그 상징은 구체적으로 현재적 모순이나 상식의 자동성을 부단히 위반하는 양식 즉, 차유를 기반으로 생성된다는 논리였다. 은유가 연상에 의한 유사성의 비유이고, 환유가 현실적 인접성에 의한 비유라면, 생경과 불합리에 대한 각성, 의미파괴와 의미의 부정 따위가 주는 차이성에 의한 비유, 그것을 차유라 이른 것이다.

　차유는 '탈관념', '해체' 등 특정 분위기의 언어형식을 포용하지만 어디까지나 발견적 의미전달의 과정이다. 기표만의 유희가 언어의 본성, 시 양식의 본성을 벗어난 비정상 행위라면 차유는 체험과 기억과 상상의 영역을 넘나들며 의미를 찾는 과정이다. 그러므로 탈구조, 해체의 유희를 거듭하고 있는 차연(différance)과도 차원을 달리한다. 물질에서 정신까지, 현실에서 환상까지, 관념에서 탈관념의 지경에 이르기까지 모든 삶의 의미를 발견하고 지향한다. 타락의 삶에서 순결을, 비인간

적인 현재에서 인간적인 미지를 지향한다. 그것은 사회─역사적일 수
도 심리적일 수도 있고, 미적일 수도 철학적일 수도 있는, 시를 시이게
끔 하는 기반이기도 하다.

결국 내 시는 '공동주체'를 지향하는 차유 중심의 언어라 것이다.
'공동주체'로서 세계를 받아들이면 우선 심신이 편하고 세상이 맑아진
다. 인위가 닿기 전 사물의 생래적 모습은 마음 안까지 그 향기를 전
한다. 현실적 지식과 명리는 폐기되고 새로운 차유의 지경이 떠오르게
된다.

나도 어느 정도는 선입견을 버릴 때가 되었다. 내 시는 사물과 현
상의 내면을 공동주체적 입장에서 읽게 된 듯하다. 모든 존재의 생태
적 본질을 가감 없이 바라보고 싶다. 새로운 시적 존재론으로 나아갈
수도 있을 듯하다. 좀 더 지나고 보면 그 행적을 다시 찾아볼 수 있으
리라.[1]

— 출전:『문예운동』, 2014년 겨울호.

---

1) 시론이나 시작법과 관련 본인의 글은 이 원고 외에도 목마 동인『시와 삶은 어디서
만나는가』(도서출판 전망, 1986), 시집『멀리뛰기』(민음사, 1986), 월간『시문학』
2004년 8월호, 계간『시와시학』2005년 겨울호 등에 수록되어 있다.

자술 연보

— 알싸한 생채기, 문학적 편린들

  6·25전쟁 발발기, 1950년 7월 8일 부산(현 범천4동)에서 7남매 중, 6대 종손[조부甲洙]으로 태어났다. 부친 신명준(辛命準)은 일제강점기에 검사 발령까지 받은 친일 젊은 지식인. 해방 후엔 중고등학교(성지학원) 외에 양조장, 브러시 공장까지 경영했지만 오래 가지 못했다. 모친은 당감동 윤(尹) 부자로 알려진 집안의 장녀[晴子]였다.

  여섯 살에 공장이 있던 가야동의 동평국민학교에 입학하였으나 학교를 가는 둥 마는 둥 하다 부친이 본가로 들어가면서 부산진국민학교 3학년에 편입했다(50회).

  겉으로는 부잣집이었지만 제삿날이 아니면 땟거리를 걱정할 때도 많았다. 연간 스무 차례나 되는 제사와 부친의 술주정 땜에 자정이 넘는 시간까지 잠들지 못할 때도 많았다. 제사뿐 아니라 집안의 대소사에 부친 역할을 대신해야 했다. 그래도 부모님과 조상님의 크나큰 은덕으로 내가 살아 있다는 가정교육을 눈물겹게 받아들이고 있었다. 포수가 된 아버지를 산으로 들로 (강제적으로) 따라다닌 덕에 생명에 대한 연민과 순진무구한 인심들을 체험했다. 그래서인지 고등학교 때까지는 버거운 일이 있을 때 뒷동산에 올라가 노래를 부르며 배회하곤 했다.

  겉으로는 얌전한 아이였지만 빈 시간이면 급우들로부터 이야기독

축을 받는 이야기꾼이었다. 생활기록부에서는 노상 주의 산만한 학생으로 지목되었다. 중학교 입학시험 때에도 답안지 작성은 안하고 낙서로 시간을 보내다 혼이 났다.

개성중학교 2학년 때인 1964년, 친구 한성우의 권유로 멋모르고 총학생회장에 입후보했다가 담임교사의 폭거에 절망한다. 하나같이 나를 도와주던 60명 가까운 급우들은 물론, 한성우마저 담임의 노골적인 강압에 P군을 찍어야 했다. 이후 1순위 장래희망이었던 정치가가 되겠다는 마음이 더 굳어졌다. 중3이 되자마자 요샛말로 학교 일진이던 아이들 여럿에게 둘러싸여 이유 없는 몰매를 맞았다. 나는 정치가만이 우리 집안과 학교에서 벌어지고 있는 부조리 같은 것들을 해결할 수 있을 거라 생각했다. 집안에 갇히다시피 했던 생활에서 탈출, 교지에 시를 쓰기도 하고 동네 친구들과 어울려 술 담배도 배웠다.

동래고등학교에 입학하면서는 웅변, 백일장선수가 되었다. 예닐곱 차례 입상도 했지만 부친에겐 비밀로 해야 했다. 소풍 때마다 전교생 앞에서 사회를 맡을 정도로 외향적인 성격이 되었고, 방과 후엔 공연한 명분을 내세워 싸움질을 하기도 했다.

2학년 때인 1967년 한일회담 반대 데모 선발대가 되었다. 그로 인한 학교 휴무기에 울산 친구 집에 갔다가 실제 첫사랑이라 할 H를 만난다. 당시 H 가까이엔 스토커에 가까운 청년이 하나 있었는데, 나를 만난 후 H는 그 청년에게 납치당하고 만다. 나는 담임교사에게 (당시로서는 있을 수 없는) 허락을 받아 1개월여 조퇴 결석을 거듭하며 그녀를 찾아낸다. 청년을 설득하여 H를 가족에게 돌려보낸 뒤 나는 그녀와 결별한다.

그 일을 마치면 열심히 공부하겠다던 담임교사와의 약속을 지키기 위해 두어 달 열심히 노력한다. 그 무렵 소설이 전북대 주최 전국 문예콩쿨에서 고등학생으로서는 지나치게 세련된 작품이란 평으로 입상, 시상식에서 신석정 시인을 만났다. 나와 종씨[辛]인 시인의 모습에서 전신에 밴 멋을 보고 각인하게 된다.

고3 들머리엔 서울의 세칭 1류 대학 진학이 가능한 성적을 받기도 하였으나 같은 학교 친구 정현호가 당시 부산 시내의 전국 고등학생 문학 공모에서 입상한 예닐곱 명을 주축으로 문학 동아리를 만들자고 해 이를 도우기로 하고, 다시 수업을 빼먹어가며 몰두한다. 결성 후엔 빠지겠다던 애초의 약속을 스스로 지키지 못하고 주도적으로 참여한다. 전원문학회에서 주최한 학예제, 낭독회, 시화전 등의 행사에는 기성문단에서 볼 수 없는 인파가 모였다. 현호, 석주, 귀자, 재수, 규환, 형택, 욱종, 영옥 등등과 나눈 열린 시간들이었다.

와중에 고3 여름방학에 신암국민학교 건설 공사장에서 막노동을 했다. 세상을 바로 알기 위해서라고 생각했지만 마음 붙일 데가 없어서였을 것이다. 담임교사(도종익)는 꼭 정치가나 신문기자가 돼야 한다는 당부를 아끼지 않았다.

재수를 하고 동아대 국문학과에 진학, '분수 알고 살기'를 다짐하며 2학기부터 학보사 기자 생활을 했다. 시간에 쫓겨 소설쓰기에서는 멀어졌다. 당시의 학보사 주간이자 국문학과 교수였던 시인 구연식 교수와의 밀고 당기는 사제(師弟) 관계가 시작되었다. 고등학교 선배이기도 한 요산 김정한 교수와도 사제의 정을 쌓게 되었다.

사르트르, 휴머니즘, 노자, 장자, 불교, 초현실주의, 카시러, 에리히 프롬, 한국 신화, 세계의 신화 등에 빠진다. 2학년 가을부터 편집국장을 맡았고 이듬해엔 학교 공원화 반대, 3선 개헌, 유신 음모 봉쇄 등을 내세운 시위를 장기간 주동, 범어사로 피신해 다니다가 모처럼 귀가한 날 새벽에 연행되어 신문, 방송에 오르게 된다. 친구와 함께 보충역 입대 대기 중에 있었지만 그 일로 하여 현역 징집되었고, 허리를 다쳐 수

술 후 10개월 만에 의병제대.

1974년 가을, 허리 보호대를 조은 채 다시 학보사 편집국장 일을 하다 우연히 등단을 위한 시를 투고한다. 시 「유혹」이 『시문학』지에서 김남조, 이원섭 시인으로부터 추천된다. 남모, 강모 등 담당형사들로부터 가끔 안부 전화를 받으며 생활하던 때였다.

1975년 졸업과 동시에 L선배의 추천으로 문경여고에서 1년간 근무, 난생 처음 편한 생활을 맛본다. 체중이 10킬로나 불어 귀향한다. 부산시 순위고사에서 최상위로 합격, 은하여중, 부산진고, 동래여고 교사를 전전했다. 1976년 시 추천을 완료했고, 1978년 「한국시정의 성향 연구─분석심리학적 조명」으로 석사학위를 받았다. 전란에, 위정자의 폭력에 시달린 민족 시정의 심리적 성향을 고찰한 것이었다. 그 전후로 심사위원장 소설가 김정한 교수와의 개별적인 만남이 지속되었다.

1980년 동아대 강사, 다음해 국문학과 전임교수로 공채되었다. 임용 한 달도 되지 않아 지하 스터디를 주도한 학보사기자 C군(현 부산시의원)을 비호한 죄로 조건부 퇴출 결정을 받기도 했지만, 이후 어영부영 눈치 보아가며 주위 사람들 덕에 아직껏 남아 있다.

1976년 공립중학교 교사이던 서난귀와 결혼, 보모를 들이고 5년간 가족을 부양하며 살았다. 아들 둘, 호(昊), 화(和)를 낳고, 친구 M덕에 본가 옆 국유지를 불하받은 후, 1983년 무일푼으로 사직동 주공임대 아파트로 나가 독립한다.

1976년 겨울부터 목마 시 동인회에 참여 강남주, 원광, 이문걸, 임명수, 조남순 등과 함께 동인지 발간 외 강연회, 문학토론회, 시민 백일장 등의 행사를 벌인다. 1983년 동인지 『목마』 14집에 실은 시 「대학별곡」, 「매스컴별곡」, 「총놀이」 등이 문제되어 동인지는 판매금지, 회수되었고 정보당국에 경위서를 제출해야 했다. 당시 대학가는 해방신학, 민중론, 김일성주의 등이 주도하고 있었다. 나는 이 역시 군사정권이 빚은 당대적 폐악이라 생각했고 그에 대한 경계의 글도 썼다.

그동안 두 권의 개인 시집을 부산에서 자비 출판하였는데 1984년 계간 『세계의문학』 가을호에 12편의 시를 발표한 것이 계기가 되어 이듬해 민음사에서 시집 『멀리뛰기』를 낸다. 이후에는 그럭저럭 자비출판은 면하고 시집을 내어왔다. 요산 김정한 선생을 따라 인권 관련, 민주화 관련, 노동문제 관련 등 시국 선언에 동참한다. 민족문학 작가회의 창립 선언 100인에 참가하고 서울을 왕래하기도 하였으나, 문인들의 모임엔 끼지 말자고 마음먹는 계기가 되었을 뿐이었다. 1986년 봄 동보서적의 『토박이』 2집에 발표한 시들로 하여 책은 회수—판매 금지되고, 개인적으로는 당국 앞에 시말서를 쓰게 된다. 1986년은 내가 김해군 가락면의 낯선 동네로 이주하기로 한 해이기도 하다. 앞뒤 20여 년 동안 목마 동인 외엔 어떤 모임도 불참하며 지냈고, 출퇴근 약게 하며 대부분 시골에서 보내게 된다.

1987년 전두환의 호헌(護憲)조치에 대한 교내 시국선언 교수가 되어 백안의 대상이 되었다가 이른바 노태우의 항복 선언 이후 세상이 바뀌었다. 아내는 퇴직. 초등학생이던 두 아들은 전학을 해서 가락면 죽림리 강가에 집을 짓고 살기 시작했다.

대학에서는 부임 첫해 학보사 부주간 일을 보았고, 후에 출판부장(전국대학출판부협의회 의장), 학보사 편집인 겸 주간, 교수협의회 부의장, 50년사 편찬위 간사, 인문대 학장 등의 일을 보았으나 자의반 타의반 사표를 내곤 했다.

성균관대 박사과정에 입학(1983)하고 85년에 수료하였지만 졸업 논문을 미룬 채 촌살림에 빠졌다가 늦게서야 「정지용 시의 상징성 연구」로 문학박사 학위를 수위한다. 후에 다른 논문들을 더해 논저 『우리

시의 상징성 연구』(동아대학교출판부, 1994)를 낸다. 문학텍스트의 모든 언어는 이차적인 상징의 기능을 한다는 가설이었다. 시적 언어의 주도자를 은유, 직유 등 비유법으로 설명하는 교육현장에 대해 학생시절부터 가지고 있던 회의에 대한 1차적인 답이었다. 시 텍스트의 모든 언어는 시라고 하는 상징의 덩이를 이루며 그것은 기반적 상징과 변용적 상징으로 체계화된다는 생각이었다.

2002년부터는 거주지를 산속으로 옮기었다. 아내는 강가에서 살 때부터 몰래 터득한 자기 일에 몰두하고 있었다. 집 안팎의 여러 가지 사건들에 대한 스트레스에다 그 독특한 자기일이 도화선이 되어 2002년에 이혼했다가 2년 후에 다시 재혼을 했다. 그 시절 10여 년간 이웃이 된 박유미 선배교수 부부의 온유함과 정갈함, K님의 담백함, 그리고 고마움과 그리움이 지금껏 남아 있다.

시작(詩作)의 멘토라 할 만한 이라면 초등학교 동창 오이환(현 경상대 교수). 재수생 시절 나를 찾아온 그는 교지에 실린 내 소설을 보고 "김동인의 후계가 나타났다고 생각했다"며 시를 보자고 했다. 시를 보였더니, "이건 시가 아니다. 소설을 쓰더라도 시 수준이 이래갖고는 대성할 수 없다."는 지론을 폈다. 그가 전국 독후감 현상공모 입상자인 줄은 알고 있었지만, 백일장에서 상께나 타기도 한 경력자로서는 자존심 상하는 사건이었다. 나는 그의 낙심을 만회시키기 위하여 시작에 몰두했고, 그는 어느 날 무릎을 탁 치면서 "이제 됐다!"하고 용기를 주었다.

1976년 천료 이후 다수의 월간지와 계간지, 일간지에 300편 이상의 시와 50~60편의 평론과 논문을 발표했다. 1992년엔 박사과정 지도교수인 문학평론가 고 윤병로 교수가 "함께 평론활동을 하자"며 당신이 편집위원이던 『문학예술』지에 학위 논문 일부를 보내게 해, 평론부문

신인상을 받기도 했다.

　전원문학동우회 창립회장(1971) 이후 목마시문학 동인(76~97), 5·7문학창립회원(87), 계간『문학지평』편집위원(95~97), 계간『문예와비평』편집위원(95~97), 부산시인협회 수석부회장(97~99), 계간『문학도시』편집주간(97~99), 동아문인회 회장(98~07), 한국 시문학문인회 부회장(00~02), 민족문학작가회의 이사(00~03), 한국시학회 이사(02~07), 얼토시 동인(07~09), 동남어문학회 회장(07~09), 한국문예창작학회 자문위원(07~12) 외 다수의 문학회, 문화위원회, 심사위원회 등에 직함을 가졌으나 적극적으로 관여한 일은 전원, 목마, 문학도시, 동아문인회, 동남어문학회, 얼토시 정도.

　내 시는 군사정권에 대응하여 목숨을 내놓는 전위가 되지도 못했고, 추상의 실재를 탐하는 서정에 안주하지도 못했다. 환상을 좇는 자위에 가담하지도 못했다. 시를 통해 삶에 대응하는 한편 나는 현재를 넘어선, 절대자유와 절대평화가 공존하는 시적 실재에 닿고자 한 듯하다.

　시집『목적(木笛) 있는 풍경』(아성출판사, 1978),『장난감 마을의 연가』(태화출판사, 1981),『멀리뛰기』(민음사, 1986),『강(江)』(시와시학사, 1994),『녹색엽서』(시문학사, 2002),『귀가』(신생, 2005),『풍경에서 순간으로』(북인, 2010) 등을 냈다. 대체로 중복 수록된 시도 많았다.

　시집명을 엮어서 말하자면 현실은 '장난감 마을'처럼 어설펐고, 나의 위안처는 신화적 연대의 세계, '목적(木笛) 있는 풍경'의 시공이었다. 나는 '멀리뛰기'를 거듭했지만 이내 땅에 떨어져 현실에 맞닥뜨리는 운명의 존재였으며, 소위 민주화 과정엔 그 적들과, 그 이후엔 썩어가는 '강'의 적들에게 '녹색엽서'로 대응했다. '귀가'는 아내와의 이별 후 만상의 귀가를 위한 서원을 담았다 할 것이다.

절대 자유와 절대 평등이 연동하는 시공은 문화가 아니다. 자연 그 자체, 생태적 연대의 세계이다. 그것은 허무와 해체의 대상이 아니라 그 결실이며 언제나 새로운 생성의 과정이다. 허무와 해체가 맵시 있는 꽃일 수 있다면 자연생태적 연대는 스스로 떨어지는 꽃의 부단한 용기이다. 그것이 시적 현실이며 지향의 순간에 맞는 울림일 것이다.

『한국비교문학입문』(편저, 1981), 『문학연구의 방법』(편저, 1984), 『상징과 해석』(2인 공역, 1987), 『우리시의 상징성 연구』(논저, 1994), 『현대시의 위상』(편저, 1998), 『문체와 문체연구』(편저, 1998), 『20세기 한국문학사 Ⅰ』, 『20세기 한국문학사 Ⅱ』(2인 공저, 1999), 『한국현대시읽기』(저서, 2003), 『현대시와 삶』(3인 공저, 2005), 『창작문학론강의』(저서, 2005), 『한국시의 이론』(논저, 2012) 등의 책을 냈다. 그 외 다수의 공저에 원고를 보태었다. 동아대 출판부에서 낸 책 다수가 강의 교재로 급조된 것이라 원고 중복이 심하고 교정도 엉망인 경우가 많다. 교정을 학생 손에 맡긴 채 거들떠보지 않은 탓도 크다. 번역서는 내가 가지고 있던 텍스트를 영문과 윤여복 교수가 번역했고 나는 그 원고를 재정리하는 역할만 한 공역서이다. 문학사류는 당시의 대학원생 김지숙 시인에게 자료를 제공하고 구성방향만 얘기한 공저이다.

『한국시의 이론』(산지니)은 내 시론의 출발점이었으면 싶은 책이건만 마지막(?) 논저가 되지 싶다. 시작만 하다 그치고 마는 것이 내 공부인가 보다.

'차유(差喩)의 시학'과 '우리 시의 논리'로 구성되어 있다. 은유와 환유를 넘어선 새로운 시의 축, 차유를 제안했고, 근대의 전통서정시, 자생의 전위와 모더니티, 생태의식과 도시의식, 바다시 등을 시사적으로 조명하였다. 자생 전위, 자생 모더니티 등 '자생'의 의미를 강조함으로써 우리 근대시사의 자생적 맥락을 주목했다.

제26회 시문학상(2001)은 문덕수 선생님의, 의외의 격려였다. 제1회 한국 광역시문학상 대상(2003)은 한국광역시 문인협회 연합회(회장 정진채)로부터 받았는데, 주관 기관이 해체되었는지, 지속되진 않고 있다. 제16회 봉생문화상 문학부문 수상(2004), 제13회 부산시인협회상 본상(2005), 제54회 부산시 문화상 문학부문 수상(2011)도 고마운 상이었다.

이 세상에서 살고 있는 것 자체가 내 제일의 공적이 되었다. 2013년 봄부터 노모(老母)를 모시고 있다. 나의 존재가 오로지 부모님과 조상님의 은혜라 믿었던 동심을 놓지 않으려 노력한다. 세상을 바로잡을 거라던 꿈은 겨우 나 하나 붙들기도 힘에 부치는, 끈 떨어진 연이 되었다. 노벨상을 꿈꾸던 치기(稚氣)는 이제 기억하기조차 어려운 남의 일이 되었고.

그래도 철없는 소년티를 마저 벗지는 않은 채 늘 꼬장꼬장 고쳐 사는 버릇은 안고 있는 듯하다. 친구들 말마따나 요만치라도 철없는 티가 내게 남아 있다면 그건 순전히 주변 사람들이 내게 원하여 마지않았던 바, '어리석음'의 덕분이 아닌가 한다. 아동문학[1])에 관심이 가는 것도 그래서일까?

여덟 번째 시집이라 할 『미련』을 내놓는다. 내가 애를 먹였는데도 출판의 전 과정을 세세하게 돌보아주신 문정영 시인과 시산맥 여러분께 감사드린다.

— 출전: 신진, 『미련』, 시산맥사, 2014.

---

1) 2015년 여름 시인의 첫 창작동화 『낙타가시꽃의 탈출』(물망초)이 출판되었고, 세종 도서 문학나눔 도서로 선정되었다.(편집자)

신진(辛進) 작품 관련 주요 서지

강남주, 「신진의 시」, 『목적(木笛) 있는 풍경』 아성출판사, 1978.

정공채, 「우리 서정시의 새로운 만남」, 『장난감 마을의 연가』, 태화출판사, 1981(1982년 월간 『한국문학』에 서평으로 재수록).

정효구, 「진실을 찾아가는 길」, 『세계의 문학』, 1987년 여름호(정효구, 『시와 젊음』, 문학과비평사, 1989년 재수록).

김재홍, 「인간회복 또는 정신의 자유를 찾아서」, 『강(江)』, 시와시학사, 1994.

이윤택, 「엘레지의 시인 신진」, 『지평의 문학』 3, 1994년 하반기.

최갑진, 「천국의 유혹에 몸담기 혹은 아름다운 상처입기-신진시인론」, 『목마』 26, 전망, 1996(최갑진, 『문학의 표정, 시대의 꿈꾸기』, 전망에 재수록)

정영자, 「신진의 시세계-진솔함 그리고 자기초월성」, 『부산시인연구』 2, 해오름, 1998.

문덕수, 「생태시와 에콜로지」, 『시문학』 1999년 6~7월호(문덕수, 『모더니즘을 넘어서』, 시문학사, 2003에 재수록).

박경수, 「오염된 현실 속의 진실찾기와 풍자」, 『한국 현대시의 정체성 탐구』, 국학자료원, 2000.

김용재, 「21세기 생태시의 방향」, 『인문과학논문집』 29, 대전대학교 인문과학연구소, 2000.2.

김지숙, 「생태시의 메타유토피아성 연구-신진 시집 『멀리뛰기』에서 『강(江)』까지」, 『시문학』, 2001년 7월호.

구모룡, 「자연이라는 거울-신진의 시세계」, 『녹색엽서』, 시문학사, 2002.

한수영, 「말의 길, 삶의 길」, 『시문학』, 2003년 6월호.

허 정, 「경계의 시학-경계에서의 희망과 환멸의 변증법-신진의 시」, 『부산시인』 39, 2003년 여름호.

남송우, 「귀가의 진정한 의미와 그 근원적 힘-신진 시 해설」, 『귀가』, 신생, 2005.

이상옥,「원생태시의 외연 넓히기-신진 시집『귀가(歸嫁)』」,『시문학』, 2005년 12
  월호.

최라영,「꿈으로 빛나는 볼펜 한 자루-신진론」,『오늘의문예비평』 61, 2005년 여
  름호.

장경렬,「장미와 민들레가 함께 피어 있는 시의 정원에서-신진의 시」,『풍경에서
  순간으로』, 북인, 2010.

최휘웅,「풍경, 시간, 그리고 초월-신진 시선집『풍경에서 순간으로』」,『시와사상』,
  2011년 봄호.

김혜영,「잃어버린 장닭」,『작가와 사회』, 2011년 여름호.

송용구,「총체적 생태사회를 지향하는 생명시학-신진의 시」,『시문학』, 2011년 3
  월호.

정훈,「자생시학의 모색과 에코토피아 지향의식-부산시 문화상 수상자 신진시인
  인터뷰」,『예술부산』, 2011년 12월호.

최학림,「호활하게 웃으며 이를 닦아라-시인 신진」,『문학을 탐하다』, 산지니,
  2013.

김경복,「원융무애의 삶-신진 시의 의미」,『미련』, 시산맥사, 2014.

권대근,「시적 애니메이션 감성과 상징 언어로 피어난 주체의 사회학-신진 시인
  의 동화를 읽고」,『에세이문예』, 2015년 가을호.